为时代而歌

一个时代记录者的精神守望

梁晓声 著

沈阳出版发行集团
沈阳出版社

图书在版编目（CIP）数据

为时代而歌：一个时代记录者的精神守望 / 梁晓声著 . —沈阳：沈阳出版社，2021.5
ISBN 978-7-5716-0806-4

Ⅰ . ①为… Ⅱ . ①梁… Ⅲ . ①随笔—作品集—中国—当代 Ⅳ . ① I267.1
中国版本图书馆 CIP 数据核字（2020）第 008677 号

出版发行：沈阳出版发行集团|沈阳出版社
（地址：沈阳市沈河区南翰林路10号 邮编：110011）
网　　址：http://www.sycbs.com
印　　刷：辽宁星海彩色印刷有限公司
幅面尺寸：165mm × 235mm
印　　张：17.5
字　　数：300千字
出版时间：2021年5月第1版
印刷时间：2021年5月第1次印刷
选题策划：张　闯
责任编辑：杨　静　潘晓翊
特约策划：创意百人汇
封面设计：九　五
版式设计：刘龄蔓
责任校对：高玉君
责任监印：杨　旭

书　　号：ISBN 978-7-5716-0806-4
定　　价：52.00元

联系电话：024-24112447
E - mail：sy24112447@163.com

目录

第一章 —— 饥饿的时代

苦难与希望相伴，依然坚信未来

第二章 —— 转折的时代

黎明前的黑暗，注定光怪陆离

第六章 —— 觉醒的时代

向世界看齐，从内到外审视自己

第七章 —— 崭新的时代

文化传承的使命，用文字记录时代变迁

第一章

饥饿的时代

苦难与希望相伴，依然坚信未来

一、羡慕嫉妒，但少见恨

我以少年的眼所识之女性，当然皆20世纪50年代的女性。

哈尔滨市当年的市区主要是道里区和道外区，当年南岗区还没成为主要市区，动力区也还没成为主要重工业区，香坊区乃城乡交界地。

道里区是哈尔滨最有特点的市区。一条马蹄石路直铺至松花江畔，叫作“中央大街”。两侧鱼刺般排列着十二条横街，叫作“外国”一至十二道街；因是早年俄人所建所居，因得“外国”之名。少年时期的我，家在道里区，但不是在道里区的中央大街那一带，而是在距中央大街三四站路的偏脸子。

哈尔滨市早年有几处老居民区，偏脸子便是之一。这些老居民区，几乎一概为沙土路。路两侧挖有夏季流水的沟，叫“阳沟”。“阳沟”乃相对于“阴沟”而言。阴沟之上铺木板，人可行走。至我少年时，阴沟已基本不存在了，老居民区只剩阳沟了。

一条条阳沟后，便是一排排临街的住宅。而临街的窗，都用木板障子围着。木板障子其实便是栅栏的一种，只不过比栅栏高，不那么整齐美观罢了。木板障子使城市里平添了几分乡村的景味儿，给我留下很深的记忆。自然，用木板障子围成的临街园子里，皆有树、花和草生长着。有些木板障子，原先肯定也曾美观过。木板的上端，锯出齿形，或更好看的桃形、方块形。天长日久，渐渐地朽了，缺断了，于是补以不美观的、带皮的、长短不齐宽窄不一的杂木板、木条，也就只有叫“板障子”了。故板障子也可以看作“栅栏后”。

修栅栏是俄人的乡村居住习惯。富裕的俄人，早年居中央大街一带。不太富的和穷的，早年居偏脸子一带。中华人民共和国成立后，政府向苏联遣送了一批俄人。于是那些住宅易主，成了许多中国人的家。栅栏也罢，木板障也罢，当然都是为了家的严紧，不致使人站在路上一眼从窗户望进屋里去。

阳沟上每隔几米，便有小桥。叫小桥未免夸张，其实是过踏板。从板上过阳沟，迎面往往便是院门。那院门也皆为俄式的，大门上开小门。入了院门，就等于入了一个城市小“部落”。少则四五户，多则七八户、十几户，异姓而居。和北京异姓而居的四合院的情形一样。俄人住时，一般都是一院一户。中国人住时，就一院多家了。好比北京的四合院，原本也基本上一院一户。既然异姓而居，便有公共义务。如轮流着每晚几点关大门，天亮几点开大门。如雨季共同疏通阳沟排水，冬季共同清雪。

我少年时期，那些院门大抵已朽损，但毕竟还都能算是门。

也有一院一户的，非普通百姓人家可向往，是政府部门的小官，科长、副科长的家。再稍大点儿官，绝不至于住偏脸子。或新中国成立前的殷实人家，院子房子是早已买下的，属私产。当年偏脸子属私产的院子不少，约占一半。故许多人家之间的关系，不但是邻居，又是房东和租户的关系。

就是在如此这般的一条条街上、一座座院子里、一户户人家中，我的少年的眼和心，观察过、亲近过老年的、中年的、青年的各式各样的女人，也领略过与我同龄的少女们的风情。有的是小知识分子之家，有的是工人之家，有的是小干部之家，有的是小贩之家，有的是被“共产”了的富人之家或被“合营”了的小业主之家。有的人家在街头开爿小小的杂货铺维持生活；有的人家在街尾开修鞋铺、理发亭；还有的人家靠男人收破烂儿，女人夏天卖冰棍儿、冬天卖糖葫芦养家糊口……总之，没上层人家，但有最底层人家；没太富的人家，但有很穷的人家……

我的少年的眼和心，观察过、亲近过的，便是这些人家的母亲们和女儿们——20 世纪 50 年代，中国平民和贫民人家的母亲们和女儿们。

先说那些是母亲的女性。她们当是我母亲的同辈人，年龄在四十岁左右。

年轻的三十七八岁，年龄大些的四十五六岁。她们不仅是那条街上，而且是偏脸子千家万户的人数最多的母亲。看来，中年母亲是任何一个时代母亲群体的主要成分。

她们大抵没工作，更没职业，20 世纪 50 年代不是女性走出家门竞相谋职的年代。她们大抵是比较典型的传统的家庭妇女。除了极少数知识分子之妻、小干部之妻、解放前的富裕人家之妻，百分之九十七八以上都是文盲。她们中一半以上又都是城市中的新一代居民，平均定居城市的时间为二十余年。有的是在少女的时候进城投亲靠友谋生，一如当代的打工妹，赶上了“光复”，于是索性嫁与城里的男人为妻。当年落城市户口容易，最简单的途径是嫁给一个有城市户口的男人。好比今天的出国女性，获得长期居住权的最简单的途径是嫁给外国人。她们中后来有些人有了文化，是中国开展“扫除文盲”运动的成果。在那一运动中，她们每天晚上成群结队去夜校的身影，是当年城市里一道独特的、具有轻松喜剧色彩的风景。

家庭妇女的主要责任和使命当然是扮演好家务总管的角色，这也是她们互比优劣的主要根据。

她们每天早早起床，尽量轻手轻脚地做饭。那辰光正是丈夫和儿女们睡“回笼觉”的时候。扰醒了儿女无妨，儿女白天尽可以补觉。扰醒了丈夫，丈夫是要生气的。丈夫不生气，她们自己也会觉得罪过。将去上班的丈夫白天无处补觉，这一点她们是知道的。所以，即使谈不上罪过感，也会内疚。夫妻感情好的，便会生出一份儿心疼。这一点和今天的妻子们是很不同的。今天的妻子们虽然也做早饭，但已非义务，而是觉悟。何况自己也要吃了早饭去上班。今天许多人家做早饭的义务已移交给丈夫们了。倘丈夫们弄出大的响动，扰醒了妻子们，她们也是要不满的。今天的丈夫们如果不主动承担做早饭的义务，久而久之，妻子们是要牢骚满腹甚至提出抗议的。但 20 世纪 50 年代绝少有丈夫们做早饭的现象。那样的丈夫将遭男人耻笑，同时那样的妻子也将遭女人耻笑。20 世纪 50 年代的妻子们，没有因做早饭而发牢骚的权利，更没有抗议的权利。这一种任劳任怨，乃是由她们家庭妇女的角色所决定了的。

20 世纪 50 年代以细粮为主的家庭不多。生活较优越的家庭每月三分之二的时候吃细粮，生活一般的家庭每月一半的时候吃细粮，生活贫穷的家庭每月仅三分之一或更少的时候吃细粮。那细粮也就差不多仅够丈夫一个人吃和带饭了。倘家中有老人、有小儿女，受优待跟丈夫们沾点儿吃细粮的光，于是，也就几乎只有妻子自己吃粗粮了。

虽然如此，她们也无怨言，甚至会认为这是自然而然天经地义之事。更甚至，不愿实情被外人所知。当然是不愿在这一点上被别人家的妻女们同情和怜悯。因为在这一点上来自别人家的妻子们的同情和怜悯，对于她们，似乎意味着自尊所受的伤害。

20 世纪 50 年代也有羡人富笑人穷的现象。与现在比，不是什么咄咄逼人的现象，但也毕竟不是令穷人家愉快的现象。

“瞧她，哪儿像个妻子，像雇的个老妈子！做在前，吃在后，而且只能吃粗粮糙饭！”

这是当年左邻右舍中一些口舌尖刻的女人对穷家妻的讥嘲之一种。话里包含着对穷家丈夫的谴责，实际上也包含了对是穷家妻的女主人地位的贬损，因而使穷家妻的自尊最受不了。

所以，她们常常嘱咐儿女，对外人要讲全家都吃一样的饭菜。

而有些人家的女人，也的确每每心怀叵测地向别人家的小儿女刺探：“你们家吃一样的饭菜么？”

这种刺探没有太大的恶意。只不过是对别人家的隐私的兴趣罢了。企图通过那话刺探到这样的结论——别人家的妻子比丈夫在家庭中的地位差，于是刺探者往往会放下自己手中的活儿，帮后者缝缝补补、拆拆洗洗。此时，她们因自己心中的善而自我感动，自我满足。后者们当然也会受感动，也会获得被怜悯的满足。

倘非夏季而是冬季，家庭妇女们就彼此串门儿。串门儿是她们冬季里的社交方式。自然，往往也都带着针线活儿。常有这样的事儿——张家的女人，腋下夹着没做成的一卷棉袄片儿或棉裤片儿去到李家。如果李家的女人也正做着同样的活儿，立刻让出一半儿炕面。于是两个女人相向而坐，一边各做各的，一边聊家常，聊她们少女时期的往事和家世。倘李家的女人没什么活儿可做，也会热情地腾出炕面，情愿帮着张家的女人做。

所以，张家丈夫的鞋底儿是李家女人帮着纳完的，李家儿女的衣服是张家女人帮着做成的，乃不足为奇的寻常之事。

倘同院女人们关系相处得不睦，或某一户的女人与别家的女人关系紧张，那么聊天和串门儿便由本院转移到别的院去了。可叫作交际的“外向型发展”。

所以，20 世纪 50 年代男人们训斥自己的女人或私议别人家女人的一句话往往是——“就生了一张嘴两条腿，串遍了街！”

倘在同一条街上也知音难寻，那么她们便向别的街去寻。

由这一条街到那一条街，是极方便的事。往往从本院或邻院的什么地方，比如矮墙的豁口处，比如两间房子的夹隙处，就可以穿行到前一条街或后一条街的某个院子里。哈尔滨叫“钻院儿”。

家庭妇女们喜欢聊天和串门儿，实在是人渴望彼此交流的基本心理需求之一。除了这一传统的交流方式，她们当年再没有另外的什么交流方式。她们的真性情，通过此方式呈现和舒展。如果连这一种方式也遭硬性地禁止，她们作为女人的生气也就迅速地萎靡了。

上午 11 点左右，她们又都回到了各自家里。丈夫虽不在家，儿女们还要吃午饭呢。

下午，她们可小睡一会儿。

下午的聊天和串门儿，是不时看表的，必得在 4 点半以前结束。

6 点钟左右，丈夫下班回家了。他进门片刻，喝杯水，吸支烟，饭菜就上齐在桌上了。出色的妻子，无论做什么饭菜，时间是掐算得极准确的。

如果饭桌上有馒头、白米粥，照例首先由丈夫、老人和小儿女分享。有剩下的，有她的份儿；不多，自然没她的份儿。

没她的份儿她也早就习惯了。因为她是妻子，是母亲，是儿媳。她自己的意识里，承认自己是家庭中最不重要的成员。吃穿方面，无论与谁比，她自己往后排永远是合情合理的。

晚上 7 点钟左右，她开始为丈夫、儿女和老人烧洗脚水。

如果家里有收音机，丈夫往往一边吸烟一边听着，等着洗脚水端到脚前。而上学的长子长女，必在埋头写作业。

无论夏天还是冬天，8 点半后，一般人家准拉窗帘了。

夏天，男人们吃罢晚饭也喜欢坐在院子里聊一会儿天，或下一盘棋，但绝不会聚到很晚。冬天，若非星期六晚上或星期日，男人们是不太串门儿的。

9 点，十之八九的人家皆熄灯。有的人家睡得更早，往往 8 点多就熄灯。

没电视的年代有一个好处——无论大人孩子，睡眠都较充足。

20 世纪 50 年代，并非家家户户都有收音机。可以说大多数平民家庭都没有。谁家有，也是老旧的，只能听一两个台。记得我家住的那条街上有人家买了一台八十几元的国产名牌收音机，一时几乎轰动整条街……

当丈夫和儿女们发出鼾声，家庭妇女的一天终于结束了。

她们周而复始，一年又一年，过着内容完全相似的日子。直至发白了，脸皱了，在不知不觉中老了。

她们当然也是爱美的。她们往头上抹的叫“头油”，往脸上搽的叫“雪花膏”，润手的叫“蛤蜊油”——两片蛤蜊壳扣装的某种油脂，8 分钱。而这三样，对她们而言是奢侈品，加起来一元钱左右。就算如此廉价的东西，有的女人一辈子也没用过几次。

平素她们洗发用碱水，洗脸用肥皂，手上的皮肤干裂了，涂点儿豆油。过春节了，才舍得预先买块香皂用。

她们也很少穿新衣服。新衣服毕竟是会有一两件的。比如结婚时穿过的，但婚后不久可能就叠起来压在箱底了。有人家的箱底，甚至压着她们当年穿过的旗袍。某个日子，往往是夏季的好天气晒箱底的时候，她会一高兴心血来潮地穿上，在院子里招摇一番。那旗袍当然已瘦了，穿着不合体了。同院的女人们就围拢了观赏、赞叹或遗憾。

除了结婚时拥有的新衣服，据我估计，她们中的大多数，婚后又为自己做过五六套新衣服，就算多了。说是五六套，其实不可能同时做，往往新衣服前年做的，新裤子去年做的，今年打算为自己做双新鞋。终于凑齐上下一套，留待特殊的日子特殊的心情下穿。

新的衣服，无非是用平纹布或斜纹布做成的。平纹布三角多一尺，斜纹布五角多一尺。她们中大多数，终生在衣着方面的消费，细算下来，二三百元罢了。她们中某人猝死，往往没一套新衣服入殓，现做一套平纹或斜纹的送终。

她们当然是爱名誉的。贤妻、良母、孝媳便是她们至高无上的名誉追求。家庭妇女真的能在此三方面被公认为榜样，那么她会成为全院乃至整条街上极受尊敬的女人。倘三方面她做到了，那么她在邻里关系方面也肯定是能谦善忍的。即或刁蛮泼悍的女人，对她也不敢过分地冒犯，怕引起公怒。家庭妇女中也有侠肝义胆的女子，她们在一个院子里乃至整条街上主持民间正义，抑强扶弱，专替受欺辱的女人抱打不平。

家是她们每个人的展窗。一位家庭妇女究竟是怎样的女人，别人一迈入她的家门心中便有数了。持家有方的女人，无论她家的屋子大小，家具齐全或简陋，都是一眼就看得出的，是清贫抵消不了的。丈夫、儿女、老人是她们的广告。她们懂得这一点，所以，尽一切能力，使家庭的每一位成员都穿得体面些。如果说顾不上考虑到谁，那么顾不上的往往只能是她们自己。而要尽到以上义务，对于她们已实非易事。20 世纪 50 年代，平民之家几乎是舍不得花钱买衣穿的，全靠她们一双手做。夏季的单衣做起来省事些。冬季的棉衣如果做上三四套，她们的手往往僵得难以弯曲了。说来现在的人们也许不相信，我少年时那一条街上，有一家的女人极要强极要脸面。她夏季里生病，没能预先拆洗全家五六口人的棉衣。入冬了，病才好些，于是加紧拆洗，一心争取让全家人在春节时穿上拆洗过的棉衣裤，盖上拆洗的被褥。北方拆洗棉衣裤和被褥，还要讲究“浆”。那是一道很麻烦的工序。尤其在入冬后开始做，麻烦倍增。春节前，她的愿望实现了。但她的双手残了，此后再也伸不直，得下了俗称“鸡爪子”的一种筋骨病。她的双眼差一点儿失明，此后视力严重下降，可怜那一年她还不到 40 岁……

职业妇女如果嫉妒心强，人们就都会说她“像家庭妇女”。

然而我想说，20 世纪 50 年代，在中国，嫉妒之心最有限的，也许恰恰是家庭妇女。更确切地说，恰恰是平民阶层的家庭妇女。这样说，并不意味着宣扬她们似乎天生地最接近女性的美德，而是强调——她们并不能直接参与到社会中去进行名利的竞争，同时值得女人嫉妒的现象又几乎皆存在于她们短窄的视野以外。无论男人还是女人，根本不可能由自己不知晓的现象生发出嫉妒之心。置身于她们那么一种群体封闭的生活形态，决定了她们对别的女人实在没什么可嫉妒的。

但毕竟也会有嫉妒的时候吧？

是的。

表现在哪儿方面呢？

如嫉妒别人家的住房。

有人家人口多，有人家人口少。有人家的房子举架高，可搭“吊铺”，增加了居住面积；有人家的房子低矮，窗和门皆陷地下，又背阴，终年不见阳光。有人家两间，有人家一间……

这些硬性差别决定了生活条件不一，更确切地说决定了生存条件的高低优劣。她们的心理不可能不对视野内的这些差别有反应。

如果张家人口多，却偏偏住一间，而且是很差的房子，那么她一定会嫉妒人口少却住两间好房子的李家。于是张家的女人，或者最爱去李家串门儿，或者最不爱去。最爱去是由于向往，由于憧憬，在别人的家里，间接体会住好房子的感觉。最不爱去是由于本能地远离自己所达不到的愿望“样板”，以保持心理平衡。

因而，我当年以少年的眼观察到——住好房子的女人之间经常串门儿，住差房子的女人之间过往甚密。

但是仅此而已。绝不至于因而相互歧视，更不会因而相互敌视。见了面也是客客气气的，彼此以礼相待。

能做到这一点，乃是由于房子的差别在20世纪50年代一般是历史性的。是住好房子的人家上一辈人解放前花钱买的，非是解放后新中国按什么原则分配的。如果纯属后一种情况造成的，那么她们的嫉妒也许会生出愤懑吧？

因为所谓“公平”二字，主要体现在分配方式中。而那差别非是由后来的分配造成的，所以她们那一种嫉妒之心，虽有，却并不强烈。

严格来说，用“羡慕”一词更恰当些。

20世纪50年代，是关于“共产主义”的话题在中国最“发烧”的年代。许许多多的中国人被宣传搞得真的以为“共产主义”是明后天就会实现之事。家庭妇女们尤其深信不疑，这一种深信，大面积地稀释了她们的羡慕。

到了“共产主义”，不是家家户户都住面积差不多、大小样式差不多、一样的好房子了么？眼前的差别，又有什么值得羡慕的呢？不就是在老旧的房子里再熬八年十年么？她们对“共产主义”表现出极令人感动的耐心。

有一年，偏脸子的几条街修路，并非将沙土路修成柏油路或铺成石路，只不过来了些修路工，载几卡车沙土，将坑凹处填平，由轧道机碾轧几遍罢了，再加上挖掘阳沟，但大人孩子们都兴奋不已。以为是开始建设“共产主义”大工程的信号，接着就会盖起一片片楼群了。于是家庭妇女们奔走相告，无不兴高采烈，积极踊跃地参加义务劳动去……结果自然是“共产主义”不可能由修那几条沙土路开始一鼓作气地实现了。

家庭妇女们最嫉妒、真嫉妒的是——谁家的丈夫对妻子比自己的丈夫对自己好。因为这不但是她们视野以内的事，而且是直接触动她们女人感想的事。毫无疑问，其实也是无论任何时代的女性都很在乎的事。只不过，因为她们是家庭妇女，仅能通过丈夫对自己的态度意识到几分自己存在的重要性，故比任何时代的女性尤其在乎这一点。

她们中有人常常公开展示一瓶雪花膏、一瓶头油、几尺布料，炫耀说是自己丈夫给自己买的。

也有人动辄便说：“在我们家里，我可是和他吃一样的饭菜！我不和他吃一样的他不高兴！”言外之意是丈夫心疼她到了极点。

其实都未必是真事。

大多数女人并不在乎自己和丈夫吃的是不是一样的饭菜，但是极其在乎自己的丈夫连一瓶头油、一瓶雪花膏都不曾给自己买过。她们算算丈夫的收入和家庭的花费，暗自承认其要求虽属正当但未免铺张，心里却总是希望丈夫某一天给予她那一份儿惊喜。而丈夫又似乎偏偏不予考虑……

于是，她某一天兴许会当众宣布：“俺家那口子，说要给俺买一双皮鞋呢！”

家庭妇女的这一种虚荣，有时简直像比宠的小女孩。

20 世纪 50 年代的家庭妇女们，绝大多数是勤俭型的。许多人家床上或炕上，永远放着针线笸。几乎家家有袜底板。袜底板上往往套着没补完的袜子。几乎家家的面板另有一种功用，反过来贴袼褙。纳一双鞋底儿要贴十几层袼褙。至于带着针线没缝完补丁、没做成的衣服，那更是一眼可见。她们没有 8 小时以外。她们总在不停地做这做那，永远也做不完，而且永远做不烦似的。

家庭妇女没什么个人祈求。她们的祈求体现在丈夫、老人和孩子身上。老人宽厚而长寿，丈夫体贴而本分，孩子听话而健康——便几乎是她们的全部幸运和幸福。

她们最怕的是丈夫经常对自己吼而又经常被邻居们听到。

被丈夫打是她们最觉丢脸之事。

20 世纪 50 年代的家庭妇女心中很少动离婚之念。她们能忍的程度令今人无话可说。

她们其实并不怎么望子成龙，儿女长大后能有份工作她们就颇感欣慰了。而 20 世纪 50 年代正是城市青壮年劳动者短缺的时代。所以她们看着儿女一天天长大，对将来是较乐观的。而这乐观一进入 20 世纪 60 年代便被粉碎……

她们普遍一年四季身着旧衣，朴素得不能再朴素。剪齐肩短发，当年叫"文明头"。无追求，无强欲。在稍微有点儿文化的男人面前不禁地自羞，在稍微有点儿文化的女人面前不禁地自卑，哪怕面对的是街道的小干部她们也那样。公社书记一级的干部，在她们心目中是大官儿，派出所所长在她们心目中代表着一种令她们畏惧的权威。

我家前街或后街住过派出所所长和科级干部，街道小组长的女人们往往不敢独自去收户口本儿或通知什么事儿，每拽扯上另外几个女人陪着壮胆儿。

哈尔滨市偏脸子一带的这些平民阶层的家庭妇女 20 世纪 50 年代的精神面貌、心理状态，据我想来，与正阳河、三棵树、地包、顾乡（哈尔滨地名）等等大面积的城市平民区的家庭妇女们是基本相同的。推而广之，与全中国北京以北各大中小城市的家庭妇女也是基本相同的。不敢武断地包括了北京以南的大中小城市。也许因为城市地位和南方不同于北方的城市情况，决定了 20 世纪 50 年代的家庭妇女的不同。

有统计表明，20 世纪 50 年代的中国女性在人数上以中年女性为最多，中年女性中又以家庭妇女为最多，家庭妇女中又以平民阶层的为最多。

而总体上，她们差不多就是我写的那样。

我亲近她们甚于亲近以后任何时代的女性，因为她们皆是我的同代人的母亲。我一向对她们怀有深厚的敬意，因为她们那一代女性的含辛茹苦、任劳任怨。我也非常同情她们，因为她们作为妻子和母亲，付出太多，享获太少——更因为她们没有生在如今女性也有机会大有作为、大展宏图的时代。

她们中大多数人的儿女，在 20 世纪 80 年代以后才可能实际地对衰老了的她们尽孝心，此前几乎不能。而她们若逝于20世纪80年代之前，大约儿女们都还在“上山下乡”的尾声中撑持着自己的命运。

那么，真的逝于20世纪80年代以前的她们，我粗略按中国从20世纪50年代到80年代的普遍生活水平算了一下，其终身个人花费，吃穿全包括在内，四五千元人民币。我是按人均十元生活费算的。而从20世纪50年代到80年代，在城市，人均十元生活费乃中等水平。

一算一想，就更同情20世纪50年代的她们了。

代与代相比，这不同令人愀然。

20世纪50年代的职业女性，其风貌与20世纪50年代的家庭妇女们相比，仿佛根本不是同一时代的女性。这不仅是由“职业”二字所决定的，更是由“解放”二字所决定的。“职业”只能使女性发生经济独立的变化，以及由此影响的消费水平和物质生活质量的变化。而全中国的解放这一改天换地的大事件，却使当年的职业女性以崭新的、前所未有的姿态证明着自己不可被轻视的社会作用。她们中有新中国成立初年毕业的初中生、高中生、大学生，有解放前幸运地达到小学或高中文化水平的中青年知识女性，有军队转业加强地方工作的女官兵。解放前的学生，小学直接升高中，不另设初中年级。高中毕业即可直接考大学。军队转业的女官兵，要么参加革命前便是女知识分子，要么在革命队伍中摘掉了文盲帽子，达到了小学乃至中学文化程度。总之，都有文化，能读能写。

20世纪50年代，具有大学文化程度的青年女性凤毛麟角。

具有高中文化，无论男女，就算具有较高的文化。以今比之，相当于“次高级”知识分子。

初中一毕业，急需文化人才的社会，便不再视这些人为学生，而以“小知识分子”看待。在这一点上，男女平等。女少男多，身为女性，社会尤厚爱之。

她们首先被各级党政机关和厅局处部门热情吸纳，或被各大工厂争招。而即使穿上工作服，一般也不会直接下车间当工人。20世纪50年代前五年，时代舍不得“浪费”一名具有初高中文化的青年女性去当工人。最起码，分配她在科室担任抄抄写写的工作。初高中毕业生直接下车间当工人，是20世纪50年代后五年开始的事，因为初高中生多了，时代文化职业的急性需求此前基本满足了。

以上这样一些 20 世纪 50 年代的职业女性，年龄大抵在 20 至 35 岁。她们精力充沛意气风发，敬业态度可嘉，工作严谨负责，要求进步的思想真诚而又饱满。

她们中，第一类知识女性在第二类知识女性面前颇为谦恭。因为她们自觉拥有的是旧教育制度发的学业证书，似乎是次等，心理上不免虚弱几分，岂敢与新中国发给了学业证书的知识女性逞强好胜地论资排辈？所以总是表现出甘愿向第二类知识女性虚心学习的样子。哪怕暗地里并不服气，也不敢公开地一争高下。何况，新中国录用她们，她们便已有些受宠若惊了。她们执行上级领导的各项指示绝对不敢走板，请示多，汇报多，传达多，自己勇于做主的时候少。哪怕赋予她们某种权力，她们用起来也小心翼翼，甚至战战兢兢如履薄冰，唯恐出差错、挨批评。她们是一些夹紧尾巴做人的知识女性。

第二类知识女性在第三类知识女性面前也颇为谦恭。她们的学业证书虽然是新中国发给的，她们的文化程度虽然比对方高一个档次甚至高两个档次，但她们没有对方受部队培养的那一套工作能力、才干和经验。它们综合起来意味着可以独当一面，雷厉风行，果断坚决，敢议敢言，甚至“将在外君命有所不受”，自作主张较少顾忌。这几点，每使第二类知识女性钦佩得五体投地，心悦诚服，自愧弗如。尤其使第一类知识女性多么崇敬，更是不消说了。第一类知识女性对第二类知识女性内心每有不服，但对第三类知识女性内心却是不存半点儿歧见的。所谓理解也崇敬，不理解也崇敬。

最主要的，第三类知识女性，无论在部队时是兵是官，都是有“革命经历”的女人。那经历也叫资历，进言之乃资本。在新政权建立初年，那资本至高无上。不管什么样的知识分子，在它面前，其知识资本顿时暗淡无光。一个女人如果拥有了它，不但在女人面前非凡了，而且在没有那资本的男人面前也是非凡的。于是情形往往这样——倘三类女性在一起工作，过不了多久，有那资本的女人，便渐渐成了她们的中心人物。而第二类知识女性，不知不觉中扮演起了争取信任的角色。第一类知识女性，则只能是第三类和第二类知识女性共同团结帮助的对象了。

一般来说，当年在原则上，总是安排第三类知识女性领导第一类和第二类知识女性，安排第一类知识女性领导另两类知识女性的情况很少。但也有第二类知识女性是领导的情况，可能因她文化程度最高，也可能因她年长几岁。即使她是领导，还是会自觉地、经常地就工作问题主动与第三类知识女性商议，虚心请教。何况，她是领导了，便会想到：自己该要求入党了。第三类知识女性差不多都是党员。部队在将她们选送到地方时，是考虑到了这一点的。那么已经是领导了的女人的入党申请书，自然要经由她们向组织呈交。她们往往还必是组织指定的、前者的入党帮助人。

总体而言，知识女性当年比知识男性们更善于摆正自己的角色位置，更善于无冲突相处，更善于维护三者之间的“生态平衡”。她们积极的、有益的社会作用，是今天无论如何也不应该不充分肯定的。她们在20世纪50年代的女性中虽是少数，但毕竟最能代表20世纪50年代中国女性的时代风采。

她们当年经常深入到街道居民组，为五花八门的事进行宣传、读解、鼓动。于是广大的家庭妇女，便有幸接触到了闯入自己视野的她们。每次她们的身份都代表着党政机关部门，令家庭妇女们不能不仰目而视、洗耳恭听。

少年时期的我，便是在那一种情况下见到她们的。

我和家庭妇女们一样，更喜欢听她们中第三类女人做动员。她们说话时习惯于借助手势加强语意。她们较少用“上级”这个词。她们口中经常道出的四个字是“咱们妇女”，于是她们和家庭妇女们之间的关系拉近了，似乎平等得不能再平等了。同时，家庭妇女们感到，她们自己便是“上级”了，起码是“咱们妇女”的“上级”。

第二类知识女性，亦即新中国发给学历证书的女人们，讲起话来则就不那么响亮，不那么热烈，不那么神采飞扬了，她们显得远不如第三类知识女性们那么自信。她们手中往往拿着报、文件或几页稿，一边说，一边看，怕说错了。

如果有前两类知识女性同行，第一类知识女性往往很拘谨，不多说什么，也往往没机会说什么。但如果没第三类知识女性在场，第一类、第二类知识女性讲起话来也会变得生动自如的。

做完动员报告，她们就分头到各家各户串门儿。而且，哪一家哪一户的房子低矮破旧，她们越爱去。不管床上炕上乱不乱，椅子凳子擦没擦，落身便坐，坐下便聊家常。聊时，每每拉着窘得不知所措的女主人的手，令后者们激动得眼泪汪汪。

她们常常郑重地这样说："大嫂，信我的，生活会好起来的，很快就会好起来的！"

就像电影《列宁在十月》中的瓦西里对忧愁的妻子说："面包会有的，牛奶会有的，一切都会有的！"

她们抱起人家的小孩子就亲，就逗。她们语重心长地替女主人教诲小学生要"好好学习，天天向上"，要听父母的话，要养成讲卫生的好习惯……

如今回忆起来，我觉得她们（三类女性都包括在内）当年并非作秀，而是内心里真有一种对百姓的亲情。也许她们意识到自己在家庭妇女们心目中是代表着党和政府的，所以感受到能和家庭妇女们打成一片乃是特殊的愉快。她们走时，家庭妇女们往往成群结队地送出大院，送至街头，恋恋不舍。

应该承认，她们当年像一种黏合剂，以女性特有的感情色彩和非常浓厚的方式，紧密了底层民众，起码是底层家庭妇女们与党和政府的关系。

这一点她们做得比当年的男性们出色得多。如果没有她们深入的、经常的宣传鼓励和教化，家庭妇女们与党和政府的关系其实是极为松懈的，只不过经由街道和居民组的妇女干部们发生着管理与被管理的关系罢了。

以上三类20世纪50年代的知识女性，在第四类知识女性们面前，又不能不一律地肃然起敬。

这第四类知识女性，便是首长们的夫人。她们中不少人革命资本雄厚，本身又往往是处级干部。20世纪50年代，一个是处级干部的女人，在寻常人心目中，本身已接近高干了。想想嘛，她在部队里是团级！而且事实上，20世纪50年代，处级干部也的确是高干的初级——十三级。即使她们不是处级，是科级，也往往是身居要职的科级。她们的丈夫，又往往是局长、厅长、省市党政机关的部长们，甚至是省市正副职领导们。

所以，她们身上往往既有官气，同时也有官太太之气。哪怕她们是温和待人的女人，也难以全部掩饰起身上的官气和官太太之气。为官不能半点儿没有官气。但官气在她们身上，由于官太太之气而有时表现得盛气凌人。

20世纪50年代，除了庞大的家庭妇女群体，除了以上四类知识女性，当然还应提到那些工人女性、服务行业的女性，以及从事教育、卫生、文化工作的女性，她们皆是新中国的第一代职业女性。在一个意识形态政治化的国家里，“第一代”本身就是莫大的荣幸。这荣幸当年通过各种方式灌输进她们的头脑，并在她们的头脑中发酵为极其强烈的自豪。如今我们稍微一想，其实“第一代”并不意味着什么了不起的内容，因为这世界一向经常产生方方面面的“第一代”，但当年她们可不会像我们现在这么稀松平常地去想。如果当年有人将我们现在这么稀松平常的想法告诉了她们，她们定会生气，甚至会认为我们思想反动……

荣幸加自豪，使当年的中青年（青年居多）职业女性们非常热爱自己的工作，都尽量以出色的敬业表现在自己平凡的岗位上。当年因工作不出色而受批评，哪怕仅仅受到班组长的批评，也是一件无比严重的事。而且，无疑是让人觉得羞耻的事。她们中，瞧不起自己的工作、因为工作性质的平凡而妄自菲薄的人是极少的。谁头脑中存在这样的不满意或不满足，谁就被认为“思想成问题”，而一个女人若被认为“思想成问题”，那么即使容貌姣好，人也很“成问题”了。

她们对荣誉的要求都相当强烈，体现在争当先进、标兵、模范、“红旗手”等方面。“名利”二字，在中国，从20世纪50年代直至80年代初，“利”所包含的实际物质内容近乎虚无。即使有形，无非一个小本儿、一条毛巾、一支笔而已。但一张纸上如果印了“奖状”二字，它会使当年的许多男人和女人整整一年内不知道究竟怎么样努力工作才配获得它，才算对得起它……

每年国庆节前，她们中有些姐妹被挑选出来——当然首先是获得过奖状的和年轻漂亮的，进行集体操练。于是她们出现在国庆那一天的游行队伍中，身穿整齐划一的行业服装，列成方阵，手拿纸花或小红旗，一边挥舞，一边呼喊庆祝口号。她们手挽手，挺胸昂头，尽量跨出比男人的方阵更豪迈的步伐，尽量呼喊得比男人们的声音还响亮。在当年，尤其对于那些女性而言，豪迈乃真情怀，亢奋乃真精神。她们虽不见得生活得怎样幸福，却觉得自己是世界上差不多最幸福的女人。

由她们列成的方阵，在以后每年的游行队伍中不断壮大。

当然，即使在20世纪50年代，城市里也仍有与前几类完全不同的女性。但只能在中央大街一带，而且，一般只能在晚上见到她们绰约的身姿。旗袍，丝袜（解放前的箱底之物），高跟鞋，烫卷的头发，描得又细又长的眉，抹得猩红的嘴唇；若在冬季，身上则裹着貂皮大衣或狐皮大衣，头上像电影里的外国女人似的歪戴着贝雷帽——白天也偶尔能见到。

我和少年时期的伙伴儿到中央大街去玩，几次见到过这样的女人。她们使我们联想到小人书《三毛流浪记》中画的摩登女郎。我们不觉得她们美，只觉得好奇，觉得她们喜欢那样子不可思议。免不了彼此小声说一句："瞧，一个资产阶级的臭女人！"

但她们却恰恰可能属于最"无产阶级"的"无产阶级"。

有一次，我们在一家冷饮店里捡冰棍签子，看到了这么一幕——一个那样的女人，因为店员服务不周，声色俱厉地训斥店员。店员火了，将擦桌子的抹布往桌上一摔，一手叉腰一手指着店门吼："我是为人民服务的，不是专门伺候你这种女人的！你出去……"

那女人倒也没因此而耍泼。她起身去柜台那儿挂了个电话，随后归座，架起二郎腿吸烟。不一会儿来了两名警察，二话不说，推着店员往外走。店员抗议："干吗冲我来呀？我怎么啦？"一个警察问："你为什么侮辱这位女士？"事后，听人们议论——那女人是市里一位很大的官的小姨子……这种女人，往往和另一种生活连在一起。那另一种生活，是老百姓的眼根本看不到的，在20世纪50年代就开始与表面的社会生活并存着了。

最后，我们要提到20世纪50年代最值得令人怀着肃然的心情悼念和评价的一些青年女性，那就是当年参加了抗美援朝的她们。她们普遍是那么勇敢，心中充满了一往无前的英雄气概和视死如归的牺牲精神。她们和男性志愿军战士们一样，在异国的土地上冒着枪林弹雨谱写战地豪情。关于她们的许多英雄事迹，时至今日，如果一一讲来，对当代人肯定依然具有可歌可泣的震撼力，依然足以引起由衷的敬意。

而此前，她们中许多人，只不过是些刚毕业的初中生或高中生，或卫校的在校生。她们的英雄气概产生于强烈的爱国热忱。她们的献身精神诚如"志愿军"三个字所体现的，是一种志赴崇高的"志愿"。

在20世纪50年代的中国青年女性中，她们身上折射出的是最壮丽的光彩。

20世纪50年代的女孩，一入中学，母亲们就会经常教诲她："不小了啊，该有点儿大姑娘样儿了！”当然，她们还根本不能算是大姑娘，只不过不再被视为小姑娘了。

于是，母亲们的经常教诲，对那些比小姑娘大、比大姑娘小的少女们的心理产生了重要的暗示作用，她们便开始要求自己像大姑娘样儿了。

不必急于细说20世纪50年代典型的大姑娘究竟是什么样儿，还是先谈当年的少女们吧。

据我看来，与当代少女们相比，她们有比较幸福的一面。

第一，虽然是中学生了，但学业绝对不至于对她们构成什么压力。20世纪50年代的中学生也只上半天课。中午放学后，除了完成作业，其余时间她们基本上是自由的。而完成作业，一般两个小时绰绰有余。因母亲们大抵是家庭妇女，其实并没什么家务吩咐她们做。倘有哥哥姐姐，则她们更闲在了。倘有弟弟妹妹，则她们应该做的事，不过便是哄好弟弟妹妹别哭别闹，所以她们有相当充分的时间自由支配。当然，也有家里生活特别困难，母亲卖冰棍、摆小摊儿，揽到家里些零活儿做的。那么，这样的少女就闲在不了。但20世纪50年代的母亲们，一般不会指令自己上了中学的女儿去接替自己卖冰棍或摆摊儿。她们虽是家庭妇女，却比女儿们更在乎女儿的外界形象如何。母亲们爱护女儿们的外界形象，甚过爱护自己的外界形象。只要那女儿有哥哥弟弟，母亲指令接替自己的，往往是儿子。

少女们已不再跳格子、跳皮筋，那被视为小姑娘玩的项目。她们尤其较少跳皮筋了，因为跳皮筋是夏季玩的项目，夏季她们多穿裙子，跳皮筋有时须撩起裙子。皮筋举多高，一条腿要踢到多高。她们已自觉不雅。而母亲们倘见她们仍玩着，就会训斥。自己的母亲不训斥，别人家的母亲也会议论：“那么大个姑娘，还撩裙子高踢腿的，真没羞。也不知她妈管教过没有！”

我一直认为，跳皮筋对于少女们是极有益于健康和健美的玩法。她们当年跳皮筋时灵敏的身姿，至今仍印在我的脑海里。她们母亲当年训斥她们的情形，也一直是我回忆中有趣的片段。

少女们被暗示要“像大姑娘样儿”，不成文的训条之一便是少动多静。结果是——她们还能聚在一起玩玩的，也就只有“欻嘎啦哈”了。这恐怕是北方少女特有的玩法，南方少女未见得也玩。所谓“嘎啦哈”，是猪或羊腿关节处的骨轴。以羊的为佳，小巧形整，每面涂上不同的颜色。可独自玩，也可两人以上五人以下合玩。玩时左手抛起一个布口袋，右手同时撒出四到六个“嘎啦哈”。左手接住布口袋时，右手须在那布口袋降落的瞬间将“嘎啦哈”全都抚为同面朝上。至今我还没发现过，也没想出过比这一种玩法更能训练眼疾手快的另一种玩法。此玩法或许是蒙人传给汉人的。当年有的少女的一副“嘎啦哈”已被玩得油亮，而且是由成了大姑娘不再玩了的姐姐传给她们的。母亲们一般不会反对她们“欻嘎啦哈”，因为总得允许她们玩一种项目。四个少女各自盘腿或蜷腿相向而坐，不声不张，几乎静悄悄地玩着，是当年的母亲们看着也颇欣赏的城市女儿图。“嘎啦哈”难凑，更多的少女们便以桃核代替之。

像中学男生们开始互相借书一样，少女们开始彼此讨要花根、花苗、花籽。家家窗前屋后都有起码几平方米土地，便成了她们栽培自己喜爱的花儿的花圃。少女喜爱花儿是符合她们天性的。但使我至今也找不出什么原因而且始终奇怪的是，从 20 世纪 50 年代初直至“文革”爆发前的中国少女，不知为什么，爱读书的极少。她们是小姑娘的时候并不特别爱看小人书，她们上中学了也并不特别爱读小说。如果她们爱看，她们比今天的少女们有充分得多的时间。当然，一个原因是，除了少数知识分子家庭的少女，大多数家庭没有任何书报。大多数父母没有读书的习惯。我在当年的小人书铺里，很少发现少女们的身影。一分钱就可以看一本小人书，甚至可以看两本薄的。少年们每个月能从父母那儿得到几分钱的奖赏，我想她们也会得到的。

倘她们不属于学习成绩优秀的学生，父母们自然也是遗憾的，但绝不至于像今天的父母们一样着急上火，惶惶然不可终日起来。因为当年上学是为了识字。既已是中学生了，便一辈子不可能再是文盲了，父母们也就觉得对她们尽到了义务，满足于这一点了。大多数的她们，自己也满足于这一点。不就你是优等生，我不是么？但你能读，我也一样能读；你能写，我也一样能写呀！中学毕业之后，不都是要参加工作的么？不都是要学三年徒么？学徒期间不都是只有 18 元的工资么？以后不都是要凭工龄、凭实际工作表现涨级么？……

的确，20 世纪 50 年代的她们中，只有极少数立志要升高中考大学不可。普遍的她们，自己并无很强烈的愿望。普遍的家长，也只打算供她们读到初中毕业。当年初中毕业生的就业机会较多，这使她们对自己前边儿的人生没有什么太严峻的忧虑。

不消说当年中国人还没听过“电视”二字，平民阶层十之五六的人家连一台旧收音机也没有，一个院儿七八户人家往往只有一户订晚报的。几乎家家都没有书架，更无“闲书”。如果学校不组织看电影，少女们是不会像少男们一样，合伙捡点儿破烂儿卖了，结伴儿去看场电影的；也不会像精力过剩得没着落的少男们似的，三五成群不嫌累地走到市里去盲目地东游西逛。

但是在我的记忆里，她们并不显得特别寂寞。恰恰相反，她们的少女心怀似乎很充实。那里边不曾为追星发烧过，也不曾被向往某种物质生活的强烈念头折磨过，更不曾被什么世事的平等与不平等冲击过。

20 世纪 50 年代的少女的心怀，普遍如一盆清水般净静。说是一盆，而非一池，比喻的是她们心怀范围的有限，净静得当代人既不能说多么好也不能说多么不好。

她们不寂寞，也许因为她们之间有足够装满心怀的友情。一名少女当年伤心了，暗暗哭泣了，往往由于她们之间的友情发生误解了，出现裂痕了。

我小时候，不止一次在别人家里见过这样的情形：

一个少女一回家就哭。

母亲问她怎么了。

她说：“她妈（或她爸）打她了！”

那么那个“她”，自然便是她的知心小姐妹。

小姐妹在家里挨打挨骂，她会难过得一回到自己家就哭起来。每一回忆，心为之感动。

不知今天的少女之间，是否还存在着那么一种不是姐妹胜似姐妹的友情，那真是一种醇香如亲情的友情呢。

20 世纪 50 年代少女之间的此种友情，验证了一条人性的逻辑——对于心灵而言，有空旷，就有本能的填补，无好坏之分。

20 世纪 50 年代的中国，社会现象过于单调，因而世风相对较为淳朴。

20 世纪 50 年代的中国少女，往她们空旷净静的心怀里填补的大抵是淳朴。

当然 20 世纪 50 年代也发生了冲击性极其猛烈的大事件，比如“反右”。但她们距这大事件甚远，不太能感受到它的猛烈性。只有父母受到危害的她们，才体会到祸殃自身的悲苦……

打扮一个20世纪50年代的少女是极其简单的——一尺红或绿的毛线头绳儿，一件布拉吉（连衣裙），一双黑布鞋，足够了。只要布拉吉和黑布鞋是洗过了才穿上的，即使旧，也还是能使她们变得清清爽爽、灵灵秀秀的。有双白袜子穿更好，没有，也好。总之，当年那一种简朴到极点的少女的美，真是美极了，美极了。

20世纪50年代的少女，与今天的少女们相比较最主要的差别是——那一种心灵的自在，那一种心理的自然，那一种心事的简单，以及那一种日常心情的澄明透澈。她们并不太受普遍之清贫的影响。好比农人漫不经心地撒在土质不良的土地上的种子，竟也一片片长出秧苗，但是株茎细瘦，大多数难结饱满的穗。

20世纪50年代，中学毕业以后，她们就被视为名副其实的大姑娘了。在早婚的年代，女性的少女期是短暂的，短暂得几乎可以说稍纵即逝。20世纪50年代仍是早婚的年代。到了十八九岁，无论工作与否，如果自己不急于考虑婚事，父母们也会按捺不住地张罗着为她们东找婆家西找婆家。倘23岁以后还没嫁出去，那么就将被视为老姑娘了。而一个家庭若有一个老姑娘，那么父母愁死了：唯恐她被剩在家里。所以大姑娘也意味着一段短暂的年华。从结婚那天起就是小媳妇了。从大姑娘到小媳妇，短则三四年，长则五六载。20世纪50年代，二十来岁的小媳妇，即使在城市也比比皆是。

所幸她们对工作并不怎么挑拣，一般是份工作便高高兴兴地去上班。工资是全国平等的。脑体之间基本无差别，机关与行业之间基本无差别，行业与行业之间基本无差别，男女之间基本无差别。在此种种基本无差别的前提之下，对工作条件、工作环境、工作性质不满意的她们，虽也羡慕这些方面比她们幸运的别人，但一般不至于羡慕到怨天尤人、自暴自弃的程度。

上班的她们，普遍还买不起自行车。如果单位远，她们每天需6点多钟就离家。从居民区走到有马路的地方，才能挤上公共汽车。为了不迟到，她们常将工作服穿回家，第二天穿着工作服离家。那样就省下在厂里换工作服的时间了。

20世纪50年代，青年女性因有工作而自豪，所以穿工作服走在路上觉得挺神气。如果那工作体面，那厂是大厂，有名，则她们穿着工作服走在路上，不仅觉得神气，简直还往往觉得美气。她们穿那样的工作服，能吸引较高的回头率。向她们投以热烈目光的，当然都是小伙子。

她们中当护士的，无论冬夏，常喜欢将雪白的护士帽戴在头上。医院是被刮目相看的行业，戴了雪白护士帽的她们，自然也被刮目相看。那时她们就尤其显出大姑娘的矜持来。

餐饮行业也戴白帽子，与护士在医院里戴的白帽子区别不大。故有在小饭馆工作的她们，也戴了白帽子招摇过市，内心里乐于被路人看成大医院的护士，所谓“过把瘾”（但不死）。

当年有小伙子冲着一顶白帽子而苦苦追求小饭馆服务员的事，成了相声、小品和小说、戏剧中的喜剧情节。

她们上班时，邻家没有长大的女儿的母亲一出门碰上了她们，投在她们身上的目光是很复杂、很微妙的。那一种目光告诉她们，母亲心里在想——盼到哪一天自己的女儿也开始上班挣钱呢？她们每月十八元、二十几元的工资，对一个平民之家的经济补充非同小可。那时她们嘴上礼貌地问着好，内心里体会到极大的优越感。

如果是星期六，她们也会在厂里换下工作服回家。倘还是夏季，她们往往穿一件布拉吉。因为她们自己最清楚，布拉吉尤能显示出她们成熟又苗条的大姑娘的美好身段。也因为她们明白，一旦做了小媳妇，再穿布拉吉的机会便少了。小媳妇们一般是不公开穿布拉吉的。

于是许多母亲的目光，都会追随她们的身影久望，互相询问她们是哪条街上、哪个院里、哪一户人家的大姑娘。如果她的容貌比较漂亮，那么她的家便出名了。

女人们每每会情不自禁地这么说：“瞧人家那大姑娘长得喜人劲儿的！”出落得标致的大姑娘，仿佛是她家的“名牌”，是父母共同拥有的“专利”。但在20世纪50年代，她们并不特别具有“商品”的属性。20世纪50年代中国没有“大款”及“富豪”，故她们自己的头脑中，绝然不会产生通过“傍”或“嫁”而成贵妇的念头。她们的父母一般也不太会有指望经由她们的“流通”而改换门庭的不切实际的心思。20世纪50年代的父母不像现在的某些父母那么开通，如果她给自己找的丈夫和她父亲的年龄差不多，不管是不是真爱，不管那男人是处长还是局长，家人都会觉得是奇耻大辱而闹得天翻地覆。

小时候我家前一条街上，有个标致的21岁的大姑娘，死活要嫁给一位死了老伴的52岁的商业局副局长，结果是她没死，她母亲死了。在一辆“上海”牌儿小汽车兴师动众地来娶她时，她母亲喝了药臭虫的“敌敌畏”。

20世纪50年代的父母，尤其工人家庭的父母，一般认为自己的女婿年轻、健康、英俊、人品好就是女儿的福，当然也是自己的福。健康和人品好是首先，其次是英俊不英俊。至于是工人还是小干部，那倒无所谓。当然，如果前四条达标，居然还是位小科长，父母也会替女儿高兴得心花怒放。

20世纪50年代，关于婚姻的某些新观念具有强大的说教力，并且深受人们的普遍拥护。某些旧思维或被冲击垮了，或被人们觉悟到是一种丑陋，自觉地抛弃，甚至自觉地抵制。父母将女儿待价而沽或女儿将自己待价而沽，一个家庭的名声也许就完了。共和国的新工人阶层没有财富，家庭名声是他们唯一重要的“不动产”。几千年来的旧意识本非他们自愿的意识。所以他们的头脑虽简单，却很适合往里装新意识。头脑里装进了新意识的他们，是绝不容许自己的女儿拿家庭名声开玩笑的。

大姑娘们下班一回到家里，放下饭盒就帮母亲们做这做那。她们一般不会因自己也是挣工资的人了便在家里摆什么资格，要求什么特殊的待遇。她们明白，自己生活在家里的日子不会太久了。这使她们比从前更体恤永远操劳着的母亲们了。回想自己是小姑娘、是少女时，竟不怎么懂得体恤母亲替家庭分忧，她们每每心生愧疚。同时心生对她们的家的眷眷依恋，虽然它可能很清贫，很拥挤，很杂乱。那一种眷眷依恋又每使她们的心情特别惆怅。大姑娘们这时望着生出白发的母亲的目光是非常温柔的。

女儿是娘的贴心袄——这句话主要指的是成为大姑娘的女儿们。

吃完饭，大姑娘和母亲争抢着洗碗。

“不用你，屋里歇着吧！”

“妈，你进屋歇着，就让我来吧！我还能替你几次呢？”这每每是母女二人在厨房里悄悄的对话。当母亲的听了，心里一阵热。她感动得想哭。她这时心里觉得，她将女儿从一个小姑娘拉扯成一个大姑娘，所付出的一切操劳都是值得的，她的心满足得快要化了。

大姑娘洗罢碗，收拾干净了厨房，进屋又拿起了毛线活儿或针线活儿。如果家是两间屋，大姑娘准和母亲待在同一间屋。或对坐，或并坐，或大姑娘手里运针走线，母亲陪着一递一接地说话儿，或母女俩手中各有各的活儿……

少年时期的我，常在别人家见到这样的母女亲情图。

大姑娘有工资了，她可以用自己的工资买毛线了。她心里有种筹划，那就是要在"出门"前，给父亲织件毛衣，给母亲也织件毛衣，再给弟弟织件毛背心，给妹妹织条毛围巾什么的。"出门"前的大姑娘，心里装着每一个家庭成员。她要留下念想儿，延续她对这个生于斯长于斯的家的亲情。

小时候我们邻院有位大姑娘，嫁前不但给全家五六口人包括爷爷每人都织了一件毛线物，而且将全家人所有的棉衣裤和被子都拆洗了，浆了，重新做好了。

她嫁前挨门挨户向长辈们道别。做母亲的女人们几乎都落泪了，都比她妈还舍不得她嫁出去似的。

大家都这么评论她家："真没白养姑娘！"

这当然也意味着对那大姑娘的极高的赞扬。

后来，那大姑娘就成了整条街上的大姑娘和半大姑娘暗中学习的榜样。

大姑娘某一天终于是新娘了。男方家里会送她一套料子做新衣，一般是哔叽的，那将是她以后二三十年内最好的一套衣服。当然还少不了一双皮鞋，那几乎肯定是大姑娘生平穿的第一双皮鞋。手表、自行车、缝纫机是当年代表一个家庭物质水平的硬件，新婚夫妻极少有同时备齐三大件的，往往由大姑娘随自己的心愿任选其中的一件或两件。

倘男方家住不下，他们只得租一间小屋，每月付 3 元、5 元、10 元不等的房租。小屋的大小由地区位置而定，当年一间小屋的最高房租是 10 元。如果夫妻俩都是一、二级工，工资加起来六七十元，付了房租还能过得不错。如果夫妻双方的家庭都比较困难，婚后每月需向各自的家庭继续交些钱，那么他们的新生活一开始便是拮据的，此后将克勤克俭，长久的岁月里都要节省度日……

大姑娘成了小媳妇，一般都会有一段幸福的夫妻生活。新家的家务较少，下了班后，她一如既往地织，这时是给丈夫织了。如果和小叔子、小姑子关系处得好，也给他们织。但这样的一对年轻夫妻不可能有太多的余钱买太多的毛线织了取悦于人，更多的情况下她奉献的是织艺和时间。

那幸福往往也不过就是这样——小两口都靠着被子，并排地半躺在床上，为妻的织着，为夫的时不时爱抚她一下，亲吻她一下，讲段笑话给她听。如果丈夫具有“科学”头脑，会在婚前或婚后，花很少的钱买些部件，自己组装一台收音机。20 世纪 50 年代，我在许多新婚夫妻陈设简单的小家里见到过他们自己组装的收音机。20 世纪 50 年代年轻的工人们手巧得很，借助厂里的机床和工具所做的木的或铁的收音机外壳，看去也挺美观。年轻的工人们中，总有几个能工巧匠。他们既为自己做，也很乐于为将要成为丈夫的工友们做。

小时候我家没有收音机。我太喜欢听收音机了，所以常往有收音机的人家闯，尤其爱往有收音机的新婚夫妻的小家闯。我不讨厌，他们听什么我沾光听什么，所以他们并不烦我。也可能心里烦，我小，看不出来。还可能因为我母亲人缘儿好，他们容忍我这小小的“不速之客”。

望着他们听收音机时那一种心态平静的相依相偎的样子，当年我能感觉到他们是多么幸福，并且，经常暗自向往这一种幸福。此向往每使我盼着自己快快长大，早日上班挣钱，也有那么一个小家，每晚也有那么一个小媳妇依偎在自己身旁，一边信手熟练地为自己织毛衣，一边共同听收音机里有意思的节目……那是深印在我脑海中的 20 世纪 50 年代的生活片段。

如今我每一回忆，总会产生这样的一种思想—— 一男一女在二十多岁时结为夫妻，与在三十来岁时结为夫妻，恩爱和幸福的方式、内容皆大为不同。今天的许多新婚夫妻，虽也常被称作“小两口”，其实从年龄上根本不能算为“小两口”，只不过是夫妻而已。“小两口”之间的恩爱和幸福，绝非三十来岁结为夫妻的男女们所能“温习”的，也是无法仿效的。非要仿效也变意味儿。故我理性上虽不主张早婚，感性上却更愿对“小两口”之间的恩恩爱爱投以审美生活之目光。

小媳妇回娘家一般从不空手。厂里发的工作服、劳保鞋、手套、肥皂、毛巾什么的，是她们常往娘家带的东西。她自己平素舍不得穿、舍不得用，她心里仍总惦着娘家人。她也常会背着家人，尤其背着父亲，往母亲兜里塞 5 元钱或 10 元钱，并悄悄说：“妈，别吱声儿，是给你自己的！”

如果丈夫是在机关工作的男人，如果借丈夫的光，她的家在市中心，即使只不过一间屋子，那么她回娘家的神态也是很有几分高傲的。邻家的母亲们，也会以不仅仅是羡慕的目光看待她。她为了证明自己与一般小媳妇不同，不但会穿得上下簇新，而且会拎两包点心。并不装在布袋里，就一眼可见地明面拎着。20 世纪 50 年代，寻常百姓之家一年到头也见不着一包点心。20 世纪 50 年代的电影里，不法分子拉拢革命干部下水，初次也不过就送两包点心。

而她一进娘家门，她母亲就会埋怨她："你真是，点心怎么不放布袋里呢？"

母亲就会赶紧收起，怕邻家小孩来看见了，给吧舍不得，不给块儿吧显着小气。也怕自家小孩子伸手就抓块儿跑出去吃，馋得别人家小孩凑到跟前眼巴巴地看……

如果那小媳妇还骑回辆新自行车，那么全院在家的男人几乎都将被吸引出家门，围着羡慕不已地看，问价，听了价，望"车"兴叹……

20 世纪 50 年代的大姑娘，普遍而言，多属娴静型。我小时候没见过一个所谓"泼辣"的大姑娘。农村多，城市里太少。大姑娘往往具有两面性，她婚前娴静极了，婚后却往往会变得泼辣。如果她婚后仍住在从小长大的那个院子里那条街上，那么她给人的印象依然会是一个娴静的小媳妇。如果她搬到别处去住了，别处的人碰见她本街本院的人，谈论起她时往往会诧异地问："她从前是那样的么？在我们那儿可一点儿不呀！"

她给街坊邻居的印象是娴静的，在单位也许恰恰相反，拔尖儿逞强，得理不让人，没理也不让人。

这两面性是由于，在 20 世纪 50 年代，在居民社区，一种历史悠久的对大姑娘的要求标准便是娴静。"娴静"二字，形成一种对大姑娘们的民间审美的传统。反之，普遍认为失美、不美。故大姑娘的心理，从少女时期，便受这种对她们的民间审美传统的影响，尽量娴静给居民社区母亲辈的女人们看。久之，外因转化为内因，娴静也就真的重塑了她们的天性，赋予了她们后天"修养"成的气质。何况，20 世纪 50 年代，没有足以吸引大姑娘们不甘娴静的事物。比如没有迪斯科，便没有"蹦迪"的大姑娘。而不知"蹦迪"何意的大姑娘，自然性情上肯定比如今经常"蹦迪"的大姑娘娴静。她们在婚后，在单位，在别的居民社区的不娴静，正是另一种天性的释放和反叛。只要丈夫宠她，她便觉得别人管不着她了。所以，古书中有"静若处子"一词。"处子"者，婚前大姑娘是也。

20世纪50年代大姑娘的娴静，还与较多地占有她们业余时间的编织与针线活儿有关。那些仿佛是她们的“书”。爱读书会使男人变得娴静，正如编织和针线活儿会使大姑娘变得娴静。

娴静使女性具有一种似乎古典美的气质。所以，即使西方的封建贵族，在从小熏陶公主般的文学修养、艺术修养的同时，也还要求她们用一定的时间学习“女红”。公主们一般不会自己做衣服、织衣服穿，那纯粹是为了培养性情。

20世纪50年代的大姑娘，普遍而言，也都较腼腆。

“腼腆”乃汉文字中独有的词。除了中国，世界上任何国家的文字中都无此词。“腼腆”一词的词义是较模糊的，不甚确定的，能理解明白，但难以说得非常确切。腼腆包含有羞涩的意思，又不仅是羞涩。羞涩形容的是内在的心态，腼腆形容的是外态。羞涩是一个发生性的、进行性的词，因为人不可能无缘无故地羞涩起来。

但20世纪50年代的大姑娘们，却往往会经常地、无缘无故地腼腆起来。

比如同院住了多年，邻居关系很好，她们到我家借东西，或春节拜年，也会显出非常腼腆的样子。而我父亲常年在外地工作，我哥哥是中学生，我是少年，我家简直没有能算得上“男人”的人，她们为什么也腼腆呢？

正由于我家只有“小男人”，我母亲又特别好客，对大姑娘们一向特别亲热，一向特别被她们所敬，故不但同院的，而且连邻院的，一条街上的，乃至前街后街的大姑娘们，相当一个时期内，都愿结伴儿往我家聚，有时会在窗前聚七八人之多。就着屋里的灯光，各自手里皆钩着织着，你一句我一句地聊天。悄悄地聊，偶尔发出一阵哧哧的轻笑。邻居们都说，我家简直成了“大姑娘之家”了。我母亲也常望着她们说：“我要有这么多大姑娘可美死了！”

正是那么一种情形，使我这个少年的眼，有机会观察很多大姑娘。

连我母亲和她们说话，她们也显出腼腆的样子。

同院有个比我大的男孩子心思不良。按今天说法，可叫作“问题少年”。

有次他问我：“你看她们中哪个漂亮？”

我就指着其中一个说：“她最漂亮！”

他怂恿我：“那你敢走到她跟前去对她说‘我爱你’么？你若敢，我给你两个玻璃珠儿！”

于是，我逞强地走到那个大姑娘跟前大声说："我爱你！"

不唯那一个大姑娘，所有的大姑娘都倏地一齐红了脸，都瞪着我呆住了。片刻，这几个伏在那几个身上，一齐笑得前仰后合。

那是我生平第一次见大姑娘们笑开怀。

她们一个个忍住笑，复一齐瞪着我，脸仍红着，都显出一种很美的腼腆。

我母亲因那件事狠狠训了我一通，不许我以后再跟那"问题少年"接触。

20 世纪 50 年代的大姑娘们的腼腆，也许是因为那"大"字。这"大"字冠在"姑娘"二字前边，赋予了许多"姑娘"二字原本没有的意义和意味。或许那"大"字，使她们领会了太多有点儿担载不起又不能不撑住名分的尴尬。好比教授一旦被称为"大教授"，一言一行一举手一投足也难免找不准自我。

"大姑娘"使姑娘们处于一种找不准自我的状态。

于是她们被人以看待大姑娘的特殊的眼光看待时，便不禁地心生出说不清道不明的尴尬。

而也许正是这种自己说不清道不明的尴尬，使她们每每原发性地、无缘无故地腼腆吧。

20 世纪 50 年代是"大姑娘"的叫法在中国最普遍、最流行的年代。

20 世纪 50 年代大姑娘们的娴静和腼腆，单就男性对女性的眼光而言，从我这儿讲，在我记忆里永远是优雅的、美的。

姑娘大了，如果只"蹦迪"蹦得好，却从不知娴静何意，如果一味现代，从未羞涩过，从未腼腆过，细想想，也够俗得烦人了。

当然，20 世纪 50 年代还有另几类大姑娘，比如某些高干家庭大小姐式的，某些高级文化人士大家闺秀式的女儿们……

当年根本没接触过她们那一类，头脑里也就连点儿回忆都不曾保留下来。

二、饥饿年代的中国女人

20 世纪 60 年代前三年，是中国的灾荒之年，也是中国人的饥饿之年，更是逢此三年的绝大多数中国女性每忆心悸的艰苦岁月。从母亲怀中的女婴到老妪，几乎概难幸免。

我们这里既说的是绝大多数，因而强调了例外者的存在。某些成年人虽然在那三年里自己不曾挨过饿，但还是知道别人在挨饿的情况的。只有极少数少男少女在那三年里并没挨过饿，以至于长大后，听许多同龄人或上一代人回忆起“三年自然灾害”时期的苦日子，竟浑然不知，莫名其糊涂。仿佛非中国人，乃外国人。他们是极少数的高干子女。当年的空军战士，曾节省下自己每月发的饼干和巧克力，送往他们寄宿的小学或中学。

“难怪学校里当年发过饼干和巧克力！”

他们往往是在这样的联想下，才能证明那三年在自己的年龄中也确曾是度过的。

所谓“三年自然灾害”，我们如今都知道的，并不仅仅是自然因素造成的，也是政治因素造成的。

中国和苏联决裂了兄弟国家之间的友好关系，导致苏联板起面孔讨债，中国显示出强硬的志气偿还。

那三年内，局以上干部每月发“优待券”，可凭券买到白糖、茶、烟、奶粉之类。老百姓在那三年里见不到奶粉。凭出生证明供应给婴儿的是代乳粉，一种接近奶粉的婴儿乳品。那证明不仅要证明婴儿的出生，还要证明母亲奶水的不足。倘不证明后一点，也是不卖给的。春节前，每户人家供应几两茶叶。白糖每月每人二两。吸烟的男人每月供应一条劣质烟。

我母亲在那三年里一度也吸起烟来。为了获得烟票，她起先装出会吸的样子蒙发票的街道干部。烟票当年是一种很受青睐的礼品，尤其送给会吸烟的男人们时，他们是非常感激的，并会当作欠情之事铭记着。

后来我母亲就自己也每月买两盒，每天吸几支。

我曾问母亲吸烟有什么好，母亲叹口气说：“止心慌。”

当年许多人心慌不是由于心脏病，而是由于饿。“止心慌”，其实是为了“止饿”。母亲不愿实说罢。

科级以上干部当年又叫“糖豆干部”，因为每月可比普通百姓优待半斤白糖、半斤黄豆。

南方的和北方的，不同城市的人们聚在一起，免不了相互询问——你们那儿每月供应几两糖？几两豆油？几斤细粮？

粮店里供应的粮食，经常是发霉的、生虫的，分明是粮库里清扫出来的库底粮。

城市人口中，对男劳动力的最高定量是 36 斤半（搬运工、伐木工、煤矿工享此优待）。

一般工人 32 斤。

脑力劳动者 30 斤。

家庭妇女们和中学生、高中生们是一样的定量——28 斤半。

后来，在哈尔滨市，粮食不能保证定量供应了，每人每月减少 3 斤粮食，以霉质的地瓜干等量代之。

连霉质的地瓜干都作为城市人的口粮供应了，足见已将农民的口粮收缴到了什么程度。

许多学生腹中空空地上学，许多学校因而取消了课间操。学生和教师饿昏在课堂上的事是经常发生的。

男工人和女工人饿昏在车间里的事也是经常发生的，由此导致的伤亡事故频频。

素称“鱼米之乡”的江浙一带的农民，大批大批迁往山区，因为在当时，山区农民征粮指标低些。

“天府之国”的农民大批大批地逃亡外省寻求活路。

陕甘宁的农民大批大批地“闯中原”或“走西口”。

……

事实上，从 1958 年起，饥饿在有些省份就蔓延了，也并未能全国齐刷刷地结束于 1963 年底。在有的省份，直至 1965、1966 年才略见缓解，而 1966 年中期就开始了“文革”。

那些年，全中国直接饿死或间接死于饥饿、营养不良、野菜中毒的人数，想必是难以统计确凿的，比“上山下乡”知识青年的总数可能要多。当然，主要是连起码口粮定量都丧失了的农村人口。

那些年，城市里的许多中年母亲迅速地白了头，明显地苍老了。

作为妻子，她们必得保障丈夫们不至于被饿倒。丈夫们一饿倒，家庭也就没了基本收入。作为母亲，她们必得保障儿女们维持在半饥半饱的状态，因这是她们的起码责任。如果还有公婆，如果她是个孝顺媳妇，岂忍看着老人挨饿？

但每一个家庭成员的口粮都是定量的。巧妇难做无米炊，她们往往也只有自己吃得比定量更少。

倘有丰富的副食，以上定量并不至于使人挨饿。但那些年里几乎没有任何意义上的副食，连蔬菜也是按票证供应的。

20 世纪 60 年代的前几年，中国城市里的绝大多数母亲亦即中年母亲们，总体值得评说的乃是母性的毅忍和毫不顾惜自身的家庭责任感。如果她们自己不吃饭也能将就着活，她们中许多人肯定会根本一口饭都不吃；如果她们身上的肉割下一块来半个月就会长合，她们中许多人肯定会每隔半月就从身上割下一块肉来给全家人炖汤。除以上两点，实难再由她们评说出什么折射时代精神的风貌特征了。

那么在咄咄逼人的饥饿年代里，她们身上还能显示出别种的女性异彩么？

那些年参加了工作的大姑娘，大多数比较自觉地推迟婚龄。一是由于结婚成了很不现实之事，大多数小伙子那些年没心思结婚。整天饿得心慌眼花的，哪儿有结婚的心思呢？念头一闪，便自行地打消了。而小伙子们的消极，正中大姑娘们下怀。其实她们都不愿在艰苦岁月里嫁出门去。一嫁出门，工资也就带走了。她们微薄的工资，对于她们的家越发显得重要了。毕竟，在黑市上，花高价还是有可能买到粮食或粮票的。她们的工资也等于十几斤粮食啊！一个家庭每月多十几斤粮食、少十几斤粮食，区别是很大的。何况，因为她们参加了工作，每月口粮比母亲高三斤半，比小弟弟小妹妹高六七斤甚至十来斤，自己每顿少吃，家人不是可以多吃几口么？

那些年，是中国城市结婚率最低的几年。二十四五岁了仍不考虑婚事的大姑娘多了，不足为奇。与 20 世纪 50 年代初期至中期相比，她们是接近老姑娘了。饥饿比宣传号召起了更大的晚婚作用。

但在农村里恰恰相反。

为了拯救家庭，大姑娘或者甘愿牺牲自卖自身，或被无奈的父母暗卖。因为她们没有工资，土地荒芜，工分也没了意义，只有自身还能换点儿吃的。又加上中国农民传统的重男轻女的封建思想仍十分严重，卖了女儿，起码家里少了一口“白吃”。保命的重点，是倾斜于儿子的。当然，也有父母，愿望是好的，考虑得极为现实——女儿让一个男人领走，只要他能养活她一条命，总比饿死在家里强。大姑娘白白被人领走了，接着，二姑娘、三姑娘也眼睁睁地被人领走。只有儿子，要死，也得和自己死在一起。因为只要留住儿子，只要儿子不死，就有能传宗接代那一天。

我曾在一篇报告文学中记述过一位叫张劭的男人。他年轻时留美留英，获得美国的医学博士和英国皇家医学院终身院士的殊荣。他归国后，1954 年因受不公正对待，被判刑。刑满回了原籍河南某农村。1961 年至 1962 年间，他“嫁”走了三个女儿。当然不是卖，当地农村也没人买。有男人肯以娶妻的名义领走就不错了。三女儿被领走时刚 15 岁。在 20 世纪 60 年代，15 岁当属少女。

城市里的少女们、半大姑娘们，亦即初中生、高中生们，比起农村的少女们、半大姑娘们来，落不到那么悲惨的命运，似乎该算是苦难岁月中的幸运。

但她们中的许多人，在身体正发育的年龄，由于极度地缺乏营养而终止了发育。如果将今天小学六年级的学生和 20 世纪 60 年代前三年的初一、初二学生混编在一起，并且都来一个向后转，那么可能较难分出哪些是今天的小学六年级学生，哪些是从前的初一、初二学生。如果将20世纪60年代前三年的高中生与今天的初中生混编在一起，那么会比较明显地看出，后者发育的良好程度远胜前者。良好中的忧虑，倒是营养过剩现象。

许多20世纪60年代的初中生、高中生，身体发育在不该终止的年龄终止以后，就永远地矮小了。排除个别遗传因素，共同的原因是三年饥饿。

一进入20世纪60年代，中国城市女性人口的年龄比例发生了显而易见的变化。过去是家庭妇女多，后来是学生多。过去，街头巷尾发生件什么事，哪怕仅仅是出现了个卖彩线的小贩，满街急匆匆聚去的全是中青年母亲们的身影。后来，如果正巧是学生们放学的时候，被吸引的往往是许多女学生了。20世纪50年代曾被母亲们经常抱在怀里或经常左手牵着、右手扯着的女孩们转眼间长大了、上学了，并且，在她们长大的过程中，母亲们又为她们生出了小弟弟小妹妹。

20世纪50年代初，全哈尔滨市仅六七所中学，包括高中在内。而20世纪60年代初，全哈尔滨市的中学已增加到七十余所。十来年内城市添生了多少下一代不言而喻。

过去，早晨7点多钟，下午5点多钟，女人们的目光迎送的是上下班的丈夫们，而后来迎送的是上下学的儿女们。成群结队的中小学生从街上络绎经过，情形往往颇为壮观。

20世纪60年代的中学女生与20世纪50年代的中学女生相比，头脑中对于上学的思想大为不同。她们已不满足于将来的自己仅仅不是文盲。她们已开始明白，学历的高低，不但关系到自己将来的婚恋和人生的质量，而且足以直接扭转自己的命运。

绝大多数初中女生的志向是升高中。她们上中学不久，便开始了解到市里有哪几所中学是重点中学，而自己就读的中学之教育水平大致属于几等。在课堂上，老师们每每备感荣耀地告诉学生，本班本校的上一届、上几届学生中，有多少考了重点高中。那些使老师谈起来很骄傲的学生中的女生，便渐渐成了她们心中的榜样。

在20世纪50年代，就业或读书，对绝大多数中学女生而言，并非什么重大的抉择，往往服从父母。倘父母替她们找定了一份工作，即使是做小商店的服务员，她们从此中止学业，心里也往往并无太大的遗憾和痛苦。甚至会觉得，早参加工作，早结婚，也好。因而在20世纪50年代，中学女生中途退学的现象是司空见惯的。

但20世纪60年代的她们想法已经变了。中止学业对于她们肯定是被迫之事了，她们会由于不情愿而伤心哭泣，而哀求，而抗议。做小商店的服务员已令她们感到委屈。她们自信如果继续上学，命运的安排很可能会是另一种。20世纪60年代，城市里发生过在家长的逼迫之下退学的中学女生自杀的事件，也有过参加工作不久因终日郁郁寡欢精神分裂的。不消说，她们都是生活极其贫困的家庭的女儿。20世纪60年代初，大多数中国人虽在忍饥挨饿，但中国的工业却在一如既往地发展着。工业的发展形成了新的行业，新的行业似乎类分了人的命运区别。一个在小商店、小粮店、小饭店上班的女青年，看到别的女青年身穿的工作服上印着令世人向往的大工厂的厂徽，她心里的自卑和羡慕是难以形容的。而那样的大工厂，不可能招收中途退学的中学女生。

绝大多数高中女生的志向当然是升大学或大专。那些重点高中的女生尤其如此，她们对于全国的名牌大学耳熟能详。

“三六一十八，清华北大哈工大。”这是20世纪60年代初开始在哈尔滨初、高中生们之间流行的话，代表着他们和她们的学习理想。“三六一十八”，指哈尔滨当年的四所重点中学三中、六中、一中、十八中。

中学生考入此四所中学之一，意味着离踏进全国名牌大学只有一步之遥了。

我的哥哥原在哈二十九中读初中，毕业后被保送到一中，前街和后街的大姑娘们都对他另眼相看起来。1963年我升入中学，哥哥考入大学，前街后街为之轰动，连派出所所长和公社的干部都纷纷到家里祝贺。新中国成立以来，我们那一居民社区几千户人家中，还没出现过大学生。哥哥到外地上大学前，预选定亲的媒人终日不断。许多大姑娘和她们的父母，认为我哥哥将来必是工程师无疑，都愿早结良缘，等上四五年也心甘情愿。

20世纪60年代初，城市里的人们开始无比崇尚起知识和学历来。既然人们的收入水平几乎是一样的，那么知识和学历就成了唯一被看重的区别。正如今天本科生、硕士生多如牛毛，甚至显出社会无法消化的过剩现象，那么在青年人知识和学历已不足为奇的情况下，收入就成了唯一被看重的区别。

20 世纪 60 年代学生们的好学，以及城市里的人们尤其大姑娘们对知识和学历的崇尚蔚然成风。如果她们料定自己难以成为拥有高等学历的知识女性，那么做一位拥有高等学历的知识男性的妻子，乃是她们认为的终身幸福。

这一崇尚知识和学历的社会思潮，尤其体现为 20 世纪 60 年代初的女性思潮。饥饿的黑翼虽然笼罩着中国大地，虽然饿瘦了她们的身体，却“饿”不死她们头脑中每天都会产生种种新观念的细胞。

20 世纪 60 年代的大姑娘们——她们已不怎么乐于被视为大姑娘了，人们已开始顺应她们的意识称她们为“女青年”了——无论是学生还是参加了工作的她们，依然是娴静的。

但与 20 世纪 50 年代相比，她们已外静内不静，态静心不静。是的，她们不再如 20 世纪 50 年代的大姑娘们一样娴静得头脑空旷心思简单了。

1963 年后，饥饿的黑翼从城市里渐退，人们又能吃饱肚子了。女青年们择偶的标准在吃饱了肚子以后开始悄悄形成，“蓝制服、白大褂、枪杆子、舵把子”，这是当年女青年们之间流行的顺口溜儿。如果嫁给有大学文化的男人无望，这是她们退而求其次的择偶标准。

“蓝制服”指公安干警。社会的许多方面，都对“执行无产阶级专政”的男人们礼让三分，故他们在女青年们的心目中地位颇高。

“白大褂”指医生。看病是件麻烦事，有时甚至是件叫天天不应、叫地地不灵的事。嫁给医生，或只不过是在医院工作的男人，全家人包括亲戚朋友都会受益匪浅。

“枪杆子”指排长以上现役军人。军官月薪高些。成了军人家属，不但生活有保障、光荣，还会受些优待。但嫁给军人有一点不中她们的心意，那就是将忍受婚后长久分居生活的苦闷。而随军不但须经部队批准，又有可能离开城市。离开城市是她们所不情愿的。故“枪杆子”在国家那儿虽然排在第一重要的位置，在她们心目中却只能屈尊第三。

“舵把子”指司机。无论开卡车的还是给官员开小车的，总之自己和自己的家人能沾点儿方便。

看来，归根结底，女性自我意识的觉醒，不是由任何其他的条件和因素所决定的，首先是由工业的发展所决定的。工业的发展带来了广泛的城市就业机会。广泛的就业机会增加了许多家庭的收入。收入提高了的家庭有能力承担儿女们的学费。而较普遍的文化教育，使普遍的男人和女人的意识受改变的过程和阶段是有区别的——它使男人开始关心自身以外的事情，它使女人开始思考与自身相联系的事情。好比展开一幅画在男人们眼前，使男人知道世界比自己所了解的广大得多；而展开一幅画在女人们的头脑中，使女人知道女人的命运比自己所以为的丰富得多。那幅画原先就存在于女人的头脑中，只不过它卷着，还捆着，非靠时代的咒语不能展开。只有极特殊的女性，能凭自己的觉醒先于时代的默许而展开它，她们是在任何时代都具有叛逆精神的女性。

20 世纪 50 年代中后期的许多小媳妇，在 20 世纪 60 年代前几年，不但早已是母亲，而且可能已是两三个儿女的母亲了。那时计划生育还没实行。她们的某些母亲，在十来年内，尤其在饥饿威胁每一个家庭的三年内，已被年老扯拽得趔趔趄趄，过早地逝去了……她们可算是共和国的第二代母亲，她们生下的是共和国的次子、次女们。

由于她们本身已是有些文化的母亲，她们对儿女们的企盼，比她们的母亲在她们小时候对她们的企盼高得多。她们每每因还没上学的儿女居然也会写她们教过的某些字而非常惊喜。而她们的母亲们，当年往往只因她们的脸蛋漂亮小嘴儿乖甜笑逐颜开……

尽管共和国的许多次女幼小时吃过代乳粉，但智力却比第一代开发得早，接受文化的年龄也比第一代小，她们学龄前就已经培养起了学习的兴趣。甚至连她们的入学年龄，也比第一代提前了一两岁。

然而，饥饿的黑翼刚刚敛去，中国人刚刚能吃上两年饱饭，1966 年，“文革”爆发了，用“爆发”一词形容“文革”是并不夸张的。尽管它在领导人那儿是经过了较周密、较长期的运筹，但对于绝大多数中国人来说，它来得还是太突然了。尤其对于中国的初、高中学生们，它突然使他们一时懵懂。4 月份“黑云压城城欲摧”，5 月份席卷全国，6 月份宣布“停课闹革命”，6 月中旬公告各省市“废除旧的教育制度”，取消当年的中考、高考。

全中国初、高中学生们的学业，都终结在那个月份里。像他们的父母的身体发育，终止在三年饥饿的年代……

三、女人的神经比男人更敏感

在世界美术史上，通过女性和书的关系体现某种美感的名画是不多的。即使那些最伟大的大师，创作的目光一专注于女性，也往往首先被她们肉体的美所吸引。不仅画家们如此，连雕塑家们也如此。

罗丹和毕加索，都对女性肉体的美说过许多情不自禁、如醉如痴的话，却都没有为我们留下将女性和书统一在一起的雕塑或绘画。

而我一直觉得，一位静静地看着书的女性，如果她本身是美的，毫无疑问，那样子的她就更美了。如果她本身是欠美的，毫无疑问，那样子会使她增添美感。

我一直觉得有四类女性形象是动人的——托腮凝思的少女，读着书的青年女性，哺育着的成熟女性，编织着的老妇人。

喜欢欣赏绘画的我，不知怎么形成了这样一种印象——几乎一切我所见过的女性的裸体画或雕塑，其面部的神态都是呆板的。即使秀色可餐，即使妩媚，即使风情万种，也似乎总缺少活人的气息。

这乃因为，画家们，雕塑家们，包括大师级的人们，目光一专注于女性的肉体，灵魂往往很容易地便被征服了。他们穷其技法和天才，仍唯恐不能栩栩如生地再现那一种线条的美，那一种肌肤的美。至于她们那一时刻的心灵内容，往往受到轻视和忽略。所以献给我们欣赏和赞美的，也往往只是女性的肉体的美，像花朵一样单纯的美感。

而实际上，女性的美要比花朵的美更美。

花朵没有我们称为“心灵”的东西，故花朵没有所谓“内在美”。女性则不但有心灵，其心灵的敏感和丰富，要远比男人们的心灵还细致，还有层次。

托腮凝思的少女，读着书的青年女性，哺育着的成熟女性，编织着的老妇人——女性们在这些时刻或类似的时刻，心灵之窗一般是无戒备地敞开着的。即使仍处于关闭状态，也每每是很透亮的。仿佛她们自己擦了几遍，为吸引别人的目光向她们的心灵窥望。

一幅画上的女性，竟使你不禁地猜测她那一时刻的心灵状态，则画上的她，当然便似乎一呵即活了。你会感到将活起来的不单纯是那栩栩如生的肉体，还有一种灵魂。

当然，成为艺术品的裸体女性们的脸，也不全是呆板的。有些也表情生动，也不难使人由她们的表情而目光直驱入她们的心灵。但这些画或雕塑往往是有情节的，以取材于古希腊、古罗马以及中世纪的神话传说、宗教传说为最多。

其实我想说的是，入画的托腮凝思的少女我见过，哺育着的成熟女性我见过，编织着的老妇人我也见过。

但是，入画的读着书的青年女性，我只见过两幅。

一幅画的是一位公爵夫人，在豪华的房间内静静地仿佛聚精会神地读一部《圣经》，如果《圣经》也算是书的一种的话。

另一幅是俄国画家画的一位少妇坐在小窗前一把旧椅上，聚精会神地读一部差不多与《圣经》等厚的书。她一只细长的手指正打算抚过一页。

女性，尤其青年女性，与书一同入画、入摄影，或变为雕塑，在我看来，其艺术的魅力仿佛便具有了某种超凡脱俗的圣洁意味。

粉碎“四人帮”以后，当时中国的中青年画家们、摄影家们、雕塑家们，都曾将中国青年女性与书的关系表现在自己不同的艺术领域内。

在同一个国家里，在短短的几年内，女性与书这一题材，被不同门类的艺术纷纷表现，这种情况在世界艺术史上是前所未有的，在中国艺术史上也是前所未有的。

书在那些绘画、摄影、雕塑中，并非闲适时光的衬托物，也并非女性娴静之态的衬托物，它完全不同于老妇人手中的编织。它是全中国人时代夙愿的载体，也是当年很多中国女性共同夙愿的载体。那些绘画、摄影、雕塑，今天看来，也许都称不上是杰作，也许根本不具有艺术的什么不朽性，但当年感动过、激动过多少求知若渴的中国人啊！

我记得有这样一幅画，一位面容清秀的姑娘，身着白色连衣裙，手捧一册刊物看得忘我。她的身后是街头报刊亭。

那一册刊物似乎是《知识》。

那一幅画的名字似乎是《知识就是力量》。

它一经问世，便被许多报刊转载。如果能够统计一下，我们将会更加确信不疑——它可能是当年转载量最高的一幅画，起码是之一。

当年，许多三十来岁的中国男人和女人，一看到这幅画竟泪光闪闪。尤其那些被时代蹉跎了岁月，再没有机会以正式大学生的身份跨入大学校门的男人和女人，面对《知识就是力量》无不百感交集。

20世纪50年代的许多老母亲，到了80年代初，除少数极高龄者，皆已辞世了。

20世纪50年代的许多中年母亲，到了80年代初，除少数早逝者，皆在不经意间变成老母亲了。

她们的许多长子长女，如果没有“上山下乡”一页，早该是父母了。可80年代初，他们中的大多数刚刚返城，还居无定所。

20世纪50年代的许多年轻的母亲，到了80年代初，都由“大嫂”而“大婶”而“大妈”了。她们中，有的人的儿女也是知青，只不过“上山下乡”的时间短些，返城时的年龄也小些，可称之为“后知青”。

而20世纪60年代初降生的一代人，在70年代末80年代初，正是高中生。

“老知青”“后知青”，当年的高中生们，从十七八岁到三十余岁的一切城市里的男女，凡求知若渴的，无不参与到同一种竞争中——升学。

在大学的课堂上，在女大学生之间，当一名十八九岁的年龄最小的女大学生和她的二十八九岁的可能已经做了妻子的女同学坐在一起时，时代在尊重文化知识方面曾经一度发生的断裂就呈现出来了。

当年，女性要求和向往自身知识化的强烈冲动，远胜过今天时装、减肥、美容、出国旅游对她们的吸引。

一方面是由于当年还没有那些，甚至可以说主要是由于这个原因；另一方面，不能不承认，中国女性力图通过知识化完善自身的可贵意识开始觉醒。而这一点，对于全世界的女性来说，其实都是最不容易的选择。因为，孜孜苦读考上大学并以优异的成绩毕业，远比埋头苦干挣上一大笔钱通过整容术将自己的脸整得端正些还需要执着的精神。而恰恰是那些被耽误了十年的大龄大学生，尤其其中的女性，其苦读之执着精神特别令人钦佩。四五年后曾有报纸做过调查，她们的毕业成绩是令她们的许多老师深为满意，甚至深为叹服的。

不能以正式大学生的身份进入大学校门的她们，转而毫不气馁地成了夜大、电大、职工大学里学习态度最具自觉性的“女生”。

从恢复高考到80年代的最初两三年，中国当代女性，主要指中青年女性，给我留下的最深刻的印象，可用七个字来概括——学习，学习，再学习。

在城市里，你几乎到处可以看到她们捧读的身影。有的是在读刊物上发表的最新小说，这倒并不怎么特别值得喝彩。因为支撑文学延续至今的主要读者群，几乎一向是女性。如果某一天连女性也不看小说了，全世界众多的出版社就该倒闭了。好比如果某一天连男人都不看足球赛、不看拳击赛了，那么足球运动和拳击运动就该寿终正寝了。但当年你也会不经意间发现她们手捧另外一些纯知识性书籍全神贯注地读着的身影，比如物理、化学、高等数学、历史、文学史以及哲学史等。或在公共汽车站，或在拥挤的公共汽车上，或在商店排队购买的人群中。她们的惜时如金令人怦然心动。她们大抵是些上夜大、电大或职工大学的女性。若你发现她们是在公共汽车站或公共汽车上，那么往往是下班的时间。她们的小包儿里装着一个面包、一罐头瓶水，往往直接赶去上课。若你发现她们是在商店的排队购买人群中，那么那一天往往是星期日，她们往往是在“放学”回家的路上顺便买些东西。

当年我曾见到过一次这样的情形——那一天下着漾漾细雨，在前门22路公共汽车起点站，有一位30岁左右的女子没带伞而捧着一册几何书看。她怕雨淋湿了书，将书捧在前边一个人的伞底下，任凭自己被细雨淋着而又似乎浑然不觉。她的衣服分明已经快湿透了，发上聚着一层非常细微的雨珠。我排在她身后，也没带伞。但我穿着风衣，并不在乎雨淋。我身后是一位老者，他撑着伞。他尽量将伞举过我头顶，撑向前边。那么一来，不但他自己被淋着，伞上淌下来的雨滴也落在了我肩上。我回头正欲开口提出抗议，瞬间明白了，他是想用自己的伞替那位女子遮住雨。我立刻闪身将他让到了我前边。那样，他自己不会被雨淋着，也能将那位女子罩在伞下了。他对我说谢谢时，我内心却被他的善意感动着，不知该说什么好，只有笑笑。我很希望那位女子回转身，发现有一位老者在她背后为她撑伞遮雨。然而她没有。那老者一直默默将伞向她斜举着，仿佛是她的一位老仆，所做纯属义务。直至一辆公共汽车开来，我们都上了车。那女子站在车上，仍一手握栏杆，一手持书，全神贯注地看。车上，许多人的目光不时投向她。人们的目光中包含着敬意，那是对于女性自强不息精神的敬意。

车到师范大学那一站，乘务员提醒她："那位女同志，别用功了，该下车了！"

虽然她不曾开口，却连乘务员都猜到了，她一准儿该在那一站下车。

她这才想起还没买票，急将书夹在腋下，打算从小挎包里往外掏钱。

而乘务员说："算啦算啦，快下去吧！别耽误你上课，也别耽误司机开车……"

在车上许多人善意的笑声中，她匆匆下了车，身影涌进师范大学校门的人流中。

当年，晚六点半至七点之间，某些开设"业大"的大学的校门口，其人流匆匆涌入的情形如同上夜班的工人人群。他们九点半以后才能离开大学回家。第二天当然要照常上班，所以"业大"又简直可以叫作"夜大"。当年的许多城市，包括北京、上海、天津这样的大城市，九点半以后绝对地寂静下来了。斯时如果有许多骑着自行车的身影从马路上鱼贯而过，那么肯定是些早已不再年轻的"业大"生。

如果你以为，当年的中国女性那种求知若渴，纯粹是对知识的毫无功利心的追求，也非实事求是的看法。

人对于知识的追求，大致可归结为两类：一类由于兴趣，一类由于需要。

当年的中国女性，几乎皆是由于需要而追求知识。更确切地说，是追求文凭。

文凭可以助她们较为顺利地谋到自己理想的职业。

这一点与现在是一样的，与以后也必是一样的。

但那职业的理想与否，于当年的她们而言，其实又只不过是由性质所决定的，在工资收入方面其实并不能体现出什么差异来。当年中国仍处于工资无差别的年代，也没有什么外资企业或商业集团频频地向她们招手，并释放强大的吸引力。故她们追求文凭的原动力，又几乎可以说与钱无关。

昨天的与钱无关也罢，今天的与钱密切相关也罢，只不过是时代特征下知识或学历价值的区别，只不过是这种区别体现在两个时代的女性身上所折射的不同意识内容，二者之间并不存在着可褒或贬之分。进言之，在中国今天这样一个特征鲜明的商业时代，无论男人还是女人，追求知识或学历以谋求高薪职业，不但并不亵渎知识或学历本身，而且完全符合时代一贯的法则。只有极少数的人才能达到逆商业时代法则而单纯追求知识的境界。这样的人不但历来极少，而且将越来越少，所以是不可以他们为榜样而批评大多数人顺应时代法则的天经地义的现实态度的……

当年除了以上女性，工厂的青年女工们也在补习文化知识。有的工厂明文要求青年女工们进行初中文化考核，通过考核者才发给正式“上岗”证。所以当年找齐一套从初一到初三的课本不但是不易的，而且是幸运的。当年一套初中的旧课本在地摊上标以高价。当年某些家庭里有这样的情况——上初中的弟弟妹妹做哥哥姐姐的家庭补习教师，甚至儿女做父母的家庭补习教师。

当年许多城市里的中青年女性都体会到一种时间上的紧迫感。无论是追求学历的女性，还是应付文化补习的女工，见了面，或在电话里所交谈的内容，往往都离不开“考试”二字。

有些人是为了和别人不一样而考。

有些人是为了能和别人一样而考。

无论男人还是女人，其实每个人的潜意识里，都存在着企图高于别人的念头。

当年的时代说：那么，你知识化起来吧！

每个人的潜意识里，又都存在着不甘低于别人的自强。

当年的时代说：那么，你知识化起来吧！

在中国以往的时代，无论企图高于别人的念头还是不甘低于别人的自强，其实现目的之途径，几乎一概被堵死，只留下了两条可通行之路——一条是政治表现的路，另一条是工作能力的路。后一条路，对于工人是技术经验，对于学生是勤奋精神。到了“文革”时期，连后一条路也被否定了，凭技术经验成为先进典型的工人，几乎一概被斥为“黑劳模”；靠天资和勤奋成绩优秀的学生，几乎一概被斥为“白专生”。

特殊社会允许人表现的途径只剩下了一条——政治。

“文革”时代对人说：你有企图高于别人的念头么？那你用政治表现换取吧！

“文革”时代对人说：你不甘比一切人都低一等么？那你用政治表现来拯救自己吧！

这正是许多毫无政治素质可言的中国人“文革”时期狂热无比地投身于政治表现大旋涡的原因。从这一人性上认识“文革”，据我看来，远比从单纯的政治的观点上去认识要更直接些。

终于，“文革”的政治泡沫破灭了，许多自以为抓住了什么标志自己高于别人的东西的人，到头来只不过抓了两手心的湿。知识和学历，成为时代抛给人的另一种标志，当年取代政治的唯一的标志。

这标志甚至影响着当年适婚女性的择偶观。

“给你介绍一位男朋友吧，他可是位大学毕业生呢！”

倘“他”其余条件不是很差，十之八九的适婚女性是乐于一见的。

正如今天有人对她们说：“给你介绍一位男朋友吧，他可是位大款呢！”——而她们中许多人的眼神会为之顿亮一样。

大学毕业这一条，遂成为当年中国适婚女性最高择偶标准之一。

认为自身条件优越的她们，甚至公开声明非大学毕业生不嫁。

当然，今天之中国的许多待嫁女性，择偶要求中往往也是列入这一项标准的。

但在当年，那乃是最高的标准之一。

在今天，却差不多是最起码的、最低的标准了。

当年，这一最高标准往往是前提。无此前提，某些原则如铁的女性见都不见对方。

今天，这一标准往往只不过是“参考分”。如果其余硬性标准合格，这一标准宁愿主动放弃，根本不再予以考虑。其余的标准无非是相貌、健康情况、家庭负担情况、性情等。除了学历一条，与 20 世纪 50 年代的标准几乎完全相同。

今天，其余的标准因人而异，天差地别——所异、所差、所别，往往由男人财力决定。财力往往被视为前提。前提满意之下，余项都显得无足轻重了。

当年的标准，尤其当年的前提，只维系到 1985 年左右，便在时代的一次次“解构”中完结了。

国门开放，许多有钱的或似乎有钱的港人、台胞、华侨、外国人一批批纷至沓来。于是一批批年轻貌美的中国姑娘挽其臂而去。

当年大宾馆、大饭店的漂亮女服务员，如今做了境内中国男人妻子的，想来不会超过十之一二，致使后来那些大宾馆、大饭店，因漂亮女服务员们的势不可当的“流失”而烦而恼。再后来干脆一改初衷，不专招漂亮的了，只要看得过去的就录用了。

年轻的中国知识女性们，在那些宾馆和饭店的女服务员们面前，心理曾何等优越、何等高傲啊！但时代在让她们尝到点儿甜头之后，似乎又开始恶意地嘲笑她们了！

连宾馆和饭店的女服务员们都时来运转，梦想成真，摇身一变而为尊贵之身的娇妻美妾，那些拥有了大学文凭，不但外语流利，并且漂亮的女性，岂肯坐失良机，蹉跎其后，而不捷足先登？

于是，当年的中国男人的知识和学历，其优越感在金钱的耀眼光芒下一败涂地。

相对于女性在其他佳丽的美貌前黯然失色。

当年，大学毕业生刚参加工作的工资只不过五十几元，硕士毕业生的工资也不过七十几元，这比没有学历的同龄人的月工资已经高出一二十元了。但对比于境外的男人们，其工资只不过十几美金啊（按当年的汇率换算）！

于是，由学历泛起的时代泡沫也很快破灭了。

从 20 世纪 80 年代后几年至 90 年代前几年，中国年轻女性的涉外婚姻率直线攀升。尽管其间丑剧、闹剧、悲剧时时披露于报端，但孤注一掷者、破釜沉舟者、铤而走险者源源不断。

这种现象有什么不对头的么？许多中国人当年是这么想的。

尤其某些刚刚用勤奋换来了学历、在女性面前的自我感觉刚刚好起来的待婚男人，内心感到无比失落。

仅仅几年前，还有女性公开声明非大学生不嫁，不承想才几年，某些年轻漂亮的女性却往往这么说了："穷大学毕业生有什么了不起？硕士又有什么了不起？让他们一边儿稍息去，等我实在找不着中意的了再考虑他们！"

仅仅几年前，各地的形形色色的年轻的男性骗子，还一而再，再而三地冒充大学毕业生骗取青年女性的芳心，不承想才几年，他们却开始冒充境外的富商子弟了。

某些拥有了高等学历但天生不怎么好看的女性，内心当然更是愤愤不平于此种时代现象的不良。岂止不良，在她们想来，简直丑陋！简直可憎！

当年我也是对此种时代现象持激烈批评态度的中国男人之一。

但是如今细细想来，此种时代现象，实在是一种从古至今极其正常的现象。

无论男人女人，总是希望通过最容易的方式达到某种目的。

无论男人女人，改变自身命运，过上比别人好得多的生活，从来都是憧憬。

尤其是女人，在一个商业时代的大门迎面敞开之际，对于物质生活的虚荣追求，自古强烈于男人。例外的女性是有的，但她们在数量上绝对代表不了普遍。

女人要过上比别人好得多的生活，最容易的方式只有一种，而且是最古老、最传统的一种，那就是嫁给一个能给予她们那种生活的男人。

这方式虽古老，但绝对没有过时，目前仍在全世界许多国家里被许多女性沿袭着。

通过最容易的方式达到某种目的，这既是人性的特点，也是许多兽、禽乃至虫的本能特点。

以上方式符合人性的这一特点，尤其符合女性之人性的特点。

从数千年的中国文化中，我们不难看出对于中国女性这一特点的四种有意思的态度。

第一种是怂恿的态度，是历代达官显贵及富贾豪绅们的态度。他们的生活内容往往伴随着声色犬马。皇帝本人及其皇族在他们中地位至高无上，生活也往往最奢靡荒淫。他们用他们的文化怂恿女性心安理得地“傍”富“傍”权，是为着他们天经地义地占有女性。倘美丽的女性们居然接受另外某种文化的影响，居然视荣华富贵如粪土，居然认为被选入宫去伴一位往往足可以做自己父亲甚至祖父的老头子是不幸，那他们将多么不开心呢？

最典型的是那出叫《游龙戏凤》的戏。这戏至今仍经常在舞台上演着，仍经常在电视里播着。内容无非是微服散心的正德皇帝偶住一小店，见店妹子俊俏可爱，于是“戏”之。这《游龙戏凤》中的一个“戏”字，是非常耐人寻味的。

男人对于女人，爱悦之，每“戏”之，乃是普遍的男人之人性。反之，女人对男人往往也这样。比如《天仙配》中，七仙女便“戏”过董永。

少男“戏”少女，倘那少男非是恶少，其行径也不过就是纨绔。倘那少女看着那少年顿生好感，心照不宣，“戏”又可视为两相情愿，这不但是生活中的常态，有时还是生活中的妙态。

《西厢记》中的张生戏莺莺，为什么成为名戏而不令人反感呢？因为张生风流倜傥，一表人才，不但与莺莺品貌般配，年龄也相当，故看戏的人们巴望他们做夫妻。

《游龙戏凤》中的皇爷，胡子一大把了，年龄足可做那店妹子的父亲了。他之“戏凤”，实在经不起细想。细想就很丑。他凭什么可以肆无忌惮地“戏凤”呢？非凭别的，只不过凭他是“龙”。仿佛“龙”是没年龄概念的，仿佛再老的“龙”在女性眼里也必是美少年无疑。

那被“戏”的店妹子又是怎样的一种心理呢？起初当然是反感的，继而羞恼。及至一知道对方的真实身份是龙，于是受宠若惊起来，于是极其情愿地投怀送抱。于是一夜的主动殷勤，侍奉枕席而唯恐不周，献处女之身而备感荣耀。

中国数千年的文化中，有很粗实的一脉，就是靠《游龙戏凤》之类怂恿女性傍权贵有理，攀荣华得意。

这里要举一个相反的例子。德国的某世皇帝，有一次也是微服散心，也是经过一个村子，也是遇着一个非是俊俏的店妹子而是相貌平平的村女。当她知道那坐在华丽马车里的男子是皇帝，不禁惊讶于皇帝的病恹恹和丑陋，而且满村里嚷嚷着“比我丈夫可差多啦！”——她丈夫那时正在草库里为皇车的马铡草。皇帝当时周围没有仆从，以至于不得不亲自下了皇车，请求村妇别再乱嚷嚷了。如果那德国的某世皇帝也要“戏”她，分明地，她不太会极其情愿地投怀送抱。

在全部的德国文化中，不乏宫闱秘史，但据我所知，似乎没有《游龙戏凤》之类。西方的皇帝们，从十六七世纪以后，就基本上没有合法的三宫六院七十二妃之类了。所以“洋龙”好色，也只有偷情。

中国数千年文化中那很粗实的一脉，对于中国女性的性尊严影响深远至今。

所以，现今权者“戏凤”、富者“戏凤”的现象比比皆是。每见某些女性一旦傍紧攀牢，青春得意，却较少听说她们多么不情愿。

第二种是批判的态度。

南北朝时的《颜氏家训》中说：“婚姻勿贪势家。”

隋朝的《文中子》篇内有言：“婚姻论财，夷虏之道”“嫁女莫望高，女心愿所宜”（“高”指门第，“宜”意适宜）、“任礼耻任妆，嫁德不嫁容”等等，不一而足。

这是男人对女性的道德教化，或是男人们对有女儿的另一些男人们的告诫。

这一脉文化也很粗实。在它的批判视野里，一个女子一旦被斥为嫌贫爱富，她似乎就比为富不仁的男人可憎百倍了。

这一脉文化，大抵是那些无权无势并且没指望荣华富贵起来的男人继承和发展的。至今批判的锋芒仍然时时毕露，而且仍大抵是同一类男人的文化声音。他们的文化心理不析自明，说透了包含着这么一种意思——“窈窕淑女”，王者好逑，权者好逑，富者好逑，“君子”亦好逑也！淑女淑女，眸子明兮。既为淑女，美目不应只望向王者、权者、富者，时不时地，也该青睐君子们些个！

这一脉文化，难免地，总会或多或少地流露出穷酸“君子”们的醋劲儿。而从古至今的中国美人儿们，时机到来，又大抵总是要义无反顾地背叛这种文化，投向王者、权者、富者们的怀抱中去的。“君子”们醋劲儿十足的牢骚与讽刺，在她们，只不过当成诽谤，并不怎样在乎的。

第三种是聊以自慰的态度。

典型的文化代表作是《浮生六记》，作者叫沈复，大约一个半世纪前的清代文人。说他是文人有点儿不确切，因为他并不以文为生。除写了诗，大约也只写过《浮生六记》这么一本七万字左右的书。它非是一本虚构的小说之类，而是一本分六个篇章叙述夫妻日常生活琐事的书，具有自传性、自白性、纪实性，或可归于生活笔记文学。笔调平和儒雅，从容委婉，有行云流水、月清竹秀之风格。不能不承认作者文学的修养甚高，是谓文人，亦正可也。

这《浮生六记》虽入册文史，然作者生前并不曾因此书而声誉鹊起、名噪一时、获利多多。此书也不曾怎样地在世上盛传过。

应该说是林语堂使此书珠泽重现，令后代文人们刮目相看的。林氏将它译成了英文，介绍给了西方读者。于是此书的名气，就很有点儿“墙内开花墙外红”“出口转内销”的意味了。

当年，上海某电影公司将它拍成了电影，接着又被搬上了舞台，使万千观众一洒其同情之泪。

俞平伯教授当年还编撰了《沈三白年谱》，以七万余字之书，而获名人所梳记之年谱者，大约在中国的文学史上，除沈复无第二人。

《浮生六记》的六个篇章依次是——闺房记乐、闲情记趣、坎坷记愁、浪游记快、中山记历、养生记道。

林语堂喜欢此书，推崇此书，盖因书中所记一个叫“芸”的女子。她是沈复的妻，年长沈复十个月，故沈复每与她夫妻私语时昵称其“姊”。

这位芸，用林语堂的话说——“是中国文学上一个最可爱的女人”。因为确有其人，林氏又说她是“中国历史上一个最可爱的女人”。

为什么林氏给予她如此之高的赞赏呢？

第一，因为她虽然“并非最美丽”，但却是“有风韵的丽人”。这极符合全世界古今中外男人喜欢女人的共识——她起码该称得上是丽人，她须有别样的风韵。用现代点儿的词，或可叫“气质”，或可叫“成熟的魅力”。全世界古今中外的男人，对于女性，传统心理上有两种“恋结”，或稍长伊人几岁，视她为“妹妹加情人加妻子”的一个情感综合寄托的尤物；或自己的年龄略小于她，视她为“姊姊加情人加妻子”的一个情感综合依赖的“实体”。贾宝玉在林妹妹和宝姐姐之间的两难割舍，便是男人这种心理的标本。

芸这位丽人的风韵究竟如何呢？——“其形削肩长项，瘦不露骨，眉弯目秀，顾盼神飞”。

削肩乃中国传统美人儿的标准之一。

瘦不露骨是世界现代美人儿的苗条新概念。

而长项又几乎是模特的要求。

足见芸真的称得上是一位丽人。当之无愧。

她也有美中不足之处——“唯两齿微露似非佳相。一种缠绵之态，令人之意也消。”

第二，芸这位丽人，按当时年代来看，属“知识女性”无疑。“生而颖慧”“娴女红”。我们都知道的，女红乃使女性心思自静之技。她又善作诗，有“秋浸人影瘦，霜染菊花肥”之句，不禁地令人联想到李清照，进而由李清照其词其人，反观芸气质上的接近。

第三，芸“四龄失怙”，家道随之清贫，因而芸是俭朴的。“但见满室鲜衣（着在别的女子身上），芸独通体素淡，仅新其鞋而已。见其绣制精巧，询为己作，始知其慧心不仅在笔墨也。”不但俭朴，不但“娴女红”，而且做的鞋也美观。这样的优点，很合中国文人的情怀。因他们大抵清贫，即使富裕一时，也富不到哪儿去。物质上慕奢华的女人，他们纵然暗爱之，也是财力上养不大起的。故有自知之明，偷香窃玉前者无妨，娶妻还是觉得后者可靠。

第四，中国的传统文人们，一旦与芸这样一位“贤达的美德特别齐全”的女性幸结姻缘，幸福体现在哪些方面呢？——可与她“促膝畅谈书画文学乳腐卤瓜”；“背着翁姑，偷往太湖，看她观望洋洋万顷的湖水，而叹天地宽广，或者同到万年桥去赏月；而且，假使她生在英国，谁不愿陪她参观伦敦博物院，看她狂喜落泪玩摩中世纪的彩金抄本？”

第五，我想，这一点肯定也极重要——那就是这位芸，使她的丈夫享受到“最温柔细腻的闺房之乐”，即所谓男女天伦之乐。“自此耳鬓厮磨，亲同形影，爱恋之情有不可以言语形容者。”

这样的一对夫妇，按林氏的说法，是“两位平常的雅人”。从他们简朴的生活中，从他们热爱游山玩水、喜阅山林泉石等大自然美的性情中，从他们“一意求享浮生半日闲的清福”的恬淡自适的生活中，“中国处世哲学的精华”在他们的生平中表现出来。

而那“精华”又是什么呢?

林氏将其归结为一种“玩世”的哲学。他承认这种哲学有消极的一面。但是他强调,“在另一方面,现代人需要这一种玩世的清鲜的风,因为这对他是有益的”。而他认为“在中国的消极的哲学力量里,有一些东西很像子宫或山谷”,因此他进一步认为,那是一种“放浪的伟大的消极”。认为与之相反的,驱使人“向前瞻望的哲学”,亦即不断追求什么目标的哲学,实在地“比古今哲学中的玩世思想贻害更大”。因而他以相当肃然的目光看待陶渊明。

我也喜欢陶渊明的诗。我也一向以肃然的目光看待陶渊明自甘清寂无为的人生态度(因为实难做到,也只有肃然地保持大的敬意)。我也由于林语堂和沈三白两位男人脉脉含情的笔触,而坦白我所爱的女性,正是一生中可望而不可求的“芸”们。

这位芸,又据我想来,淡泊虚名维护自身真性情,如林黛玉;而胸怀大度,通情达理,又如薛宝钗。钗黛二女子的优点,在她身上双璧合一了。

用林氏的话说,这样的品貌皆佳的女子,“谁不愿意娶她为妻”呢?

她诸美德中最令中国传统文人型男人叹服的是,她见了一位美俏的歌伎,根本无须丈夫开口,便揣摩透了丈夫的心思,暗中替她的丈夫撮合娶为蓬室——二房妇也。

这么伟大的女性,如此善解人意的妻子,即使在情爱观念开放得不能再开放的今天的西方,也简直“先锋”得无人可比啊!

但是问题接着就来了——他们寻求恬淡自适的生活,靠什么为经济基础呢?

靠夫家。

因为沈复的父亲在幕府“专役相迓”,是相当于现今“礼宾司司长”的官吏。

因而他们非但不必自食其力,日常起居饮食且有下人服侍着。

而她的公公看不惯她的种种“自由行径”,便翻脸将儿子、媳妇一并逐出家门,她便“从此半生颠倒于穷困之中,没有闲情也没有钱可以享游山之乐”了。

于是引得其后的中国文人们对他们同情得不得了,也替他们愤慨得不得了。按现今的说法,分明的“欲加之罪,何患无辞”。他们是受到了极“不公平的对待”。

我也是有同情心的人。故我读《浮生六记》至芸的死、三白的相思，心情也是为之凄然的。

那沈复后来再未续娶。

但有当官的朋友赠了他一妾。

他以嫖妓为常事。这“嫖”字，用于文人身上，似大不敬，那么便说“狎妓”吧。

并且他善狎。每与妓“或小酌于平台，或清谈于寮内，不令唱歌，不强多饮，温存体恤”。故“每上其艇，（妓们）呼余声不绝。余亦左顾右盼应接不暇，此虽挥霍万金所不能至者”。

“余四月在彼处，共费百余金，得尝荔枝鲜果，亦生平快事。后鸨儿欲索五百金，强余纳喜（妓名）。余患其扰，遂图归计。”而“喜儿因余不往，几寻短见”。于是大发“半年一觉扬州梦，赢得花船薄幸名”之文人佯叹……

妻子死了，父子亲和了，于是他结束了穷困，又有钱游山玩水狎妓地恬淡自适乐而不疲了。

通过《浮生六记》，我们比较清楚地明白了，中国传统文人们理想的自在无为的生活应该是这样的——一位人生务实的父亲或祖父，先很不能免俗地替他挣下一份家产，可供他终生无忧无虑、丰衣足食；可资助他自在无为地游山玩水，享受大自然的拥抱，以及享受诸多他所喜欢的女性的姿色。

中国传统文人理想的妻子应该是芸那样的女性——首先她须是丽人。其次她须有至少几分艺术细胞。因为这是使她有风韵、有情调的前提。她还须使他享受到姐姐或妹妹加情人加俊友加妻子的温柔细腻的性爱。她还须爱他所爱，比如与他谈诗论画、陪他游山玩水并且爱他所爱的另外的女人，半点儿妒意也没有地替他搭桥引线。最后，倘他们穷困了（这一般几乎总是要穷困下去的，连大观园都这么败落下去了，何况文人们的家），她须倍加温柔、倍加细腻、倍加体贴地呵护他，关怀他，与他相依为命，绝不弃他而去。

具有了以上美点和美德的妻子，当然是世界上最可爱的妻子。但，在这一种中国传统文人型男人们关于女性的文化的熏陶——不，流毒——的影响之下，中国女性倘温柔地一代代地接受着，实践着，完善着，以身作则着，除了是男人心目中的尤物，还可能是别种典型的女性么？

芸固然是值得男人们终生爱恋的女性。《浮生六记》固然是对人生颇具参考和禅悟价值的一本书，沈三白对妻子生前的爱和死后的思，固然也足以令其他形形色色的文人型男人唏嘘落泪，但是我们如果转而一想，中国大批地滋生着沈三白式的文人的时期，差不多正是法国思想启蒙运动的同期，纵观整个欧洲，许多男性知识分子受此运动激励，对社会进步、对女性的自由解放做出种种杰出贡献，不禁地就会心生一问：中国的传统文人们，可曾想到对社会、对中国女性的自由与解放做点儿什么？

答案是，他们头脑中几乎什么打算都不曾有过。

归根结底，芸那样的女性，几乎只适合生存在一个文明进步的时代。

而那个时代以前的中国传统文人们，又大抵总是攀结在封建王权的四周。而王权是仇视一个文明进步的时代的，是女性解放的最反动也最腐朽的堡垒。而中国传统文人们，最积极的也最令后代同类美化和吹嘘的，也不过就是“放浪的玩世哲学”“伟大”的消极的遁世哲学、自适其乐的逃避现实的哲学。

沈复式的男人，是此种中国男人丛林中司空见惯的一株。他的“根”其实寄生于封建土壤中。那土壤一旦不供给他养分，他就只有落魄，只有穷困潦倒，当然也就谈不上维护他所爱的妻子的命运了。

而芸，却不过是恰巧被他的枝所挂住的一只美丽的风筝。她死了，他安慰自己和缅怀她的方式，却只不过是去狎他以为有些像她的妓。

第四种是特别理想主义的态度。代表文人理想的如《梁山伯与祝英台》。祝英台宁可一死，也绝不入马家的门。由于她视富贵如粪土的立场坚定不移，极受“梁山伯”们欣赏，于是幻想与她双双化蝶。代表市民理想的如《白蛇传》。富家子弟、豪门子弟中也是不乏翩翩美少年的，但貌如神女的白娘子死心塌地爱清贫的许仙，虽被镇于塔下而此情不渝不移，于是成为后世“许仙”们心目中最美的爱神。代表农民理想的如《天仙配》和《牛郎织女》。世上的美人不是与“牛郎”们、“董永”们无缘分么？“牛郎”们、“董永”们也不必伤心，更不必愤世嫉俗。王母娘娘和玉皇大帝的某个女儿，说不定哪一天就会动了凡心下界来做他们的妻子。

由于事实上这个世界极少有专门嫌富爱贫的美女，所以这第四种文化源远流长。现实中得不到的，理想中拥有。

与中国数千年的文化相反，西方文化鼓励女性通过最容易的方式，亦即通过嫁给富贵男人的方式，改变自己的卑贱命运，使自己过上富贵的生活。西方文化中这一种鼓励的热忱，有时类乎男孩鼓励胆小的女孩爬树或登房顶，并且在女孩那么做了以后予以表扬，你看，多么简单！只要你敢想，没有什么达不到的目的！半个多世纪以来，好莱坞精心炮制了一部又一部“灰姑娘”题材的影片。

萧伯纳曾说：“穷人家的女儿是他们的原始股。”他是出于对穷人们的深切同情而这么说的。

但是好莱坞善于炮制“灰姑娘”题材的影片的编剧们、导演们、制片们另有说法。

他们说，如果你是一个漂亮的姑娘，你竟享受不到荣华富贵，那么太遗憾了！那么是你自己的过错，完全怨不得别人，也别怪社会不公平。

他们说，如果谁家有一个漂亮的女儿而居然穷着，那么这一户人家的父母的头脑一定太痴呆了！赶快“抛股”哇！

他们不但承认穷人家的女儿是父母的原始股，而且进一步明确指出，穷人家的漂亮女儿是价值百万千万的原始股。对于这一种股资的白白浪费是令人心疼的！

因而，在好莱坞的老片中，尤其一些黑白老片中，每每出现一位漂亮的小女子，她可绝不像“灰姑娘”那么逆来顺受，她不但风情万种而且颇有心计。她到某一富家去做女仆，不久便产生了这样一种自然而然的念头：我为什么不可以让男主人注意到我的存在并且爱上我、迷上我？我为什么不可以成为这一富家的女主人？于是影片结束时男主人坠入情网皆大欢喜。

好莱坞曾将许多此类内容的影片发行到世界各地，影片中那些漂亮的小女子不但使世界各地的男人们爱得不行，也被世界各地漂亮然而命运卑贱的小女子们视为榜样。

好莱坞的匠心独具之处在于，它直指女性之人性的特点，顺应之而不是企图通过说教扭转之。它从来也没打算承担这样的道德义务。

美国文化对美国女性有影响么？

答案是肯定的：当然有。

全世界的女性中，美国女性的追求意识——不触犯法律前提之下的追求意识，是最公开、最大胆、最不受束缚的。

那么，受美国文化影响的美国女性，是否都非常嫌贫爱富，非常傍富豪没商量、攀权贵没商量呢？答案也是肯定的：否。这又为什么呢？道理简单，因为90%以上的美国人处于生活水平比较高而又彼此差不太多的情况之下。一个嫁龄女性即使漂亮，她的选择范围无非辐射向两个方面：或者辐射向极少数的富者权者，或者辐射向大多数的男人群体。而她们要求达到的生活，倘不过分奢侈，又几乎是大多数男人都能和她共同奋斗达到的，这使她何必整天去做“灰姑娘”的神话梦不醒？又何必非要去傍富攀权？于是，她决定嫁不嫁给一个男人，考虑的因素，反而比较能够超越物质。

在贫富悬殊的剪刀差越来越大、作为社会现象愈演愈烈的时代，女性的心最容易被物质所诱惑。而物质对她们的诱惑力，远远强于文化束缚对她们的影响。她们拥抱住物质而反叛文化时，她们以为她们拥抱住了女人的幸福。

20世纪80年代后期，中国某些女人以她们比男人敏感的神经，触到了时代的兴奋的中枢区。它反射给她们的信号是，欲望时代的集贸商场即将大开张，你有什么可交易的？容貌即资本，青春即股票。它并且暗示她们，二者之和，远远大于一个女人头脑中所可能容纳的全部知识的价值，就像三角形的任意两边之和大于第三边一样。

那时，社会行业还没有发展到今天这么丰富多彩的程度。即使有才干的知识女性，倘要凭其才干和知识获得比普遍的女性多的收入，仍几乎是痴心妄想之事。

于是她们的目光自然而然地由国内转向国外。在国外，对才干和知识的尊重毫不含糊地体现为金钱的结算方式，并且是以美元兑换价值的。而那时在中国，通过金钱对才干和知识进行结算的方式，仍是一种扭捏的、暧昧的、遮遮掩掩甚至偷偷摸摸进行的方式，仿佛有悖于全体中国人对才干和知识的常规思想观念。谁若获得了数千元的奖金，肯定引起嫉妒；几万元的奖金，会成为轰动性的新闻。那时在中国，只有“走穴”的歌星例外。

有才干、有知识的女性尚活得这么憋屈，企图潇洒也潇洒不起来；那些没才干、没知识甚至一无所长，却有容貌资本、有一大把青春股票的女性，又怎会自甘资本闲置、股票贬值呢？而在中国，她们对于物质生活质量的向往历来是最强烈的。这是人类社会中一个关于女性的公开的秘密。

于是，以上两种截然不同的中国女性，那时都渴望着同一种男人出现在她们的生命里——能带她们离开中国内地的男人，不管他是香港人还是台湾人。甚至不管他是哪一国家的，不管他是年老的还是年轻的，不管要求她以妻的身份妾的身份情人的身份女儿的身份还是秘书或雇员的身份，包括女佣的身份。总之什么身份都不计较，只要能带她出去，她便如愿以偿。

于是形形色色的境外男人成了“超度”她们的命中贵人。

今天，我们回顾 20 世纪 80 年代，完全可以得出这样的结论——似乎从中期开始，整个 80 年代对折为两页。而你不能说它是两页，因为它并未从中线那儿被裁剪开；你也不能说它是一页，因为两个半页上所记载的内容竟是那么不同。

常规的历史进程中，一般不会产生这样的时代现象。

此时代现象说明，历史的进程一旦加快，几乎每五年便有大的区别。而普遍的人们，也仿佛每差五岁便如隔代了。所谓道即变，人亦即变；道变速，人亦变速。

20 世纪 80 年代前期，某些中国女性求知若渴的自强不息使中国男人们为之肃然。

20 世纪 80 年代后期，某些中国女性交易自身的迫不及待使中国男人们为之愕然。

尽管，这两类中国女性加起来，在数量上仍是少数。

但经由她们所体现的中国女性的时代意识的特征，毕竟使 20 世纪 80 年代前后着上了极为浓重的色彩，以至于使其他的色彩显得淡化了，难以成为特征了。

最后值得总结的是，20 世纪 80 年代后期交易自身之目的达到了的女性，如今朝她们扫视过去，其实真正获得幸福的相当有限，她们中不少人结果甚至相当不幸。有些女性甚至无国、无家、无夫、无子、无业、无产，除了跌价的容貌资本和贬值的青春股票，实际上几乎一无所获，证明她们当年的交易自身并不能算是成功之举。

女人通过嫁给某类男人的古老方式达到改变命运过另外一种生活之目的，虽比较符合女性的人性特点，虽不必加以苛求的批判，但也不值得格外地予以肯定。

那方式所符合的，乃是女性的人性中太古老的特点。无论以多么“现代”的盒子包装了，仍是古老的。它在女性的意识里越强烈，女性越现代不起来。

无论那目标表面看起来多么能满足自己的虚荣心，多么能引起别人的羡慕，本质上仍是初级的——是以依附男人为目标前提的。

四、她们如野生植物一般活

某些中国女性“外销”自己的“新洋务运动”，自20世纪80年代中期始，直至1993年后才势微渐止。她们的年龄普遍在35岁以下，年龄最小者十六七岁。因年龄小，想方设法更改年龄以达到合法移民年龄的事屡闻不鲜；因年龄大，想方设法更改年龄以求接近于更容易“外销”岁数的事也屡闻不鲜。那些年内，由中国女性推波助澜的“新移民潮”，冲击着亚洲、欧洲的许多国家以及澳大利亚，既使那些国家的华人移民数量剧增，也使国内许多城市的家庭夫妻离异、子女双亲残缺。有知识的凭学历去闯，有才能的凭才能去闯，有技长的凭技长去闯；无知识、无才能、无技长可言的，则仅凭容貌和青春资本去闯；连容貌和青春两项也够不上资本的，凭一往无前的盲目的勇气去闯。

“洋插队”一词便是概括这一现象而产生的。“洋”字与“插队”二字相结合，包含了一切苦辣酸甜。当然，她们当中也确有不少人，在异国真的尝到了爱情的甜，事业有成的甜，家庭美满的甜，人生幸福的甜。这些甜，也当然地原本就不该被国界和国籍隔着。在一方国土内得不到，去别国寻找亦确是天经地义之事。欧洲国家彼此邻近，欧洲的男人们早就这样了，后来欧洲的女人们也开始这样了。其动因和目的与中国女性们十分一致。中国女性仿佛企图用她们的行动证明——世界并不算太大，国与国都离得很近。

1993年以后，中国经济迅猛腾飞，令世界“拍案惊奇”，刮目相看。但腾飞之中，今天看来，泡沫的成分极其明显。

但是经济的泡沫现象，在短期内向有头脑的人提供的发达之机反而尤其多。许多人其实只需抓住一次机遇便可永久地改变命运，不管那机遇是否在泡沫里。泡沫经济的游戏之所以对一个国家有危害，甚至有危险，是针对大多数人的长久利益而言的。当泡沫灭落，大多数人不但往往只空抓了两手湿，而且极可能连曾经拥有的利益也丧失了。但泡沫又可以掩盖“游戏”的诸种规则，使之变得似有似无，时隐时现，于是无规则的机遇随着泡沫上下翻涌眼花缭乱，似乎比比皆是。有头脑的人适时抓到它比在“游戏”规则极为分明的情况下抓到它更容易。

于是“洋插队”的中国男人和女人们，面对异国的“游戏”规则抓不住时，便转身回首了。他们和她们，在异国学到了、积累了在中国学不到、积累不成的经验。那种种经验对于他们是有用的，也是宝贵的。正是那种种经验告诉他们，中国的机会也多得值得回来一显身手。于是，攒下些外汇的带着经验，没攒下外汇的带着半个外国身份，匆匆地又登上归国的航班。

20世纪90年代，这样一些“洋插队”过的女性，在中国的大城市里，既有相当出色的表现和表演，也有相当特色的表现和表演。后一种表现和表演，每每伴随着坑蒙拐骗，每每自身也带有泡沫性。

1993年以后，中国的经济犯罪案中，女主犯或女同案犯渐多起来。倘仅以北京为例，我的司法界的朋友告诉我——当年三分之一左右的经济犯罪案都由有“洋插队”经历的女性充当这样或那样的角色。

尽管如此，另一个无可争议的事实是——不少“洋插队”的女性，以她们较为特殊的女性身份，在各大城市中营造了一道道当代都市女性的亮丽风景线。

外企的第一代、第二代中方雇员的花名册上，留下过她们的芳名。

最早的一批“白领丽人”中，闪现过她们的身影。

她们中涌现过第一代、第二代女经理、女总裁、女外商代理人、女经纪人、女策划人。

对于今天服装、美容、健身、保健乃至许多文化行业的发展，她们曾起到功不可没的作用。她们一方面是这些行业引领消费潮流的女性；另一方面，可能同时是宣传者、广告者。

与她们的能力、经济和风采一竞高下的，是那些并不曾“洋插队”过的女性。后者们对机会的企盼期比较长，准备期也比较长，因为身在本国环境中，机会一旦来临，自然出手更及时些。所以，二者相比，后者的事业往往是自己的。自己之上，并不再有老板。而前者的事业，则往往不是自己的。虽然优越着，背后还有老板。虽然挣的是外汇，但总归不过是佣金。

这样两类中国女性，当年曾使许许多多的中国男人惊呼“阴盛阳衰”，惊呼到处都是“女强人”。某些男人在哀叹自己“疲软”的同时，不禁对某些女人的能力和神通佩服得五体投地膜拜顶礼。

其实，世界依然是一个男权主宰的世界。某些女人们尽管手眼触天、能力广大、神通非凡，但事业的成功，往往还是离不开某些权力背景更牢靠、能力更广大、神通更非凡的男人的呵护与关照。

我们说 1993 年以后中国经济呈现明显的泡沫成分，并不意味着否定 1993 年以后中国经济发展的一切实绩。泡沫非全部成分，实绩是不可低估的。

有统计表明，1993 年以后，国外投资大幅度上升，外企与合资企业的数量猛增，乡镇企业如雨后春笋，新行业不断涌现……所有这些，都为中国女性证明个人能力和才干的表现与表演提供了前所未有的驱动条件。

从普遍性的规律上讲，男人们不得不承认，女性是影响男人成为什么样的人的第一位导师。

那么，谁是影响女性成为什么样的人的导师？

是时代。

时代是影响女性成为什么样的人的最后一位负责“结业”的导师。

在时代的教导之下，男性文化从前对女性的影响和要求倘与时代冲突，那么大多数女性都会倾向时代，并配合时代共同颠覆男性文化对女性之人性的强加。

20 世纪 90 年代的中老年女性，目光望向比自己年轻得多的新生代女性，又是羡慕，又是佩服，又是隔阂种种，又是看不顺眼。

然而新生代们如鱼得水。她们的前代女性，首先成为她们的竞争对手。前者在竞争中往往由于对时代的不适应处于劣势，大获全胜的后者，接着便以挑战的姿态向男人们示威。

一切时髦的事物，首先受到新生代女性们的欢呼。

一切夜生活的场所，皆可见她们及时行乐的身影。

一切新行业，都惊喜于她们跃跃欲试充满热忱的加盟。

“靠节俭能富起来么？得靠机遇！”——这是她们的致富观。无疑是很正确的。可时代从前没给过女性什么机会，因而她们前代的女性大多数是节俭型的。她们的致富观，分明包含着对前代女性的嘲讽。

在许多种场合下，你会发现某些年纪轻轻的女性，与形形色色的年纪往往可做她们父亲的男人，神神秘秘而又一本正经地共商大计，策划一笔投资数额几千万甚至几亿的项目。如果你以为只不过是异想天开，那就大错特错了。后来成为事实的例子举不胜举。

徐志摩曾写过一篇文章，题目是《叔本华与叔本华的妇女论》。

叔本华与尼采是两位十分蔑视女性的哲学家。

尼采说过一句特别刻毒的名言：“如果你打算与女人交往，最好带上鞭子。”

由于他如此蔑视女性，所以又说过这样一句话：“我不能设想一个男人是哲学家而同时有太太。”

叔本华则认为，山里有老虎，草里有蛇，世上有女人，除了这一自然现象，对于女人再无讨论之必要。

徐志摩的文章是为了批评叔本华写的。他在文章中说道：“但这近百年却大大地换样了。不仅在学理上我们对女性的根本观念完全地改变了，不仅妇女在社会的地位上改变了，不仅她的人格在人类所有活动里取得了与男子同等的认识，并且女子们实际上已经给了我们可惊的成绩，在学识上，在事业上……”

我们今天重读徐志摩的文章，一方面自然会赞成他对女性的公正；另一方面，却难免地会觉得他过于热情，言辞夸张。因为，在他所处的那个时代，大多数中国女性其实并未“现代”到他所表扬的那一种程度。他所歌颂的女性，只不过是他所经常接近着的、当时在中国属于极少数的、知识女性中的某一类而已。

但是，如果用他文章中的那一段话来作为对于 20 世纪 90 年代的中国女性的评价，而不是作为对于 20 世纪 30 年代的中国女性的评价，则非常客观，一点儿也没有夸张的意味了。

林语堂曾这样解释他为什么最喜欢同女子讲话——“她们能看透一切的矛盾、浅薄、浮华，我很信赖她们的直觉和生存的本能——她们的所谓‘第六感’。在她们重情感轻理智的表面之下，她们能攫住现实，而且比男人更接近人生，我很尊重这个。她们懂得人生，而男人却只知理论。”

我之所以引用林语堂这段话，乃因其中有几点对女性的肯定，借以评说 20 世纪 90 年代的一些女性，尤其是新生代女性，也是相当准确的。

第一，直觉。

20 世纪 90 年代许多年轻女性的直觉，尤其知识化了的新生代女性们的直觉，所接受的是时代中枢神经区发射的信号，是大直觉，往往敏感于男人们数倍。倒是男人们反而常常显得很滞后，很迟钝。它成全她们在经济活动中稳操胜券，以至于某些男人每向她们请教。他们信赖她们的直觉，往往受益匪浅。

第二，生存的本能。

因为她们对生存质量的标准和要求提高了，故她们的本能充满强烈的欲望意味。而欲望驱使她们最大限度地发挥能量，这使她们比以往任何时代的女性都不安于现状。

第三，能攫住现实。

20 世纪 90 年代的女性，尤其知识化了的新生代女性，几乎一概是彻底的现实主义者。传统理念从她们头脑中消失的速度，远比从男人们头脑中消失的速度快得多。由于她们眼到、心到、手到，直攫现实，所以她们又几乎一概是目的主义者。这在男人们看来，也许太不可爱。她们也是明白这一点的。但她们自有理由——在许多方面成功了的男人们又有哪一个不是彻底的目的主义者？凭什么女人就不能有目的？凭什么女人就不能为了那目的之达到而足智多谋？她们自有另一套使她们变得仿佛依然可爱的方法——引导男人们及时行乐。从表面看，往往是男人们在向女人们提供行乐的条件和机会，因为他们买单。而实际上，从最终的效果看，是女人在陪男人们。这时她们就尽量表现她们的天真、纯情、柔弱，心无任何功利之念和头脑的极其简单。她们知道普遍的男人喜欢她们这样。她们善于在某些时候暂时隐藏了目的投男人们之所好。

第四，接近人生，懂得人生。

普遍的她们对人生之理解，与数年前相比已大为不同，甚至可以说大为进步。数年前，在她们中许多人看来，“傍大款”便是最容易接近最理想人生的捷径。而懂得女人如何受权贵或富有男人长期宠爱，也就算懂得人生了。但是后来她们悟到了，那不过是杨贵妃式的女人的人生。与武则天一比，杨贵妃只不过是一个可悲可怜的女性罢了。她们倒宁肯从男人那儿少要点儿宠爱，多讨些实惠。尤其，当她们与男人的关系无望成为夫妻时，她们给予男人的每一分温柔，都要求男人们加倍地偿还以实惠。她们无不希望拥有完全受自己权力控制的、纯粹的、个人的一番事业，当然这事业主要指经济方面的。她们对这一种事业的渴求，强烈于对一位好丈夫的渴求。因为道理是明摆着的，一个站立在完全受自己控制的经济基础上的女人，只要其貌不甚俗，其性情不甚劣，招募一位好丈夫实在并不困难。

当然，这样的女人究竟是否真的便算接近人生、懂得人生，大可商榷。而我们要指出的是，20 世纪 90 年代有许多女性持此种人生观。这毕竟比 20 世纪 90 年代以前争先恐后自售其容其身要争气得多。

上文林语堂的话中有一句是说得相当严谨的——“在她们重情感轻理智的表面之下”。

林氏此话证明，他并不认为女性一向地、一概地重情感，一向地、一概地轻理智。他认为这是她们给男人们的表面印象、传统印象。

而我想说，20 世纪 90 年代的女性，尤其知识化了的、大城市里的新生代女性，尤其她们中特别年轻漂亮的，其实大抵是非常理智的女性。她们像一切时代的一切女性一样，有情感的需要，但是并不怎么在乎失去。渴望爱的抚慰，但是也颇善于玩味无爱的寂寞。她们有寂寞之时，但绝对并不苦闷；她们有流泪之时，但主要由于失意而很少由于内疚。她们实际付出的交际时间和精力往往多于恋爱。在她们那儿两者常常是这样掂量的——交际产生交情，而广泛的男女交情比专一的爱情更有助于自己事业的成功，所以使男人常常搞不大清他和她之间的关系究竟是爱情还是交情。情人节男人亲自送给她们一束玫瑰，便可得到她们的一次甜吻。在她们的生日请她们到大饭店去“撮”一顿，她们望着那男人的目光便会始终含情脉脉。而男人若在她意想不到的情况之下送她名贵的首饰，她们很可能会扑入他的怀里惊喜地说：“啊，我的至爱！”——就像首饰广告里的情形那样。而她们越是变得极端地信赖手段，追求目的，不重情感，则越在一些琐碎的、鸡毛蒜皮的细节方面夸张地表演出注重情感的模样。她们以上的种种行径又简直可以说都是身不由己的。因为人与人之间的可信任度已大面积地从中国人 20 世纪 90 年代的生活中流失了。行业虽然空前地多了，每个人证明自己存在价值的空间似乎反而越来越小、越来越拥塞了。呈现在社会许多方面的竞争是那么激烈，有时甚至是那么世态炎凉冷酷无情，女性不得不施展最高的人生技巧才能做成她们想做的事情。

毋庸讳言，20 世纪 90 年代的中国新生代女性，表面看来头脑似乎史无前例地简单了，而实际上史无前例地精明、史无前例地富有心机了。所谓“内方外圆”，普遍的从前时代的中国女性，即使外“方”，即使表面上见棱见角，其内心也往往是“圆”的，女人天性的成分居多。所以从前的时代，最不服气男人的女人，也往往最终在与男人的较量和竞争中败北，被男人降伏。而男人利用制胜的，往往是女人天性中的某些弱点。当然，个例总是有的，比如武则天、吕后、慈禧王熙凤……正因为太是个例，所以从前的女人们即使心中暗暗钦佩也不敢公开地表示，所以从前的男人们一再地通过文学和戏剧历数她们的阴险歹毒。相比从前时代的中国女性，尤其是遵循传统的行为典范的女性，20 世纪 90 年代的新生代女性们，具有明显的反传统、反礼教、反淑女型典范的时代倾向。这意味着是她们以新一代的整体姿态对一向由男人们安排社会秩序、安排女性命运的现实的挑战。这种挑战是初级阶段的，是无数个体成功欲望的本能汇聚在一起所呈现的；其个体“战术”也是初级阶段的，简单的，相似的，无非以男人之道还治男人之身，反过来利用男人与女人打交道时的天性弱点罢了。她们中许多人因而成功了一些事情，许多人也为成功付出了必然的代价。那代价使她们年纪轻轻心中便充满了沧桑感，使她们表面看来朝气蓬勃着、精神抖擞着、姿态生动着，而实际上已陷入疲惫，已经从心理上过早地老了。

于是她们中派生出了女“独身族”。

她们成功了或失意了、受伤了以后，从社会大校场上抽身便走，这意味着人生“战略”上的一种转移或撤退。倘为成功者，带着伤痕大隐于市，体会功成身退的自慰。毫无家族权力背景的女性，徒手打天下并且获得某种成功居然不曾受过伤，在 20 世纪 90 年代的中国，这样的事是不多的。倘为失意者，则一边自疗伤口一边总结教训，别有一番滋味在心头。失意本身即伤痕，而且大抵又是由男人造成的。这一类女性不仅内心更加地“方”了，而且其外也不复“圆”。那曾“圆”过的外形变得模糊了，晕开了，边线若有若无了。如果说晕是月亮的框子，那么以守为攻是她们的心理的框子。她们的心理在那一框子内其实并不万念俱灰，而是处于高度的“备战”状态。倘她们东山再起拥有了一定的实力，她们往往对男人具有报复性。即使并不如此，也往往对男人不屑一顾，予以轻蔑。当然，也有人陷于较长久的自哀自怜不能自拔。更有人并不急流勇退，以独身“女强人”的姿态为自己标定一个比一个高的目标，鼓励自己实现一次比一次大的野心。企图在这种无休止的过程中忘记自己是女性，仿佛变成了中性人。

女“独身族”们几乎没有不自言独身潇洒、独身也美好的。

然而我们知道，女性一旦成熟为女人，独身肯定是不自然的，不美好的。

独身只在一种情况下可称为理智的选择，那就是形式上的糟糕的婚姻。

这一种相对性，决定了无论对于男人还是女人，独身的选择起点是较低的。

她们也知道这一点。

知道而偏说独身的潇洒和独身的美好，足见她们是多么言不由衷，又是多么内心苦楚。

让我们祝愿她们都能早日有情人终成眷属，告别她们本性上其实并不愿恪守的“独身主义”。

20 世纪 90 年代以来的一些女大学生，第一崇拜财富，第二崇拜权力，第三崇拜明星，第四崇拜女性的性魅力，第五具有极端的自我崇拜……因人而异，还可以列出另外的许多条。但前四条无疑已包含了她们最主要的崇拜内容，无非顺序的先后不同。

她们中毕业后分配在电台、电视台、报纸杂志的文科大学生们，按着自己的喜好一改 20 世纪 90 年代以前的中国综合文化的老面孔。电台、电视台的节目审查制度依然相当严格，她们的喜好每每受阻。但是今天看来，她们已按着自己的喜好占领了全国大多数报纸杂志的半壁江山。如果说中国的大文化内容空前丰富了，风格空前绚丽了，包装特别多彩了，那么有她们的一份功劳。如果说 20 世纪 90 年代以后的中国大文化酸味儿多了、嗲味儿多了、娇味儿多了，未免太甜了、太软了、太媚了、太性感了，那么也是她们苦心营造的结果。

说到20世纪90年代以后中国大文化的性感，肯定有人急欲反驳。其参照又肯定是西方大文化——的确，我们还远没裸到他们那么到处可见的程度。

不过我以为，女性肉体的彻底的裸，要么美，要么妖，要么媚，要么邪，因为彻底，性的意味公然了，一眼望去，想象夭折于全部的展现之前，面对其“性”反而没了太多所“感”。

这就好比男人可以比较自然地面对穿得较少的女人，却实难比较自然地面对穿得非常之透的女人。女人不是穿得少而是穿得透，据我看来，便等于放射着邪性了。

有些经营报纸杂志的女编者，似乎很精通“透”的学问。连她们所撰所编之稿、所拟定之标题，也每每“透”出女性荷尔蒙的并不见得芬芳的气息。

这一种“透”的学问，从报纸杂志上借用到了舞台上。由封面、由文字而至演出服，不露，但是极“透”；不裸，但是意在性感的用心一目了然。

林语堂对此曾有过这样一番言论：“艺术使现代人有了性的意识，这一点我是不怀疑的。第一步是艺术，第二步是商业对于女人身体的利用，由身体上的每一条曲线到肌肤的波动上去，最后一步是涂脚指甲。我不曾看见女人的身体的每一部分那么完全受商业上的利用，我不很明白美国女人对于利用她们的身体这件事情，为什么服从得那么温顺。把这种商业上利用女人身体的行为，和尊重女人的观念融合起来，是很困难的。”

他还说：“因此今日的人要‘艺术化’的时候，只需拿起一本杂志，将广告看一下。”

在20世纪90年代，在中国，女性挖空心思地“艺术化”自己的身体，积极地为商业之目的服务。她们干得往往比以此为职的男人们还来劲儿，还内行，甚至还专业。

对财富的崇拜，对权力的崇拜，对明星的崇拜，对女性之性魅力的崇拜，在20世纪90年代的大文化中泛着一阵阵浮华迷醉的绚丽多彩的泡沫。至今仍在泛着，大有一举将中国文化基本的朴素品质淹没掉的趋势。名车美女、豪宅美女、华服美女、珠宝美女、珍馐美女、美酒美女，商业加性感，性感助商业，几乎无孔不入地侵略着人们日常生活中的每一根视听神经。

与此现象相对应的，乃是20世纪90年代后期几千万工人的下岗。

倘我们的目光投向他们中的女性，20世纪90年代的女性话题不免顿时显得沉重起来。

但即使是她们，我认为，也体现出与以往时代极为不同的进步特征来。

1958年，有一大批妇女经动员迈出了家门，那是当年工业发展的需要。当年的一条口号是——“妇女姐妹们，我们也有两只手，不要围着锅台转，投入到火热的社会主义建设中去！”

而仅仅两年后，她们又被成批地撵回家里。在那两年中，有人被树为先进典型，有人因工致残，有人在实际上并没挣到多少工资（许多工厂一直信誓旦旦地欠着她们的工资）——但一被宣布解除工人资格（当年不用“解雇”一词，认为那是资本家一脚踢开工人时用的词），几乎普遍无话可说，温温顺顺地默默地就回家了。所欠工资，倘补给，就庆幸万分。不给，委屈一个时期，也就算了。致残者中，很少有从此月月领到抚恤金的。说她们不是正式工人，不能享受那一项待遇，她们也就放弃力争了。

而20世纪90年代的下岗女工们之权利意识则提高多了。普遍的她们，最初总想讨个公平的说法。她们开始懂得，即使和国家之间，也是可以大小猫三五只地算算究竟谁欠谁的。账是允许一笔勾销的，道理却非摆清楚不可。摆不清楚，什么厂长局长以及更大的官儿，日子也许就不太消停。

或许，有人会反对我的观点，认为这恰恰证明她们的觉悟太低，认为她们还应该像20世纪50年代的妇女们那样才可爱。

但是试问，如果没有她们这种起码的权利意识的提高，国家的责任意识又怎么会提高？公仆们的责任意识又怎么会提高？起码，公民们权利意识的提高，对于国家及公仆责任意识的加强是有促进作用的。

而在一个法制健全的时代，国家和它的公民在法律面前应该是完全平等的。法律既维护国家的权利，也要同样维护公民的权利。二者中的任何一方损害了另一方的权利，另一方都有充分的理由在原告席上郑重起诉。

当然，20世纪90年代的下岗女工们，不但权利意识提高了，体谅国家难境的理性程度也普遍地大大地提高了。所以，她们中并没有多少人真的和自己的工厂和国家斤斤计较地纠缠不休。她们委屈，恰恰证明她们是人，而非一时可用一时可弃的无意识的生产资料。她们发牢骚，乃因她们有种种意识。倘她们竟愤怒了，那么一定主要是由于当官儿的人们缺乏设身处地的体恤心肠，置身事外而官腔十足，对她们的思想安抚工作没有做好、做细、做到家。甚至，根本就不曾做不想做。

故据我看来，20 世纪 90 年代下岗女工们的觉悟，不是太低，而是很高。高得很可贵，亦很可爱。尤其她们中许多人下岗后另谋职业埋头苦干之精神，实在值得全社会钦佩和尊敬。她们以她们的可贵和可爱，保障了社会的安定。

在时代的发展中，往往付出许多方面的重大的牺牲。其时，那牺牲意味着数以千万计人民的起码的社会保障。

20 世纪 90 年代的下岗女工们，既能意识到这一规律的无奈性，又能顽强地与这一冷酷的规律做竭尽全力的较量。对于她们中的许多人而言，乃是人生的最后一搏。为了家庭，为了儿女，为了自己晚年的生活，她们毫无退路，只有一搏。而她们又几乎到了原本可以不再搏、可以轻松卸却许多女性责任的年龄。

她们使 20 世纪 90 年代的女性话题具有了一种异常凝重的、悲壮的色彩。

与此凝重的、悲壮的色彩相比，20 世纪 90 年代的卖淫话题显示出了本时代的大的尴尬性。这是“中国综合征”的临床特征。

当然，许多国家都有妓女。妓女的存在，似乎并不影响那些国家的强盛。

但许多国家都不约而同地承认——妓女现象乃是社会的疮疤。

中国曾一度没有。20 世纪 80 年代初开始有了，至 90 年代便多起来。

我们无须讨论为什么会有，这是讨论不出个结果的。即使由某社会学权威下了等于真理的结论，结论本身对社会的卫生也没多大意义。

倒是简略分析一下 20 世纪 90 年代的卖淫现象，与旧中国的妓女、与历史中的妓女现象有什么区别，对此社会疮疤或许还有丁点儿价值。

林语堂曾著过一篇短文《妓女与妾》。

通过这篇短文看得出，林氏是颇赞成男人纳妾的。他认为已婚的男人为了贪恋另一个女子的姿色而离婚，倒莫不如说服她干脆做自己的小老婆。他的逻辑是纳妾总归比离婚好。离婚意味着将妻子逐出家门，纳妾只不过是将另一女子迎入家门。凭男人决定女人命运的权利，论资排辈了，妻妾是可以相安无事的。他认为某女子既想长久依赖某有妇之夫，那么委曲求全而做妾，是相当明智的。他暧昧地表示，他颇认同辜鸿铭“一只茶壶配四只茶杯”的完美思想。

林氏短文中所论的妓女，是很“高级”的一类，“她们大都兼有一技之长，或长于诗，或长于画，或长于音乐，或长于巧辩”。当然，她们首先当是年轻的、美的、风情万种的。他所列举的个中翘楚如董小宛、苏小小、冯小青、陈圆圆、李香君、薛涛、马湘兰、柳如是。

我替他补上一个近代的，当是侠妓小凤仙了。

林氏由于自己是高级的文人，所举自然皆是棋琴诗画唱五艺全能的名妓、才妓，而所举好妓的男人，又是苏东坡、秦少游、杜牧、白居易等名男人。所以他那篇短文，实在不似在谈妓，而更似在谈“才子佳人”。

在论到一般青楼妓女时，他也操相当温爱的口吻说：“她们是在叫中国男人尝尝罗曼斯的恋爱滋味。”倒像青楼是专供男人实习恋爱的地方。

以我的年龄，当然不曾有过逛青楼的任何体会。我对妓女的所知，纯粹是从文学中来的，比如老舍《骆驼祥子》中的小福子，比如《月牙儿》中的“我”，比如日本电影《望乡》中的阿岐婆。

我当然知道，在中国历朝历代，妓女是分为三六九等的。最低的一等是“市妓”，即倚门卖笑勾引嫖客那一类，又被鄙称为“野雉”。而“打野雉”的男人，当然都非闲踱秦淮河畔的风流才子，而是些相当粗俗甚至粗暴的男人。

小福子、“我”、阿岐婆们无疑皆属“市妓”，无疑皆是粗俗粗暴男人们泄欲的对象。故我对她们一向是深怀同情的。

故我从前初读林氏那一篇短文之时，对他“犯罪的是男子”一句话颇有同感。

但20世纪90年代以来业已存在着的现实日渐地改变了我的看法，并且日渐地削弱了我一向对妓女所深怀的同情。

我没接近过20世纪90年代的“市妓”，也不曾像许多经常离家外出的男人那样受到过她们的滋扰。仅仅一次，住在外市的宾馆里，深夜接到一次问我需不需要“特殊服务”的电话。别的男人们告诉我那便是妓女在进行试探了。但我半信半疑，心想说不定那宾馆另有非“色情”的“特殊服务”项目，比如要不要按铃叫早之类。

所以，我对20世纪90年代的卖淫女的全部印象，其实是从初识的或熟稔的、天南地北的、各行各业的、形形色色的男人们口中获得的。

这印象最初使我惊讶的是她们只存在于某些城市、某些地区，后来，在一些偏远县镇也蔓延开来。

后来惊讶于她们讨价的便宜，据说一二十元钱的“活儿”她们也接。

再后来惊讶于她们年龄的渐小。据说在有的城市，有的地区，还不到十八岁便开始走上卖淫的歧途。

再再后来，只剩下了一种惊讶，她们的卖淫，并非如我想象的那样多么不情愿，多么被逼无奈，因而多么内心悲苦。

惊讶几次之后，也就不惊讶了。

据说她们中不少人似乎活得很快活，由于卖淫是“最轻松”的“职业”，由于这“职业”使她们的收入数倍甚至十数倍地高于一般女工们的月工资；由于这“职业”的“计件”性质，现钞交易性质，永远无欠发“工资”或“打白条”一说；更由于这“职业”的传统方式与吃吃喝喝玩玩乐乐密不可分。

收入高了，花钱也大方了，穿的也时尚起来，住的也改善起来。中国是世界上许多行业的大市场。她们似乎都持一种非常乐观的态度确信不疑——她们所从事的“职业”尽管还不能公开化，但前程似锦，“职业”队伍将不断扩大。

她们快活，自在，满意于现状，毫无羞耻感。除了有时不得不偷偷摸摸的，再没什么不顺心的。

据说，倒是些初涉此道的男人，每每在大大方方的、笑容可掬的、善于周旋的她们面前常显得不好意思起来。那时她们就仿佛关系熟稔地调侃他们，为的是使他们放松些，自然些，大胆主动些……

倘我们重读《月牙儿》，定会从“我”身上看出些与今天卖淫女们的相同。

“我”自幼丧父，于是家庭赖以维持起码生活的“经济基础”彻底坍塌。先是母亲靠替别人家浆浆洗洗挣点儿小钱勉强度日。后来母亲改嫁，再后来继父“失踪”。母亲不得不将她们的家变成了“暗门子”，以向粗俗陌生的男人们零售自己肉体的方式供女儿上学。

也许，母亲希望女儿知识化了以后能嫁给个体面的、依赖得住的男人，从而改变命运，自己的晚年也能跟着享几天福吧。

但是，上了学的女儿不久便从女同学那儿明白——“我小学毕业后又有什么用呢？我和同学们打听过了，有的告诉我，去年毕业的有好几个做姨太太的。有的告诉我，谁当了‘暗门子’。”

于是“我更疑心妈妈了，是不是等我毕业好去做……这么一想，有时候我不敢回家，我怕见妈妈”。

而“妈妈的屋里常有男人来了，她不再躲避着我。他们的眼像狗似的看着我，舌头吐着，垂着涎。我在他们眼中是更解馋的，我看得出来。在很短的期间，我忽然明白了许多事情。”

不久，她做了女招待。她想卖笑不卖身。但是老板雇她，当然主要是促她早点儿开始卖身的。只要肯卖身，笑不笑倒还在其次。不肯卖身，那么就滚。这前提是绝无可商量的余地的。

没第二种选择，她终于顺其自然地成为娼妓。

20 世纪 90 年代的中国卖淫女们，其中一部分，或许都如《月牙儿》中的“我”，一步步面临过类似的无奈。

以上是家庭生活状况的相同。

而心理嬗变轨迹的相同如下：

“我在自己手中拿着，像捧着一朵娇嫩的花。我只能顾目前，没有将来，也不敢深想。”

《月牙儿》中的“我”是这样；今天的她们也是这样。

“我越往大了长，我越觉得自己好看，这是一点安慰，美使我抬高了自己的身份。”

“我和一排年轻的姑娘们在小饭馆受选阅。我们这群都不难看，都是高小毕业的小女子们，等皇赏似的，等着一个破塔似的老板挑选。他选中了我。我不感谢他，可是当时确有点儿痛快。那群女孩子们似乎很羡慕我，有的竟自含着泪走去，有的骂声‘妈的！’……”

“我仿佛看得很清楚：有朝一日，我得比她（一个早出道的妓）还开通，才能挣上饭吃。”

“我遇见几个同学，有的升入了中学，有的在家里做姑娘。我不愿理她们。可一说起话来，我觉得我比她们精明。原先，在学校时，我比她们傻；现在，她们显得呆傻了。”

“男女彼此结成了网，互相捕捉。有钱的，网大一些，捉住几个，然后从容地选择一个。我没有钱，我连个结网的屋角都找不到。我得直接地捉人，或是被捉，我比她们明白一些，实际一些。”

“我想我要玩玩，浪漫。我要勾引文明一些的人，至多只赔上一两个吻……啊，我错了。要卖，得痛痛快快的，拿钱来，我陪你睡，我明白了这个。”

“及至做过了几天，我也就不怕了，身体上哪部分多运动都可以发达的……他们满意，还替我做义务的宣传……”

“我们是拿十年当一年活着……”

“这些经验叫我认识了‘钱’与‘人’。钱比人更厉害些……”

我真是由衷地钦佩老舍先生，实不愧是文学的大师。笔触漫不经心似的，笔调娓娓的淡淡的，就将一个少女变成娼妓的心路过程抽丝剥茧、观察入微地剖析给我们看了。我觉得，《月牙儿》是老舍先生最凄楚哀婉的一篇小说。

“我”与20世纪90年代的卖淫女的不同又是哪些方面呢？

首先，她们其实不仅仅为了“挣上饭吃”，更是为了吃得比大多数小女子更好，穿得比大多数小女子更好，钱包比大多数小女子更鼓。

时代不同了，所以卖淫的目标定得更高了。

其次，她们心理的嬗变过程极短，观念的“开通”也极快，往往并不需要过程，直接地就扑奔那更高的目标而去。因而，她们往往真的觉得，做娼妓最是一种等于整天玩似的“职业”，真的觉得是浪漫的活法儿。甚至，很可能的，在她们“开通”的观念中，是仅次于明星的“职业”。

“我没有将来，也不敢深想。”

她们不愿深想。偶尔想想，再计算一下自己的积攒，非但并不觉得将来可怕，倒似乎更看到了将来的无忧无虑、将来的富裕、将来的美好。而事实上，一个女人只要有一大笔钱，即使是靠卖淫所获，也还是女人最大的幸事。时代对于“人”和“钱”的关系已似乎是这样的了——要么都不干净，要么都是干净的。

“我”感到自己“拿十年当一年活着”。

她们恰恰相反，企图拿每一天都当十年那么宝贵地活着。故每一天都及时行乐，及时挣钱。

“我”很快地憔悴了。

她们恰恰相反，因为有了钱，可以经常洗桑拿，可以经常做美容，可以去按摩，可以割双眼皮儿，可以垫鼻，可以隆胸，可以用系列的高级的护发、护肤品，可以通过营养丰富的饮食和滋补药物调整内分泌系统——而且，这些花销，往往由男人们“义务”了。所以，养颜有术的她们，似乎有充分的自信对“憔悴”说“不”！

“我”瞧不起自己——“我爱活着，但不应该这样活着。”

她们由于以上诸方面与“我”所处时代的不同，其实并不鄙视自己。她们当然也爱活着。并且，比来比去，还很爱像她们那样活着。起码，她们认为，自己的活法，是女性“第二幸福”的活法。与第一幸福的活法无缘，退而求其次不是也很好么？于是，她们反而会看着与“第二幸福”的活法也沾不上边儿的女性们着实地可怜。倘强迫她们每天按时上下班，劳劳碌碌，却每月只开极少的工资，她们反而会觉得等于是一种“迫害”。

因而，某些文学作品中的她们，不再是《月牙儿》里那个自哀自怜、自惭形秽的“我”了，而是些鲜活快乐、“青春无悔”的小女子了。

老舍先生若仍在世，若再对她们有所观察，若再写出一篇半个多世纪后的《月牙儿》续篇，其笔触其风格，据我想来，恐怕会一反前《月牙儿》的凄楚哀婉，不由己地变得后现代主义起来吧。

老舍先生当年深怀同情地以“月牙儿”喻那些旧中国由少女而无奈沦为娼妓的小女子。

昔也“月牙儿”，今也“月牙儿”。

“月亮还是那个月亮”，依然的“千里共婵娟”。

“月牙儿”却似乎不再有伤感的意味了。

那么，你在听说得多了，连这最后一点也不惊讶了的时候，你还会怜花惜玉地同情她们么？

人口众多导致劳动力过剩。劳动力过剩首先导致女性自食其力的机会相比于男人大大减少。全世界劳动力过剩的现象都是这样。

女性在自食其力的机会大大减少的情况下，相互间的谋职竞争就空前激烈了。那些由于文化程度太低而被淘汰于谋职机会以外的年轻女性和少女，像幸运地有着工作的女性和少女们一样，时时会萌生穿好衣服的念头，也时时会萌生享受和享乐的欲望。这就需要钱。在男人们给她们钱的那一刻，他们同时表达或暗示了他们要的是什么，于是双方拍手成交。

我始终确信，任何一个年轻的女性或少女，当她第一次脱裸了身体卖淫于男人之际，无论他对于她是认识的还是陌生的，她内心里肯定是感到羞耻的，起码有几分感到羞耻。因为以钞票为前提决定的两性关系的发生或不发生，在女性这一方面，是违背她们对自己没感情的男人掩护她们肉体的本能的。

但随着卖淫的次数增多，这一种本能最终会被扫荡得一干二净无影无踪。以后她在任何一个陌生男人面前脱裸了自己的时候，便仿佛在公共浴池的脱衣间一样无所谓了。

我想，这样的一些妓女与嫖客之间的交易，绝不会像林语堂先生在他那篇短文中所描写的那样——“她们是在叫男人尝尝罗曼斯的滋味”。

于嫖客，分明像内急终于寻找到了茅厕。

于卖淫女，大概等于接受一次男性妇科医生的身体检查。

中国存在着的嫖娼现象，真相大抵如此。

与古代秦淮河上的风流景观相比，显然连点儿颓靡的色彩都谈不上，而纯粹是丑陋了。那时的金陵夫子庙畔，毕竟是举行科举考试的地点，学子云集；而那时的妓，于棋琴诗画唱方面，又毕竟地起码都是身怀一艺。即使颓靡放浪，还总归有“风流”二字包装着，似乎地显出几分雅。

20 世纪 90 年代的中国卖淫女，不但年龄越来越小，文化越来越低（固然早已开始有文化较高的女性加盟此行列，则应另当别论），而且，心理状态越来越开放了。

社会看她们的存在如疮疤。她们却很可能经由嫖她们的形形色色的、各行各业的或粗鄙或表面斯文的男人看这社会本身如一片疮疤，而视自己如疮疤上自然真实的蘑。

20 世纪五六十年代的中国女性，如花房里的花，你可以指着一一细说端详。因为指得过来。

20 世纪七八十年代的中国女性，如花园里的花，你可以登坡一望而将绿肥红瘦梅傲菊灼尽收眼底。因为你的视野即使不够宽阔，她们的烂漫也闹不到国人的目光以外去。所谓“浓绿万枝红一点，动人春色不须多”。

20 世纪 90 年代的中国女性，抛开那些消极面来看，便如野生植物，自然生长区内的花木。其千姿百态的芳菲，其散紫翻红之妍媚，其深开浅放之错落，其着意四季之孤格异彩，简直不复是国人所能指能望得过来的，更不消说置喙妄论了。所谓“春风不解禁杨花，漾漾乱扑行人面”。

而这正是时代进步的标志。

一个时代的进步，首先从男人们都开始做什么显示着，其次从女人都打算怎么活显示着。

时代的进步常常带着野性。这野性体现在男人们头脑中每每是思想的冲撞，体现在女人们头脑中每每是观念的自由。

转身回顾，有哪一个时代女性的观念比 20 世纪 90 年代更少束缚、更自由么?

20 世纪 90 年代，一批精神面貌崭新而且风采异呈的中国女性，在政治、经济、文化、艺术、教育、科研、法律和社会公益、社会福利等方面所做的杰出贡献，以及自我价值方面有目共睹的实现——综合中国女性在五千余年的国史中的作为相比，有过之而无不及也!

第二章

转折的时代

黎明前的黑暗，注定光怪陆离

一、一个“逆袭”青年和他的青春期

他是一个青年。一个“文革”年代的青年。小县城文艺团里年龄最小的一个成员，刚过十八岁。说是孩子已不是孩子，说是大人还不算大人，正处在青涩的年龄。

不管在任何年代，人类之青春期的特征都有相同之处——生理上开始分泌最初的荷尔蒙，而心理上思情慕美。

但是他极能压抑自己。

因为，他原本是一个农村青年。形象好而又嗓子好，才有幸被挑选到小县城的文艺团里。一个农村青年居然有如此好命运，这使他诚惶诚恐。

报到那一天，领导对他说：“五年后你才二十三岁，五年内不许闹恋爱！五年后再恋爱也不迟。”

他诺诺连声。

领导又说：“你现在已经是一名革命的文艺工作者了，怎么才算是一名革命的文艺工作者你懂不懂？”

他吞吐不能即答。

领导教诲道：“第一，政治思想要过硬。对于你，那就得积极参加一切政治学习活动。第二，生活作风要过硬，千万不能小小年龄就搞出什么男女关系的花花事儿来。一旦出了花花事儿，那你就拎上行李走人吧！”

他连说：“不敢，不敢……”

多亏有领导的教诲在先，两年内，这小青年时时处处言行紧束，中规中矩。尤其是对于周围的漂亮女性，回避得很，自拘得很。多一句话也不说，一说话就脸红。

那文艺团里的人，年龄最大的也不过三十几岁。再就都是二十五六岁、二十七八岁的已婚的未婚的男女。他们和她们，倒是不被太严格地加以要求的。平素里，打情骂俏，相互挑逗，寻常事也。蝶引蜂约，偷香窃玉，红杏出墙，投怀入抱，秘密幽欢，婚外云雨之类的勾当，不足为奇。连第一位领导本身，背地里也荷尔蒙过剩，不甘寂寞，闲不大住的。

那实际上是一个风气不良的文艺团。没几个人在男女关系上是清清白白干干净净的。要论那方面的清白，那方面的干净纯洁，真是非他莫属了。正因为风气不良，领导们才动辄大讲生活作风要过硬的话。讲归讲，领导们自己先就不过硬。硬也是硬在别的地方。

两年中，他是都看在眼里了。他已经二十岁了，自我压抑了两年了。越压抑，越敏感。越敏感，看在眼里的男女故事越多。团里的一男一女迎面走去，擦肩而过时彼此交换了一种什么样的眼波，只要是在他的视线里，其细节就逃不过他那敏感的眼睛。

然而他似乎依然是两年前那个青涩的他，似乎不曾有半点儿改变。

因了他的不曾改变，领导们时常表扬他。

同志们也都夸他小小年龄竟有难能可贵的作风操守。

有的人还利用他的“无知”传情递意，觊成好事。

在他二十岁就要过去那一年，全中国都开始响应一种“伟大”的政治号召，叫作“斗私批修”，叫作“狠斗私字一闪念”，叫作“革自己的命”，叫作“灵魂深处，刺刀见红”。号召来号召去，学习来学习去，革来革去斗来斗去的，那“私”，已不再是字义上与“公”相对而言的利益层面的内容了，泛指一切“非无产阶级的，不符合革命道德”的思想意识了。

这青年对政治一向是特别虔诚的。

政治一号召，他便赤心应召。

于是某日集体进行照例的政治学习的时候，一向少言寡语的他，展开了几页写着密密麻麻的字迹的纸，做了他人生最郑重也最虔诚的一次学习发言。

用当年的话说，他对自己“动真格的”了。他果然自己跟自己“刺刀见红”了。

他说，其实他是根本不配领导表扬的。

他说，他留给同志们的老实印象，是他伪装出来的假象。

他说，他的灵魂深处，其实存在着许多肮脏的、可耻下流的、见不得人的丑陋的思想意识。

他说，他经过一夜失眠，决定将它们抖搂出来，暴露于同志们和领导们面前，暴露于光天化日之下。

他说，抖落了，暴露了，肮脏外排了，自己的灵魂深处不是从此就干净了吗?

他坦白地承认他多次梦到过样板戏中的某某女演员，在梦中还和她干过那种说不出口的事；

承认自己多次偷看过本团的某某女演员冲澡；

偷看过另外一名女演员换衣服；

和第三个自己喜欢的女演员排练节目时，曾产生过希望能和她通奸的罪大恶极的念头；

他还有根有据有时间有地点有情节有细节地指出，其实本团男女演员之间、领导们和女演员们之间通奸之事每每发生；因为那些情形也是他怀着很肮脏的思想意识偷看到的。

他希望领导们同志们也能像他一样，自己对自己“动真格”的，自己跟自己“刺刀见红”，把自己们干过的那些见不得人的勾当，自己们彻底地抖落抖落，彻底地暴露暴露。

他说作为一次学习发言，他不愿太多地占用大家的时间。为了证明自己虔诚的、认真的态度，他可以将自己的一本秘密日记交给领导；关于他自己的更多的下流意识，以及他所亲眼看到的别人们的种种可耻勾当，全部一一记在日记中了……

有一点显然需要指出——当年，他所偷窥到的事，却也并非皆属可耻。以欲给欲的勾当有之，而秘密的真情真爱，恐怕也是有的。

他桩桩件件“刺刀见红”地诉说时，会议室里一片死寂。似乎所有的人都屏住了呼吸，不再喘气了。

当他终于闭上了他的嘴巴，那死寂又延续了几秒钟之后，凡是被他说到的人，不论男女，刹那间几乎全都扑向了他……

他们恨不得将他活活撕巴了……

而这是他决然没有料到的。

在他，那是忏悔。是以神圣的革命的名义当众进行的一次忏悔。无比虔诚的也是鼓足了从来不曾有过的大勇气所进行的一次忏悔。他原本以为自己忏悔了之后灵魂就会变得极其圣洁了，并且会感动别人的。

但是他遭到了一阵咒骂和殴打。

如果事情到此为止倒还算他幸运；然而这并不是最终的结果，这只不过是另一情节的开始……

简单地说，他在领导们同志们的眼里，成了一个小流氓。不，岂止是小流氓，是小小年纪的大大的流氓呀！

他的日记，遂成为他是“大”流氓的物证。

真是白纸黑字，铁证如山！

凡是被他说到和在日记里写到的人，都极端愤慨地抗议他的造谣诽谤诋毁了他们的人格。

是可忍，孰不可忍？！

那日记被交到了县公安机关——由于事件不仅涉及县文艺团里的人，还涉及对革命样板戏中几位女演员的人格的文字侮辱，流氓行为的性质颇为严重，于是又被呈送到省公安机关……

在“文革”的年代，公检法由造反派们控制，一切判处过程从简。

流氓罪成立。

诽谤罪成立。

侮辱他人之人格罪成立。

再加一条“文革”年代才有的罪名——败坏革命样板戏罪——也成立。

于是他像下篇写到的那个老农一样，也被戴上亮锃锃的手铐，推上呼啸而至的警车，拉到省城监狱去了……

他并不和我的朋友马云龙同一监号。但是马云龙入狱不久就听说有关他的事情了。在每天两次的放风时间，马云龙每次都能看到他。据马云龙讲，他确是一个形象挺不错的青年。用今天时尚的话说，是一个帅哥。然而，他的精神已经有些不正常了。他在狱中学会了吸烟。他的农民父母，嫌他犯的罪太丢人了，一次都没到监狱来看过他。根本没有一个人给他往监狱里送烟。在放风的时间里，他唯一必做的事情就是低三下四可怜兮兮地向别的犯人乞讨一支烟，或大瞪着一双目光呆滞的眼，在监狱的院子里四处寻找烟头。倘乞讨不到烟，也捡不到烟头，那么他有时会抢别的犯人正吸着的烟。那时候他具有攻击性。结果可想而知，肯定会遭到一顿拳打脚踢。有时候是被抢去了烟的犯人打他，有时候是看管人员打他。

不管打他的是谁，都会同时这么骂他：“臭流氓！”

马云龙可怜他，只要自己有烟，放风时总是会带着两三支，在院子里偷偷塞给他。

他，就会双臂肃垂，一脸虔诚，煞有介事地为马云龙背一段《纪念白求恩》中的语录，赞美马云龙是“一个高尚的人，一个纯粹的人，一个有道德的人，一个脱离了低级趣味的人……”

贪婪地过了几口烟瘾之后，往往又会以思想家般的口吻对马云龙说出一句话：“其实，人是没有灵魂的……”

言罢，幽幽地、莫测高深地笑……

世上之事，往事便是往事。大抵，总是要成烟的。

所谓并不成烟的，无非那留给我们的思考——前事不忘，后事之师。

二、“要是老婆归自己好，那土地就是归农民好”

马云龙先生是我的朋友，长我几岁。“文革”时期，对“四人帮”祸国殃民的行径深恶痛绝，付诸言论，于是被罗织罪名。他曾向我讲过几桩牢狱中的人和事，时隔久矣，我几乎全忘了。唯其二者，记忆深刻：农民和土地。

话说当年和马先生同牢的，有一个老农。沉默寡言，性极温良。一没偷过，二没抢过，三没奸过，更不曾杀人放火。什么政治观点，头脑里也是完全没有过的。

此老农之“犯罪”，纯粹因为土地。

因为曾经属于他的三亩几分地。

解放前，他是佃农。

解放初，他是土改积极分子。

后来，自然地，就分到了三亩几分地。土改工作组的同志较为偏心他这个土改运动积极分子，分到他名下的是好地。

当一份盖有大红印章的土地证交给他了，当写有他名字的木桩砸入地界了，当他确信三亩几分地真的属于他了，这一个祖上几代都不曾拥有过土地的农民，跪在那三亩几分地上，哭了。

那情形如同某些早期革命题材电影中的片段。

但他的眼泪，和演员的眼泪不是一样的眼泪。

老天似乎要成心捉弄这农民，分到土地后的两年，非涝即旱。土地枉好，劳作枉勤。那两年里，这农民并没能从一块属于自己的土地上收获到多少庄稼。

接着，中国的农村就进入了初级社时期。

所谓初级社，就是几户农民以自愿的原则，建立互助组，将他们的土地整合到一起，共同耕种，共同收获，按劳分配。

这个农民哪一个互助组也不加入。

他想，总算是有了一块属于自己的土地，而且是好地，还没靠自己的双手收割过一茬好庄稼呢，怎么舍得归了组呢？

是的，他是那么舍不得。如同一个小女孩，才获得了属于自己的布娃娃没多久，稀罕劲儿没过去，舍不得把布娃娃入了别人的伙，和别人一起“过家家”。

既然是自愿的，他偏不入，别人也奈何不得他。

以后的两年里，仰仗着年景好，风调雨顺，他靠着他的勤劳，在属于他的土地上喜获丰收。

他得意而且自负了。

不入初级社，我的土地不是也没亏待我吗？那我干吗还要入呢？

而这时，中国的农村进入了高级社时期。

高级社也还是以自愿为原则的。不自愿的，在农村干部们看来，自然是没有社会主义觉悟的农民无疑了。结果，连高级社也不入的这个农民，这个土改时期的积极分子，成了社会主义时期农村里的思想落后分子。

落后就落后。他颇不在乎。拥有了属于自己的土地的他，已经没什么兴趣再去争取政治觉悟方面的那一份儿积极了。他一心一意只想靠自己的勤劳种好那属于自己的三亩几分地了。

高级社时期只不过是中国农村一个特别短暂的过渡时期。转眼到了 1958 年，人民公社时期开始了。

我们中国人都知道的，所谓“人民公社化”，即土地归集体所有，农民于是有了第二个称呼，叫“社员”——“社员都是向阳花”，这歌唱的便是人民公社社员。

人民公社化，那就不再是自愿不自愿的事情了。

土改时期颁发的盖有大红印章的土地拥有证，或曰另一种地契，在有的农村里，重新收缴在一起，烧了，叫“二次革命”。第一次是革地主阶级的命，烧的是地主们的地契。这第二次是农民革自己头脑里的私有思想的命，烧的是土改时期政府颁发给他们的地契。有的农村里倒也没烧地契，但明摆着已经没有了任何意义，除非本人想要留作纪念。情愿的也罢，不情愿的也罢，反正都得那么革。

我们前边讲到的那个农民，他却偏不。

他说：“政府发给我的土地证，政府没说作废，谁烧了是犯法的。谁要硬把它从我手里缴去，也是犯法的。”

依他想来，只要土地证还在自己手里，那三亩几分地就永远是自己的。

村干部们告诉他——政府已经下达了文件精神，土地归公了。

他反驳道：“我不懂精神。文件在哪儿？拿给我看看！”

村一级的干部拿不出那么高级的文件，他就认为理在他这一边。他还说：“如果承认老婆归自己好，那就得承认土地还是归农民好！”

连人民公社也不加入，已经不是什么思想落后不落后的问题了，而是对抗农村社会主义化的严重问题了。

但他毕竟曾是佃农，村里阶级成分最低的一个人，村干部们仍奈何不了他。

奈何不了他也不能任由他一个人大行资本主义私有化之道啊！

村干部们一商议，研究出了一条治他的高招。

他们当众向他宣布：“你觉得你手里攥着地契，那三亩几分地就永远随你自己想怎么种就怎么种了？但是村里的条条村路可是集体化了。你偏要在私有道路上一条道跑到黑也可以，那你以后就不要走我们集体化的村路！”

他一听，傻眼了。

但是他也同时犯了倔劲儿——不是想让我没法儿走到我的土地那儿去种吗？那我离开这个村就是了！

当天晚上他背井离乡流浪到外地去了。

像他这么一个农民，流浪到哪儿也不是长久的办法啊！

但他有力气，不怕脏，不怕累，不怕受歧视，居然在异地他乡活了好几年，并且积攒下了一笔钱。

那钱是怎么攒下的呢?

是与人合伙，在城市里掏大粪，压成粪饼子，一车车卖了得来的钱。当年农村缺化肥，一车粪饼子能卖二三十元。但那实际上也是违法的勾当。因为粪既然值钱，城市里的公厕就不是什么人随便都可以掏的。干那勾当，也是盗的行径，罪名是“盗粪”。盗粪者们都是半夜三更偷偷地盗。

幸而他几年中一次也没被逮着过。

背井离乡之人大抵是这样的——一旦积攒下了点儿钱，惦记亲人、思念家乡的心情就更深切了。

于是某一年的年根儿，他出现在村里，背着半扇猪，虽然衣着非锦，甚至还可以说有点儿褴褛，但他脸上的表情，却分明呈现着衣锦还乡的那么一种意味。

毕竟，背着半扇猪呢!

那一年已经是 1965 年，提醒人们千万不要忘记阶级斗争的一年。那一年队里也就是村里的收成很不好，一半怪天，一半怨人。男女老少都愁眉不展的，不知即将到来的春节究竟该怎么过活，才能多少过出点儿快乐的气氛。

我们那个农民弟兄的出现，使村人们感到愤慨。瞧他这个坚决走资本主义私有化道路的人!他行进在社会主义集体化道路上的步子是多么意气风发趾高气扬啊!——趾高气扬个什么劲儿呢?

确切地说，村人的愤慨，主要是由他所背的那半扇猪引起的。

他们认为他是在公然挑衅，既是对他们，也是对农村集体化道路，对社会主义。

于是就有人拦住他，谴责他:“你既然非要一个人走私有化的道路，为什么还双脚踩在我们社会主义集体化的道路上?”

他也恼火了，振振有词:“你们想干什么?不过是一条普普通通的农村土路，在解放前也不至于不许谁走!”

听听，这不明明是在攻击社会主义嘛!

有的村人想，你背回来半扇猪有什么值得显摆的?没有水，看你那猪肉怎么个吃法!

也不用谁下令，他们就轮流把村里的一口井看守住了——不许他家的人来汲社会主义的井里的水了。

事实是，他不在村里的几年中，不仅他家那三亩几分地早已归了集体，凡是他家能参加集体劳动的人，也早已成了人民公社的社员了。而且，和别的社员的关系处得还都挺不错。

都是那半扇猪惹的祸，以及他那种走资本主义私有化道路仿佛走得不屈不挠、走得特来劲儿的模样。

至于那口井，他很清楚——它不是社会主义以后才有的。那是一口古井，解放前好几辈子的时候就有了。

不许他家的人汲水，他怒不可遏了，在社会主义的道路上蹦着高骂了起来。

骂些什么呢？无非骂村里的人连点儿乡情都不讲，变得彻底地没了人味而已。

这一骂就惊动了村干部们。

村干部们凑在一起统一思想，皆认为太应该好好教育教育这个人了。

而在当年，对一个人最行之有效的教育方式便是召开批判会。

于是，他家里闯入了民兵，将他倒拧着两条胳膊押到小学校去了——全村人集合到那儿对他进行毫不留情的批判。批判会和批斗会，原本界限就不很分明，尤其在当年的农村里更是那样。结果批着批着，渐渐就变成斗了。他被逼着站到一张桌子上去了。斗的非要使被斗的低头认罪不可，被斗的则你们越斗我越不服。结果，斗人的都急眼了，被斗的也急眼了。人们一个没留神，他做出了一件冲动过火之事——他背后的墙上贴着伟大领袖毛主席的像，他猝一转身，将毛主席像扯下来了，随之便撕，边撕还边说："叫你们说话不算话！叫你们说话不算话！早知今天这样，我当年才不那么积极！……"

一阵肃静，鸦雀无声。

他自然几分钟后就后悔了，然而后悔也晚了。

众目睽睽，都看到他做下了什么事。

那在当年是犯死罪的事。

谁敢把那样的事压下呢？没人敢。

村干部们连夜向公社汇报了；公社火速向县里汇报了；县里认为案情实属

重大，汇报到了省里。

第二天，从省城开来了警车，将他用亮锃锃的手铐铐走了。

那一年他已经五十六七岁。

他千里迢迢背回家里的那半扇猪，还没来得及吃上一口肉。

不消说，他也没能在家里过上那一年的春节。

专政机关念他出身好，网开一面，从轻发落，判了他个无期。

他这个当年土改时期的积极分子，始料不及地成了“反革命”，而且是现行的。

村人们，包括村干部们，过后细细一想，偏又都忆起了他这个人以前为人处事的许多优点。比如心地善良，比如助人为乐，比如义气、正直什么的……

他最主要的缺点就是有时候看问题太死心眼儿，往往一条道走到黑，不撞南墙不回头，不见棺材不落泪。总而言之，太倔。

村人们都因了他的倔而替他喟叹不已，也都有点儿后悔——明知他的倔脾气，又何必那么较真地批斗他？

然而他们的后悔，也晚了。

事情已经发生，已经结束，谁都减轻不了像他那么重的罪了。

他的家人们明智地宣布和他脱离一切亲情关系。不明智怎么办呢？不明智那就只有当“现行反革命家属”了。

我的朋友马云龙被关投监时，他已在狱中被关押了十来年了。外面的世界发生了些什么翻天覆地的大事件，他不太知道。

他已经是快七十岁的一个老农民了。

然而他一辈子都没能好好种过几年地，尽管他曾是一个种地的好把式。

解放前，是因为没有属于自己的土地可种。

解放后，是因为明明拥有了属于自己的土地却没有过几年在自己的土地上好好侍弄庄稼的时光。

快七十岁的他，已在监狱里被关押得有点儿痴呆了。

他经常独向一隅，喃喃自语地嘟哝同一句话：“老婆要是归自己好，那土地就归农民好。”

至于那份地契，他不知把它藏于何处了，估计连他自己也忘了。

一天夜里，他喉间发出一阵古怪的响声之后，双目不瞑地死了。

也许，他在生命的最后一瞬，仍想说那句他百说不厌的话？

那话，对于他，似乎成了一句经典的台词。

想来，他也太是一个悲剧角色了。

是否够得上是一个经典的悲剧角色呢？

我没什么依据妄做评论。

呜呼！

除了呜呼，关于他，我不复有话要说。

我替这个农民的地下之灵感到安慰的是——如今，在中国，土地耕种权又完完全全地属于农民了，而且减免了一切农业方面的税……

第二部

三、"贴树皮"是先富人群的捷径吗?

榆树上有一种令人触目惊心的肉虫，我们北方人叫它"贴树皮"，又叫"洋瘌子"。寸余，黑色，有毛，腹沟两侧尽蜇足。落人衣上，便死死贴住，抖而不掉。落人皮肤上，非揪之拽之不能去。虽去，则皮肤红肿，似被蜂刺，二三日方可消肿止疼。这一点类同水蛭，样子却比水蛭更令人讨厌。而且它还会变色，在榆树上为黑色，在杨树上为白色，在槐树上为绿色。

有些中国人，真像"贴树皮"。其所"贴"之目标，随时代进展而变化，而转移。研究其"贴"的层次，颇耐人寻思。先是贴"官"。

"某某局长啊？我认识！"

"某某司令员啊？他儿子和我哥们儿！"

"某某领导啊？他女儿的同学的妹妹是我爱人的弟弟的小姨子！"

七拐八绕，十竿子搭不上的，也总能搭上。搭上了，便"贴"。

此真"贴"者。

还有假"贴"者，虽也想"贴"，但毫无机遇，难以接近目标，在人前故意出"贴"者语而已，为表明自己是"贴"着什么的。

我们在生活中，不是经常能看到一些人，为了巴结上某某首长或某某首长的儿子女儿，极尽阿谀奉承、钻营谄媚、讨好卖乖之能事么？图的什么呢？其中不乏确有所图者。也有些人，并无所图，仅获得某种心理安慰而已。仿佛“贴”上了谁谁，自己也便非等闲之辈，身份抬高了似的。

继而“贴”港客。港客本也黄皮肤黑头发黑眼睛，炎黄子孙，龙的传人，我们同胞。相“贴”何太急？盖因港客在“贴”者们眼中都挺有钱。有钱，现今便仿佛属“高等华人”一类了。其实，他们除了比一般内地人有些许钱，究竟“高”在哪儿呢？就钱而论，香港也绝非金银遍地，香港人也绝非个个都腰缠万贯。“港客”中冒牌的“经理”、伪装的“富翁”、心怀叵测到内地来行诈的骗子，近几年仅披露报端的还少吗？

然而“贴”者们为了捞到点好处，明知对方是骗子，也还是要不顾一切地“贴”将上去的。骗子身上揩油水，更能显示其“贴”技之高超。

“贴”港客，比“贴”某某领导某某干部实惠。小则打火机、丝袜、化妆品、假首饰什么的，大则录音机、照相机、彩电、录像机等等。只要替他们在内地效了劳，论功行赏，是不难得到的。港客还似乎比某某领导某某干部们大方。你要从某某领导某某干部家拎走一台录音机？休想！一般情况下，他们是习惯了收受而不习惯给予的。“贴”领导干部者，实“贴”“权势”二字也。古今中外，权势并非白让人“贴”的。得“上税”。靠攀附上了某种权势而办成一般人们办不成的事的，统计一下，不付出点什么的有几个？“贴”港客者，实“贴”钱“贴”物也。钱亦物，物亦钱，都是手可触眼可见的东西，“贴”到了，实实在在。

港客照我看也分三六九等。

一等的正派地办事业和正派地经商。

二等的就难免投机牟利。

三等者流，行诈行骗，不择手段，要从内地揣两兜钱回去吃喝玩乐罢了。

某一时期，内地上穿港服者，留港发者，港腔港调者，港模港样者，“贴”港客者，假充港客者，着实使我们的社会和生活热闹了一阵子。

“贴”者为男性，不过令人讨厌；“贴”者为女性，那就简直愈发令人作呕了。男性“贴”者凭的是无耻和技巧，女性“贴”者凭的是无耻和色相。凡“贴”，技巧也罢，色相也罢，总都得无耻一点。恰如馒头也罢，叉烧也罢，总都少不了要用点“面引子”的。

有一次我到北京饭店去访人，见一脂粉气十足的妖丽女郎，挽着一位矮而胖的五十余岁的丑陋港客，在前厅趋来复去。女郎本就比港客高半头，又足蹬一双特高的高跟鞋，犹如携着一个患肥胖症的孩子，实在令人“惨不忍睹”。那女郎还傲气凌人，脖子伸得像长颈鹿，“富强粉”面具以下就暴露出一段鹅黄色来。仿佛被她挽着的是拿破仑。真让你觉得内地人的脸被这等男女“贴”者们丢尽了。

还有一次，我在一家饭店与我一位中学语文老师的女儿吃饭，邻桌有二港仔，与几个内地“摩登”女郎举杯调笑，做派放肆。

其中一个港仔，吐着烟圈，悠悠地说：“我每分钟就要吸掉一角七分钱啦！”炫耀其有几个臭钱。

那几个女“贴”者便口中啧啧有声，表示无限崇拜，一个个眼角荡出风骚来。

另一个港仔，不时地朝我们的桌上睃视。终于凑过来，没事找事地与我对火。然后盯着我的女伴，搭讪道：“小姐，可以敬您一杯酒吗？”

她红了脸，正色道：“为什么？”

“因为您实实在在是太美丽了呀！我来到北京许多天啦，没见过您这么美丽的姑娘呀！”那种港腔港调，那种涎皮赖脸的样子，使我欲将菜盘子扣他脸上。

我冷冷地说：“谢谢你的奉承，她是我妻子。”对方一怔，旋即说：“真羡慕死你了，有这么美丽的一位妻子哟，一看就知道她是位电影演员啦！”

我的女伴的脸，早已羞红得胜似桃花。她的确是位美丽的姑娘，那几个女“贴”者与之相比愈显得俗不可耐。“你的眼力不错。”我冷冷地说，决定今天扫扫这两个港仔的兴。

“咱们交个朋友好不好呢，我们是……”他摸出一张名片放在桌上，一股芬芳沁入我的鼻孔。

名片我也有。二百张。印制精美。我们编辑部为了工作需要，给每个同志印的，也是喷香的。

我用手指轻轻一弹，将那张名片弹到地上，说：“你们可不配与我交朋友。”

他打量了我一番，见我一身衣服旧而且土，问：“您是什么人物哇？”口气中含着蔑视。

我从书包里翻出自己的作协会员证，放在桌上，说："我是中国作家协会会员，虽然是小人物，可这家餐厅的服务员中，就必定有知道我的姓名的。"

一位服务员小伙子来撤菜盘，我问："看过电视剧《今夜有暴风雪》么？"

那几天正连续播放。

回答看过。

我说："我就是原作者。"

小伙子笑了，说："能认识你太高兴了，我也喜欢文学，就是写不好，以后可以去打扰你吗？"

我说："当然可以。"就从记事本上扯下一页，写了我的住址给他。

那港仔讷讷地不知再啰唆什么话好，识趣地退回到他们的桌旁去了。

那一伙俗男荡女停止了调笑，用各种目光注视着我们。我的女伴低声说："咱们走吧。"

我说："不。饭还没吃完呢！你听着，我出一上联，看你能不能对——男'贴'者，女'贴'者，男女'贴'者'贴'男女。"

她毫无准备，低下头去。

我又说："听下联——红苍蝇，绿苍蝇，红绿苍蝇找苍蝇！"说罢，站了起来。

她也立刻站起。

我低声说："挽着我的手臂，咱们走。"

她便顺从地挽着我的手臂，与我一块儿走了出去。走到马路上，走了许久，我一句话未说。

她欲抽回手臂，然而我紧紧握着她的手。

她不安地问："你怎么了？"

我这才说："听着，你知我将你当妹妹一样看待，你就要调到广州去工作了，那里这类港客也许更多，那类女孩子也许更多，如果你变得像她们一样分文不值，一样下贱，你从此就别再见我了。见了我，我也会不认识你！"她使劲握了一下我的手，低声说："你看我是那种女孩子么？"

我知她绝不会变成像她们那样，我完全相信这一点。我常想，中国人目前缺的到底是什么？难道就是金钱么？为什么近几年生活水平普遍提高了，中国人反而对金钱变得眼红到极点了呢？在十亿中国人之中，究竟是哪一部分中国人首先被金钱所打倒了？！社会，你来回答这个问题吧！

有一次，我在北太平庄碰到这样一件事：一个外地的司机向人询问到东单如何行驶路近。那人伸手毫不羞耻地说："给我两元钱告诉你，否则不告诉。"

司机又去问一个小贩，小贩说："先买我一条裤衩我再告诉你。"

司机长叹，自言自语："唉，这还是在首都啊……"那天我是推着自行车，带儿子到北太平庄商场去买东西。儿子要吃雪糕，尽数兜中零钱，买了四支。交存车费时，没了零钱，便用一元向那卖雪糕的老太婆兑换。

她却问："还买几支？"

我说："一支也不买了，骑车，还带孩子，拿不了啦。"

她说："没零钱。"将一元钱还我，不再理我。我说："我可是刚刚从你这儿买了四支啊！"

她只作没听见，看也不看我一眼。

倒是看自行车那老人，怪通情达理，说："算啦，走吧，走吧。"又摇首道："这年头，人都变成'钱串子'了……"所幸并非人人都变成了"钱串子"。否则，吾国吾民达到了小康生活水平，那社会光景也实实在在地并不美好。

看来，生活水平的提高与民族素质的提高，并不见得就成正比。

门户开放，各种各样的外国人来到中国。"贴"者们又大显身手，以更高的技巧去"贴"外国人。

此乃"贴"风的第三层次。

我看也就到此了。

因为"火星人"三年五载内不会驾着飞碟什么的到中国来。据说"火星人"类似怪物——果而有的话，不论技巧多么高超的男女"贴"者，见之也必尖叫惊走。

"贴"风有层次，"贴"者则分等级。

一等"贴"者，"贴"美国人、英国人、法国人、日本人、加拿大人、意大利人、瑞典人……二等"贴"者，就"贴"黑人。

在这一点上，颇体现了中国人的国际态度——不搞种族歧视。

三等"贴"者，只有依旧去"贴"港客了。一边"贴"住不放，一边又不甘心永远沦为二等，用俗话说：“骑着马找马。”

有一次，一位瑞典朋友沃克对我说：“你们中国人如今在外国人面前怎么变得这么下贱了啊？和外国人认识没三天，就会提出这样那样的请求，想摆脱，却纠缠住你不放……”

我虎起脸，正色道：“请你别在我家里侮辱中国人！”

他没想到我会对他说出如此不客气的话，怔怔地望了我片刻，不悦而辞。其后旷日不至，我以为我把他得罪了。他终于还是来了，并诚恳地因那番话向我道歉。

其实沃克的话，对某些中国人来说，是算不得什么侮辱的。他不过说出了一种“下贱”的现象。“贴”外国人者，已不仅是为了钱、为了物，还为了出国。“廉者不受嗟来之食”，我们的老祖宗自尊若此，实乃可敬。

有时不免胡思乱想，倘哪一个外国阔佬，别出心裁，在天安门广场大摆案条，置种种外国货于案上，大呼：“嗨，你们中国人来随便拿吧！”会不会有千人万众，蜂拥而抢，挤翻案条，打破脑袋呢？

沃克常到我家来，而且次次开着小汽车来，就引起一些人对我的格外注意。

于是就有人问我：“能不能帮忙换点外汇券？”我总是干干脆脆地回答两个字：“不能。”

于是便被某些人认为太“独”，连点“方便”也不给予则个。我自己也不走这个“方便”之门。

那时我的家里还没有录音机，没有电冰箱，没有彩电，只有一台十二英寸的黑白电视机。比较而言，电冰箱对我们的生活，比录音机重要得多。北京的夏季太热了，剩饭剩菜，孩子的牛奶，隔日必坏。电冰箱简直成了我们梦寐以求的东西。而电冰箱又脱销，实在不易买到。但友谊商店却是有卖的。可我无一张外汇券。

妻不免经常对我说：“你就开口求沃克一次吧！咱们就求他一次还不行么？凭你和沃克的友谊，求他用外汇券替咱们买一台电冰箱，难道他还会拒绝呀？咱们给他人民币。”连老父亲也说：“我看沃克会帮这个忙的，你开一次口，求求看。”

我想，只要我开口请求，沃克是肯定会答应的。

我向自己发誓，绝不对沃克提出这样的请求，以及类似的请求。

因为有一天，晚饭后，喝茶时，沃克望着我在地板上搭积木的儿子，忽然说：“我第一次到你们家，小梁爽还不会单独玩耍，如今小梁爽已经会叫我‘沃克叔叔’了，可我连一具玩具还没送给他过。”面有愧色。

妻说：“他的玩具可不少啦！”

沃克说：“我下次来，一定送给他一件玩具。”我说：“你何必这么认真呢？”

沃克看我一眼，说：“晓声，你是我结识的中国人中，唯一没向我提出过任何请求的。”

我说：“我们中国有句话——‘君子之交淡如水’，我不愿在你我的友谊之中，掺入任何一点杂质。”

从那天以后，我牢牢记住了沃克的话——“你是我结识的中国人中，唯一没向我提出过任何请求的”。

他的这些话，使我为某些中国人自豪亦为某些中国人悲哀。

有一次我故意问他：“在你结识的中国人中，有请求你帮助他们买电冰箱的吗？”

他说：“岂止是买电冰箱啊！”

他告诉我，有一位什么什么局长，通过什么什么关系认识了他，然后便多次主动请他到家中做客，并把自己的两位女儿介绍给他。再后来通过第三者向他暗示，希望他这位年轻的瑞典博士成为那局长“同志”的大女婿或二女婿。“无论我爱上哪一个都可以。‘两个之中任你挑’——他们的原话就是这么对我说的！”沃克那张英俊的、王子气质的脸上，呈现出极其鄙夷的表情。

我说：“那你就挑一个呗！你不是希望寻找一个中国姑娘做你的妻子吗？”

沃克愤愤地说：“可我是要在中国自己寻找，而不是要别人向我兜售！”

我说：“你应该理解他们的心情！”

沃克说：“我当然理解，简直太理解了！我直言不讳地告诉他们，在那两个姑娘之中，我一个也爱不上！并劝他们死了这条心！我觉得他们是在侮辱我，可你猜他们继而又向我提出什么样的请求？”

我说：“猜不到。”

沃克说："你认真猜猜。"

我想了一会儿，摇头。

沃克说："他们请求我，将别的外国人介绍给那位局长的两个女儿！我问他们，中国男人那么多，为什么非要替自己的女儿找一个外国人做丈夫？他们回答得很坦率：'在北京，局长一级的干部多的是。而且我这位局长快退休了，女儿们没什么大本事，找个外国人做丈夫，将来可以到国外去，幸福有个依靠。'你们某些中国人替自己女儿考虑的所谓的幸福，竟是找一个外国人做丈夫！"

他感到又失口了，连忙看着我说："请原谅。"我说："你的话有道理。"也许我的表情过于严肃，沃克的表情也郑重起来。

他思考片刻，低声道："我今后再遇到这类事情，当面轻蔑他们不过分吧？"

我说："随你。"

第三章

改革的时代

道路虽然曲折，依然砥砺前行

一、我看深圳大时代

我虽没有长住过深圳，却也接触了不少深圳人，感觉他们大都是有点“野心”的。

我将“野心”这个词加了引号，意在强调含有赞赏，不带贬斥的。

“野心”这个词，按照《现代汉语词典》的权威解释，指对领土、权力或名利的巨大而非分的欲望。

但是，细细一想，不会有哪个人是为了占有一片领土而成为深圳人的。中华人民共和国的土地法早已宣告得清清楚楚，九百六十万平方公里的每一平方米土地，都是归国家和集体所有的。即使你是亿万富翁，你也只能在二三十年，最长六七十年内，用金钱买下一小片土地的使用权。所以，可肯定地说，怀着占有领土的“巨大而非分的欲望”成为深圳人的人，不是疯子，就是傻瓜。“炒土地”者们的本质动机和最终目的，并非企图占有它，而只不过企图在“炒”它的过程中赚取金钱。

为了权力成为深圳人的人，我想也不是太多。因为就权力舞台而言，深圳毕竟太小了。太小的深圳的权力舞台，怎能满足对它怀有“巨大而非分的欲望”之人的心理呢？除非是在别的权力大舞台上失意又落魄，才会转移向一个权力小舞台寻求安慰。何况，深圳从一开始便确定了向商业城市发展的蓝图。而商业城市的特征之一，便是政治权力保障并服务于商业的规律。在一个商业时代典型的商业城市，第一位的骄子是成功的经商者，第二位才是从政者。一个对于政治权力怀有“巨大而非分的欲望”之人，在深圳怕是找不到什么良好感觉的！

为了名到深圳去的人大概也是不多的。想来想去，除了歌星们，还会有谁呢？他或她，也不过是将深圳当成较理想的演习场或集训营。积累了经验，提高了素质，便会从深圳这块跳板纵身一跳，跳往北京的。

更多的人，之所以从全国各地奔赴深圳，主要是为了一个“利”字吧？

古人云：“天下熙熙，皆为利来；天下攘攘，皆为利往。”

这个“利”字，我强调的，并非它的商业内涵的一面，而是社会学内涵的一面。

人既然生活在社会中，就是一个社会人，不可能不考虑自身利益。它包括保障一种相对体面的物质生活的收入，选择能发挥自己某项专长或才智的职业的充分自由，参与公平竞争的激情和冲动，以及便于实现自我价值的社会环境。

我想，更多的人，是被这样一个社会学内涵方面的“利”字驱动和吸引，才由别处的人毅然决然地变成深圳人的吧？

如果，这样一个社会学内涵方面的“利”字，是可以不太确切地用“野心”这个词来谈论的话，那么具有这一种“野心”，对当代中国人而言，实在是值得欣喜的事呢。尤其是对于当代青年人而言，倘连这么一点儿起码的“野心”都没有，那实在不是一个国家、一个民族、一个时代的幸事。

对一个国家、一个民族、一个时代而言，如果它的大多数人尤其大多数青年人，皆能有以上那么一种“野心”，它将必是安定昌盛、高速发展的，前途也将是美好光明的。

在我看来，深圳是中国第一座典型的“移民城”。也许，它还是全国青年人最多的城市和知识结构最高的城市吧？尤其后两点，和深圳的年轻、深圳的现代观念为主体的观念，可以说相得益彰。无论他们选择了深圳，还是深圳选择了他们。

20 世纪 80 年代初，我的一位大学同学，是在宁夏颇有名气的一位作家，曾打算调往深圳。后来由于种种愿望以外的因素没有去成，什么时候谈起来遗憾得不行。

我的另一位大学同学，贵州人民出版社原编辑部副主任，也曾因打算调往深圳，来寻求我的帮助，后来也是由于种种愿望以外的因素没去成，却至今“贼心不死”。

而我自己，1988 年底从北影调到童影后，住房窘况大大改观，才最终灭了由北京人变成深圳人的念头。否则，尽管我觉得与深圳缺少缘分，但也可以划归为“贼心不死”者。可见，曾想要去深圳成为深圳人的人，比已经去了深圳成为深圳人的人少不了许多吧？

我曾应邀到渤海油田讲过文学创作课，结识了那个地方的一批男女青年文学爱好者。某天我收到一封从深圳寄来的信，困惑地打开一看，是其中一位女孩写来的，告诉我她已经调往深圳了。而且，是因为陪她父亲到深圳旅游，一下子就被深圳吸引住了。用她的话说，是“我找到了某种感觉，某种缘分”。于是坐地就成了深圳人。去时是父女俩，回渤海是她父亲一个人。老父亲特理解她，支持她，自告奋勇承担了回原单位替她办理辞职手续的义务。

她那封信，字里行间，充满了扬扬自得的人生信心。仿佛待字闺中的女孩，忽一日红鸾星动，相中了一位“白马王子”或被“白马王子”相中似的。

一位包头的文学青年，某天也出我意料地从深圳打来电话，说已受聘于深圳某一公司矣。也说找到了“某种感觉”“某种缘分”。先是，他的一位同学去了深圳，受公司委派，回包头办子公司，将他从单位硬“挖”了出来。后来深圳方面派员去包头考察，发现他那位同学志大才疏，不善经营管理，将他那位同学“炒”了鱿鱼，宣布解体子公司。同时在与他的几次接触中，发现他倒挺有能力，问他愿不愿到深圳谋求发展。他自是喜出望外，于是跟随到了深圳。

我问：“干得顺心么？”

答曰：“我已经从那一家公司跳槽，换了一家公司干了。”

我替他忧患地说：“那么，是在第一家公司干得并不太顺心了？”

他在电话里笑了，说：“你别替我操心。我在第一家公司干得也很不错，但第二家公司的待遇更高些。人往高处走嘛！在深圳工作变动是寻常事儿！”

我在南京签名售书，遇到了一位“兵团战友”。他竟也装模作样排队买我的书。

他说他已不是哈尔滨人了。

我问：调到南京了？

他说：调到深圳了。

我一怔，忙问他感觉如何。

他莫测高深地一笑，说："人挪活，树挪死么。起码的感觉是——我挪活了！"

签名售书活动的第二站是西安，又遇到了我的一位中学老师排队买书。二十多年不见，她头发白了。

我毕恭毕敬地站起，问老师近况怎样。

老师说，她已退休了。已调到深圳了。受聘于女儿和女婿的公司，当一名老业务员。

我奇怪，问老师：深圳也欢迎您这般年纪的人么？

老师一笑，说："深圳那地方，不以年龄和资格论人，看重的是实际工作能力。我也没承想自己教了一辈子书，一朝下海，居然还能扑腾几下子！"

一不留神，你生活的周围，就会有一两个你熟悉的人说变就变成深圳人了。一旦他们变成了深圳人，给我的印象是仿佛都年轻了几岁，都对人生增添了几分自信和乐观，都自我感觉好起来了似的。

中国人碰到一起，总不免首先抱怨一通自己的工作单位，接着抱怨自己生活的那座城市、那个省，进而抱怨整个中国。许多人备感自己怀才不遇，备感自己的才智和能力受到压抑，备感活得窝囊委屈。

据我想来，他们的抱怨，也许不无各自的理由和根据。

然而，深圳人却一般不这样。他们很少抱怨深圳。也许是因为当初是他们自己乐于去的吧？可又分明不完全是，分明还是一种深圳人共有的大家都恪守的什么原则似的。

我不信去到了深圳的人没有人仍觉得怀才不遇，没有人仍觉得才智和能力受到了限制和压抑，没有人仍觉得与他人比起来自己活得窝囊、活得委屈、活得累。但我所接触的深圳人，一般都不抱怨。

在今天，与普通的中国人比较，这一点尤其显得难能可贵。

他们的不抱怨，似乎都向人表明着他们的另一种自尊和自信。

仿佛，深圳像一种学校，它教育出来了另一种当代中国人。

我曾去过深圳一次。目前为止，仅仅一次。

我曾很想调往深圳。最终彻底打消念头，原因之一是深圳对我这个北方人来说，似乎太远了，远到不只是南方，简直就像国外；原因之二恰恰是，由于我到过深圳一次。

先说第一个原因。我出生在哈尔滨。直至下乡前，没离开过它。如今，我的老母亲、两个弟弟和一个妹妹，都在哈尔滨。弟弟妹妹都已成家，老母亲轮流和他们生活在一起。哈尔滨还有我诸多的同学和兵团战友。亲情加上友情，据我想来，便该是所谓家乡观念或曰家乡情结最主要的内涵了吧？无论世人对此如何评说，我这一代人的特征，正是家乡观念或曰家乡情结的依重难以解脱。我甚至进一步认为，这是贫穷在我和大多数同代人心理上和情感圃林中投下的阴影。父母辈在贫穷年代为我们付出得太多，含辛茹苦。我们总希望生活在他们周围，起码是生活在离他们不算太远的地方，以图能够更经常地尽我们做儿女的义务和拳拳孝心。

1977 年，我从复旦大学毕业之际，有三个分配选择——哈尔滨、北京、上海。我毫不犹豫地填了去哈尔滨的志愿。坚决表示不同意留在上海。一些阴错阳差的因素，使我成了北京人。这在当时对我而言，是离家乡、离父母和弟弟妹妹、离亲情和友情最近的选择了。说来人们也许不信，尽管北京到哈尔滨只需坐十七八个小时火车，可十四五年内，我不过只回去了七八次。几乎两年才回去一次。足见对一个太依重家乡的人，远或近，有时似乎更是一种心理距离。

我是在 1986 年去深圳的。当时到广州花城出版社改稿。改毕，编辑部主任陈大姐和我的责编——一位典型的广州姑娘陪我去深圳。到时已是下午，在市内转了转，第二天去了沙头角，天黑才回到深圳。第三天一早便离开了。所以在我的印象中，仿佛去的更是沙头角，只不过途经了深圳。

我只用了一个小时就在沙头角走了个来回，与陈大姐她们走散了。在沙头角买了三个芒果吃。我既不觉得那条小街的东西真的有多么便宜，也不觉得有什么东西格外吸引我，能勾起我买的冲动。甚至竟有点儿后悔。对于一个极其缺乏购买热忱和欲望的人，要在那么一条小街上消磨掉整整一个下午的时间，仅仅靠闲适的心情是不够的。于是我在那条小街唯一的一个电影院看了两场电影。第一场是《黄天霸》，第二场还是《黄天霸》，都是我们北京电影制片厂拍的（当时我仍在北影）。

在深圳的短短的时间里，我抽空儿拜访了一位从哈尔滨调到深圳美术馆的画家。在哈尔滨，他一家四口住两间阁楼。而在深圳，他住四室一厅。住处环境相当优美。附近有集市，买什么相当方便。尤其海味和副食、蔬菜，在我看来，丰富极了，价格也并不比北京贵多少。当然，最令我心向往之的，是友人的居住面积，大约一百平方米。对他而言，在哈尔滨是不可企及的，恐怕只能是幻想。对我而言，在北京也是不可企及的，恐怕也只能是幻想，当时我在北影，只住十三平方米的一间筒子楼。

我非常坦率地承认，我几次萌发调往深圳的念头，主要是幻想能住上宽敞的房子。我是一个从小在低矮的泥土房中长大的人。宽敞的房子对我来说，直至 1986 年，一直是个美丽的梦。

深圳给我留下的印象很新，很现代，也很深刻。它新得好像没有一条老街陋巷，没有像门牙缺洞一样的胡同，没有南方所谓“棚户区”或北京所谓“危房区”。这大概也是令许许多多人心向往之的吧？对我而言，它现代，是指在那么有限的还不如北京半个区大的范围内，耸立着那么多高楼大厦，外观又都那么新颖。当年北京还没有盖起那么多，盖起了的也很分散。

但是，我觉得，深圳当年新得还谈不上有任何有意义的历史，也还没有形成起码的文化氛围。单讲文娱，仿佛除了电影、刚刚出现的录像厅，就再谈不上其他了。

我竟没找到一家书店，只偶然地见到了一个书摊。书摊上只有花花绿绿的刊物，而没有一册文学刊物，没有一本文学书。哦，对了，也不能说没有一本文学书，有从香港贩入的《金瓶梅》，也是洁本。还有几种字典，包括英汉字典。

我当时想，看来深圳不适于我。尽管我丝毫也不怀疑，如果我投入它的怀抱，它肯定也会回赠我较好的居住条件。

我常反省，作家是些古怪的人，或曰，是些很有毛病的人。所选择的生存地，历史太悠久了不见得是好事。悠久的历史会将作家的思想压扁，变形。完全没有历史似乎也不行，会使作家感到思想和观念仿佛一只无锚的船，轻飘无所定位。文化氛围太浓厚了不好，那样子文学将被大文化淹没。完全没有文化氛围似乎也不行，那样子作家会感到寂寞，感到窒息。作家的创作激情，有时是要靠文学的氛围去激励和鞭策的。

当年我主要的患得患失的思想，便是这些了。

我离开深圳时，心里默默对自己也是对它说——别了深圳，看来我们没有缘。

我内心竟不免地有几分感伤——好比离开的是一位姑娘，她有令我动心之处，但是，她似乎不适合做好的终身伴侣。我们结不成婚。一往情深，凭着一股冲动结婚，我看不到人生乐观的前景。

令我惊讶的是，深圳的文化和深圳的经济，几乎是在同步发展的。如果说它十几年前是一个海边小村的时候，并没有什么文化环境可言，那么伴随着它的经济发展，它的文化的骨骼也开始形成，这与许多经济高速发展的地区和国家的情况恰恰相反。几乎可以认为这一事实带有某种奇迹性。我想，这可能主要是因为深圳拥有相当一大批有文化的深圳人吧？

我所结识的深圳人中，十之八九是受过高等教育的，有些甚至是毕业于名牌大学的硕士或博士。

1986 年我到深圳之前，那时全国掀起了一股仅次于“出国热”的“闯深圳热”。那时，对于一批中青年知识分子而言，深圳还是一个令他们望而却步的地方。尽管它已经变得相当热闹，但那一种热闹，似乎是另外一批人营造的。

哪些人呢？——雄心勃勃的个体户，“打一枪换一个地方”的时代淘金者，在社会竞争中被挤没了位置的落魄者，生活遭际中的受挫者、失意者……

“在深圳开饭馆，比在全国任何一座城市开饭馆的税收都低！只有白痴在那儿开饭馆才会赔。”

“在深圳，连农村女孩找到一份工作，每月也至少能挣五六百元，何况我们，膀大力不亏的！”

“是我妻子的女人我不爱她，我爱的女人又和我结不成婚，感情疲软了，只图远远地离开我生活的那座城市。”

“孩子没考上大学，沮丧得要命。一时心血来潮，非要到深圳去撞撞运气。去就去吧，也许有什么好运气正在那儿向他招手呢。”

有许多人曾与我商议，希望倾听我的坦率的看法，希望我支持他们的决定和选择。驱使他们做出决定的动机往往那么简单，简单得常常令我为难，不知究竟是该支持他们还是该劝阻他们。

不管我支持还是劝阻，他们当年是都去了。但有的人很快又回来了，既没在深圳实现什么个人愿望，也没在深圳获得什么心理安慰。有的后来在深圳奇迹般地发了大财，摇身一变成了大款。有的后来在深圳亏了血本，前功尽弃，从此一蹶不振。

而最近几年，情形则大不相同了。到我家来跟我商议他们的决定的人，更多的是大学毕业生，或者大学毕业已经工作了多年的人。他们不再是一些落魄者和失意者。他们中相当一部分人甚至有着令人羡慕的事业成就或职业。他们宁愿放弃已经谋取到的人生利益而义无反顾地去深圳。

还是一批有文化、有更高层次的人生追求的人。我想说，正是他们，使深圳这座城市在短短的十年内形成了它的文化骨骼。

有知识分子的地方，便有知识的需求，便有文化的需求。世人往往将“文化”和“娱乐”这两个根本不同甚至截然相反的词连在一起说成“文化娱乐”。此中其实包含着一种荒唐。须知没有知识分子的地方，便可能只有娱乐，没有文化。知识分子极少的地方，极有限的文化需求，便可能被大面积的娱乐需求所覆盖，所吞没。只有在知识分子从数量上占有了不可忽视的存在的时候，文化才会同时有了立足之地。

1986年我去过深圳以后，凡有深圳人到我家，我总是问：“深圳现在有了书店没有？”

如今深圳电视台已经推出了几部在全国反应较好的电视剧或专题片。

深圳影业公司已被列为全国十六家有独立拍片资格的电影厂家之一。

深圳有了它的刊物和报纸，它们正在进一步向全国报刊业证明它们的存在。

至于书店，据深圳的朋友们告诉我，不但已经有了，而且售书环境还不错，书的品种还不少。又据说，在内地某些城市行情不那么看好的科技书、纯业务性质的书，在深圳似乎尤受欢迎。

我想说，深圳的文化骨骼的形成，将在以后的若干年中更加验证这样一个事实，那就是——深圳正处在它的主人们的更替阶段，并将以很“现代”的时间概念加速这一过渡阶级的完成。

我不知道头几批去深圳的人们，他们中某些文化素质不足、仅仅靠当初的冒险的勇气或者靠金钱投机的运气和手段发了横财，成了“大款”的人们，是否开始意识到这样一种威胁？——深圳未来的主人，最终不可能是他们中的大多数，而是后来者中的大多数。深圳未来的主人，将最终从总体上属于有文化的深圳人，属于深圳不断扩大的知识分子队伍。原始积累的时期，在短短的十年内，已经宣告差不多该结束了。它以后的历史，该由科学加文化的大笔来书写了。单有文化的历史，而没有经济发展的腾飞，无论对一个国家、一个民族乃至一座城市而言，其实是可悲的。单有经济发展的腾飞，而没有文化的陪衬，无论对一个国家、一个民族乃至一座城市而言，也同样是可悲的。“大款”们的钱不能自行地变成文化，这是他们的悲哀。如果金钱使当代人的生活变成了极其简单的两种内容——占有它和消费它，尤其是以贪婪的方式占有它并以穷奢极欲的方式挥霍它的时候，连“大款”们都会对现实生活产生沮丧和厌倦的。有文化的深圳人对深圳承担的历史使命包括将“大款”们从他们迟早会感到厌倦的生活状态中拖出来，影响、教会他们如何更文明地支配金钱，做对深圳的将来有益也对改变他们自身生活状态有益的事。如果他们拒绝，只会变成深圳原始积累时期遗存下来的一小批活化石而已。等待他们的只有一个结局——在消费金钱的日子里自生自灭。

时至今日，形形色色的人们常常和我谈及他们的念头——

“我想到深圳去！”

对于他们，支持抑或劝阻，我比以前明确多了。

文化层次较高，有专业、专长者，我往往热忱地支持他们去，甚至为他们尽一些联系和介绍的义务。

文化层次较低，又没有什么专长者，我往往劝阻他们去，甚至不惜时间讲清我的道理。

深圳已不再是十年前的深圳，已不再是某些人想象的那样——是一个经济原始积累时期的大市场。

它仿佛已在向世人发出它的忠告——文化和才能，你拥有什么？请思考好了再来。如果你二者一无所有，那么你将难以长久成为一个有为的深圳人。

进一步深化改革，人们眼盯着深圳，期待深圳拿出什么称得上是“新思路大手笔”的举措。

反腐败，人们眼盯着深圳，期待深圳给中国人一个无话可说的说法。

整顿金融秩序，整顿房地产市场，整顿开发区投资环境，人们眼盯着深圳，有人巴望从深圳曝光什么大丑闻或大黑幕，没有发生便怀疑这世界太不真实；有人暗暗担忧深圳能不能经受得住一次又一次“洗礼”，担忧这面世人瞩目的改革开放的南方旗帜还能不能继续飘扬招展下去，还能举多久，举多高？

打开电视，几乎每一天都有为深圳各行各业制作的广告和关于深圳的新闻或专题报道。

翻开报纸，几乎每一天都有关于深圳的内容。

深圳，在它形成一座城市不久，便似乎命中注定是一座大有争议的城市了。现在是，将来一个时期内，我看也必然是。争议已从官方蔓延至老百姓的心里了。

我经常听到类似这样的对话——

“为什么不能像深圳那样……”

“像深圳那样？！”

即使我自己，观念也由于深圳的影响变得相当矛盾，相当分裂。有时我主张或赞同什么，往往会说：“深圳便是那样的！”有时我抵触或反对什么，也往往会说：“能像深圳那样么？！”

深圳的种种信息、举措、现象使许多国人忧患，也使许多国人鼓舞，使许多国人迷惘困惑，也使许多国人心潮亢奋，使许多国人仿佛看到了中国的沮丧的明天，也使许多国人仿佛看到了中国乐观的前景。

深圳，这座有争议的城市，就是这样子，耸立在普遍的中国人的视野内了。它传播着种种关于它的信息。这些信息经常甚至是很猛烈地影响着许多国人的观念，冲击着许多国人的观念，改变着许多国人的观念，更新着许多国人的观念。深圳似乎毫不在乎国人对它的争议，似乎还因此而自豪。如同一首流行歌曲所唱——“不管别人怎么说，我要做出自己的选择”。非但如此，并且它依然故我，经常制造出某些别出心裁的惹得传媒界追踪报道的“热门话题”。比如在1993年10月份很是热了一阵的“文稿竞价”活动。

说来最初我还是这次活动的“监事”。我允诺作“监事”，是很虔诚的。我想，这是一次典型的“深圳式”的做法。这做法未必不值得尝试。成功了，也给书刊市场提供一条有益的经验，而中国各方面的事情，需要的便是可贵的经验，缺少的便是可贵的经验。

后来我和几位作家辞去了“监事”的角色。决定辞去之前我也是很认真地想了一下的。这次活动是可以那样操作的么？我困惑了。觉得它和我的初衷不一样了。

其实呢，也许并没变。也许一开始举办者们的初衷便是那样的，也许一开始我预先想象的初衷便是太典型、太传统的“北京文人”的思维方式的产物。

典型的“北京文人”的思维，与典型的“深圳式”的活动合不上拍了。

我很传统么？古今中外，许多文人活着时拍卖过自己的文稿。要不怎么叫文人是“卖文为生”之人呢？证明我并不代表着传统。

典型的“深圳式”的活动太现代了么？精神产品之版权的拍卖，似乎也不是一件谈得上现代到哪儿去的事啊。

这是我个人观念和“深圳观念”的第一次直接碰撞。也导致了我已然变化了的那一部分观念和仍固守着的那一部分观念的碰撞。

是的，正是观念这种东西，跨越了空间，使我觉得深圳离我由远而近了。观念，是最能够在同一空间里并置的东西，也是最足以消弭所谓“历史感”的东西。在今后的时代里，它的存在方式，可能也是最后现代主义的存在方式吧？

而深圳的今天已然有了自己的历史。如果不算它的“史前史”，它已然有了三十年多一点儿的历史。正是从这三十年多一点儿的历史中，派生出种种典型的“深圳观念”。有时是意会胜于言传的。好比我们说一个上海人“太上海人”了，就能领悟言语之外的含义一样。当然，这里我绝没有暗讽“深圳观念”的意思，也没有对上海人不敬的意思，仅举个例子罢了。

对于一座城市，三十年多一点儿的时间，就可称之为“历史”了么？

这使我想起了毛泽东的著名诗句——“多少事，从来急；天地转，光阴迫。一万年太久，只争朝夕。”

也许“历史”这个词，对我们的后代而言，是一个大大压缩了的时间概念吧？细想想，每个人只能活上七八十年，干吗要臣服于悠久的历史呢？日新月异，十年一史，这对于现代人分明只有好处，绝无坏处。

深圳以它大大压缩了的历史使它离我和许多世人变得近了，更近了，近得仿佛它是一个人，我们会感觉到它的呼吸，嗅到它的体味儿，不管你是否像我一样，只去过一次，抑或根本还没有去过。

二、那个年代的敏感话题

无论在任何地方，只要有机会，我最愿意和我所能接触到的任何一个老百姓聊天。至今连我自己也搞不清楚，何以我在最短的时间内竟能最大限度地取得他们的信任？也许是因为我的穿着太老百姓化了吧。

两个老百姓聊天，尤其是互不相识的情况之下，尤其是他判定你绝不是公安局的便衣的情况下，他会把心底的话掏出来对你说。那些话，大概是他除非在酒后吐真言的情况下才说的。这种交谈何止几百次！可又只用两句话便可以总结——拥护改革，憎恶现实。是的，千真万确的，至少我所接触到的老百姓，对现实的抵触情绪和叛逆心理已经到了憎恶的程度。每一次我都久久震惊于我所听到的何以竟会和某些大小官员听到的来自民间的声音截然相反呢？

——你们这些话，敢不敢对政府官员们说？

——怎么不敢？脑袋掉了不过碗大个疤！何况他们也未必敢因为我说了几句真话就把我脑袋砍下来！那他们就有好戏看了！

——什么戏？

——革命自有后来人！

——这类话你当真对他们说过吗？

——那倒没有。

——还是怕？

——不是怕，是懒得跟他们说真话。他们也配听真话吗？比如腐败，老百姓说有不行，他们若不想承认，那也等于没有。非到他们自己都不得不承认的地步，才算有。他们若不想惩治，老百姓呼声再高也等于对牛弹琴，干没辙。非到他们自己也意识到不惩治不行了，才会揪出两个杀鸡给猴看。现在是互相装傻充愣。你说改革的形势大好，我就说好好好，好极了！你说腐败是改革过程中的必然现象，我就说岂止是必然的，简直他妈的就是天经地义的，完全符合中国式的社会主义特色的、推动改革的。甚至我可以顺着你说不腐败就根本不足以实现改革，腐败为了改革，改革需要腐败！其实谁也不比谁傻多少，互相心里都明镜似的。都明白再这么下去，总有一天，就互相哄骗不下去了。

——照你看来，改革就没给老百姓带来什么利益啦？

——哎哎，别乱扣帽子了啊！我可不是这么看的。改革还是给了老百姓一点儿好处的。那就是练摊儿做小买卖的权利。老百姓从来就不否认这一点儿好处。可是除此之外，你倒说说，老百姓还得着什么利益了？

我认真地想了想，一时竟也想不出“除此之外”的什么。

——老兄，你无论如何得承认，老百姓的生活水平大大提高了。以往的年代我们吃的什么？穿的什么？

对方嘿嘿冷笑。

——你冷笑什么？

——三四十年间，我们家成长起了两茬劳动力。过去是我老爸一个人挣钱养活一大家人，现在是一大家人都能挣钱了。我们家生活水平的提高，归根结底是我家劳丁兴旺的结果！

我顿时语塞。

——别以为老百姓知道的事儿少。老百姓知道的事儿不少。还是那句话，谁也不比谁傻多少。给了老百姓们练摊儿做小买卖的权利，就可以为所欲为啊？就可以从中国的地面上划一块地皮归了自己去炒卖啊？就可以用国家的钱去办公司，然后再巧妙地把国家的公司变成自己的公司啊？就可以倚仗老子们的权势到处伸手索要“干股”啊？慈禧太后，当年也不过是她一个人割地卖国吧？现在可倒好，哪儿地皮炒热了，他们就敢去白白要一块国家的土地倒卖！……

他说得有些愤世嫉俗起来。

他是个维修摩托车的师傅，三十六七岁的样子。他的铺子不大，门前停着四五辆待修的摩托，有国产的也有进口的名牌车，看来他的生意不错。而他对自己的能力也显得相当自信，仿佛无时无刻不在以他熟练的举动替自己做广告——摩托交给我修就放心吧，我是这一行当中一流的。

那天我和一位朋友约定了在他的铺子前碰头儿，不见不散。朋友迟到了一会儿，我早去了一会儿，想吸支烟却没带火柴，向他讨火之后，是他主动跟我聊了起来。

“外地人吧？”

他当时正在修一辆摩托。

我说是的。

“北京的？”

我说是的。

“记者？”

我笑了，反问他为什么把我当成记者？

他说：“看你样儿不像做买卖的，不像干部，不像教书的，而又像有点儿文化的，不是记者，也肯定是个耍笔杆子的。”

我向他承认我是写小说的。

他也笑了，说：“作家啊。过去我心目中作家是挺受尊敬的人物。现在我觉得你们作家真是‘臭老九’一类。不是别人诬蔑你们臭，是你们自己确实臭。如今满地摊儿由你们写出的那些臭玩意儿！除了男女间那点儿事儿，你们还能不能写出点儿别的什么玩意儿？中国在你们眼里就剩下了那点儿事可写吗？”

我是个一般不至于脸红的人，当时却脸红了。

他问我认不认识写《山坳上的中国》和《谁来承包中国》的两位作家。

我老老实实地说知道他们的名字，也拜读过那两本书，可无缘和那两位作家结识。并且，暗暗地对他刮目相看了。

他又说：“你什么时候见着那两位，替我捎个话儿。假如他们因为再写那样的书惹了麻烦，就往这儿跑。别的不敢吹，中国这么大，藏住个把人还是不成问题的。”

当时我觉得他是个思想危险的人。本欲离去，可又不能离去。只有继续站在那儿，只有继续和他聊。

他手指上戴着硕大的金戒指。

我说：“你修车，怎么不摘下来啊？”

他无所谓地说没事儿。

我问：“是真金的么？”

不料他火了，抢白道：“接下来你是不是想说，我戴上了金戒指，得感激时代，感激谁谁谁啊！屁！老子谁也不感激。老子是凭本事吃饭，凭本事挣钱，凭本事戴上了金戒指。不像有些人的子弟！他们凭什么？他们能当的，老子都能当！可你叫他们不靠老子，靠自己的生存能力来开个修摩托的铺子试试！”

我则再也不敢和他聊下去了。不知他接下来又会说出些什么触犯“天条”的话。其实我倒不是怕别的，旁边又无可能是便衣的人偷听，怕个什么劲儿。即使有便衣，即使那些话不是对方说的，是从我口中说出的，又有什么可怕的？想他刚才说的，敢凭几句话就杀我的头？或者让我去坐牢？我所怕的，其实只有一条，那就是——我实在不愿听到太多诸如此类的来自民间的出自百姓之口的言论。当然，也不愿亲眼见到、亲身体会到太多的腐败现象。唯恐听得多了、见得多了，会严重影响我对中国之现实的总体的、客观的、全面的看法。

我知道同行们也许会对我大加耻笑和嘲讽的——老老实实写你的小说算了。当的是作家，又不是中央政治局委员，中国的现实跟你有什么关系？玩什么使命感啊！

其实，我太明白我自己了，我关注这个国家的现实，绝非意味着我对它抱有多少强烈的使命感。

但，我是一个一贯坚持写现实的作家，不是什么坚持不坚持现实主义，而是坚持反映现实生活、坚持反映最广大的被叫作“老百姓”的人们的现实生活状态的作家。我既关注他们在现实生活中的物质状态，也同样关注他们的精神状态、心理状态、情感状态和情绪状态。

没有谁把这一点强加给我，更没有谁企图迫使我，完全是我自己的一种选择，甘愿的一种选择。我的笔只有用来反映老百姓在现实中的生活或生存状态时，我才感到写作毕竟是有些意义的。熬自己的心血、消损自己的身体也算值得的。姑且不论我所关注到的、感受到的、触及的现实在多大程度上是真的现实。我也许会站在今天写明年和后年我预测可能发生的事，却绝不会、永远也不会铺开稿纸，吸着烟，潜心地去编织一个很久以前的故事。

即使我下了天大的决心，写下第一行字以后，我也肯定会跳将起来反问——我这是怎么了？我为什么要这样？意义何在？虽然，我十分明白，写“从前”是多么稳妥的选择。因为差不多只有那样，一个中国的当代作家，才能既当着作家又不至于和当代尤其是和当代的主宰者们发生在所难免的矛盾、抵触和冲撞。并且，毫无疑问地，虽然民主程度已较宽松（我感觉是这样，相信实际上也是这样，但愿我的感觉是对的），但在冲撞之中，可想而知，下场大为不妙的肯定是作家本人。

像我这样一个自讨苦吃而又没法改变自己创作意向的作家，既然对现实的关注完全地成为我进行创作的驱动力，我当然希望自己也要求自己对于我所关注到的、感受到的、触及的现实，能够认识得越客观、越全面越好，能够从总体上把握得越全面越好。

我既然愿意写老百姓，怎能不最广泛地接近他们？我所言的老百姓，其实几乎包括中国的绝大多数人——工人、农民、小商贩、小干部、小知识分子。

“百姓”这个词，过去本就是针对皇帝、皇族、朝廷命官的阶层而言的。在京都，“百姓”过去是对每天上金銮殿持漏候朝的人、大商人、大员外之类以外的人的统称。在地方，比如在一个县，则是对除了县官、县官周围的人以及县内名流和富绅们以外的人的统称了。

我的问题，从根本上讲，恰恰出在我和老百姓的接近、接触，以及对他们的了解和理解方面。

毛泽东曾经将老百姓，尤其中国的老百姓，比作“汪洋大海”。他的语录中那段原话的意思是——不管来自任何国家的军队，如若敢冒天下之大不韪，对中国进行冒险性的侵略的话，那么他们必将被淹没在中国老百姓的汪洋大海之中。

我的切身感受是，在1993年，在朱镕基湍流逆舸，切实整肃中国金融界混乱状况之前，在江泽民以党中央的名义提出反腐败之前，在公安部发出从严治警的条令之前，在中国农民手中的“白条”得以兑现之前，在接下来整肃房地产开发热、股票热、特区开发热之前，如果你真的到老百姓中去走一走，尤其是到北方的而不是南方的老百姓中去走一走，如果他们将你视为可以信赖的人，如果他们不怀疑你是被权贵豢养或被金钱收买的人，如果他们直言不讳地对你说他们憋在心里想说出甚至想喊出的话，那么，不管你是官员也罢、作家也罢、记者也罢，不管你曾以为站得多高、看得多远、对中国之现实理解得多客观全面、总体上的认识把握得多准确，你的看法、你的认识、你的观点、你的思想，片刻之间都会被冲击得支离破碎、稀里哗啦，哪怕你自认为是一个非常理性、非常冷静、不被任何外部情绪的重重包围所影响的人。除非你根本上是一个麻木不仁的人，或者是一个乔装了的痞子，一边听着他们的话，心里一边对自己说——腐败关老子屁事，丑恶关老子屁事，哥们儿不过奉陪你聊着玩哪。

我曾从内心里惧怕那种“汪洋大海”。

因为，毕竟，我是一个虔诚地拥护改革开放的人。而且，曾自认为是一个够乐观的改革开放信仰主义者。

“帮闲”文章告诉老百姓——别无他法，只有承受。只有增强心理承受能力。

老百姓要是不愿意呢？——那便是老百姓的不对，老百姓不好，老百姓不可爱，老百姓太娇气了。

“帮闲”文章似乎推导出一个天经地义的逻辑——如果人们连腐败都不能或不愿承受，拥护改革不是成了一句假话、空话吗？

使你没法不怀疑他们和腐败有着千丝万缕的直接或间接的联系，是拿了雇佣金替腐败辩护的专门写手。

这一次由党中央提出开展反腐败，于是从中央到地方，从共产党内到民主党派内，似乎才敢言腐败。因为这叫“落实中央任务”，不至于因此而被划到改革派的对立面去，不至于被疑心是故意大煞改革大好形势的风景。

我们有那么多人大代表，我们有那么多政协委员，此前，我们老百姓却很少在电视里、电台里和报纸上看到或听到哪一位代表、哪一位政协委员替老百姓直陈勇进反腐败之言。我们能够听到或看到的，几乎总是他们多么拥护改革的表态式的言论。他们的使命，似乎只是在这一点上才代表老百姓。现在似乎开禁了，允许讲了，于是才似乎确有腐败存在着。

记得有一次开人代会期间，我去某省代表驻地看望一位代表朋友，在他的房间里，不知怎么一谈，就谈到了腐败现象。房间里没有别人，就我们两个。我没觉得我的声音有多高，可他的脸却吓得变了色，惶惶然坐立不安，连连请求于我："小声点儿，小声点儿，你倒是小声点儿行不行呀！"我说我的声音也不大啊。他说："还不大？咱们别谈这些，别谈这些了！"并向我使眼色，仿佛门外已有人窃听似的。

我们当然不能否认人大和政协对于国家现状和前途所发挥的积极的、重要的、巨大的作用，但是呼吁惩办腐败的声音，应该承认首先是由新闻界中那些勇于为民请命的可敬人士们发出的。不管老百姓对新闻界亦同样存在着的种种弊端如何忧怨久矣。

"权钱交易"一词最先无可争议地来自民间，其后逐渐诉诸文章，再其后才从我们的总书记口中向全党谈了出来，在今天成为一个公开的话题。否则它也只不过永远是老百姓的愤言罢了。

三、空气中弥漫着大国崛起的兴奋

20世纪90年代的一天，一位广州的朋友和一位北京的朋友在我家争了起来。

那时，全国人民都知道中国在申办2000年的奥运会主办国，那时的空气中弥漫着一股大国崛起的兴奋。

广州的朋友说，即使中国申办成功了，也不应在北京举办，而应在广州。世界如果真给中国一次机会，中国也应该给广州一次机会。只有在广州举办，才有赚大钱的可能。

北京的朋友说，你们广州人，怎么开口闭口地除了钱就是钱？难道在你们看来，申办奥运仅仅是一次商业行为吗？

广州朋友反唇相讥，怕的就是你们北京人只讲社会效益，只讲精神满足，而不把经济效益放在首位加以考虑。凭什么为了满足你们北京人的虚荣心理，到时候我们广州人要往外掏钱？

北京朋友生气了，竟拍起了桌子，说广州朋友出言带有诬蔑性质。自从改革开放以来，优惠政策向广州方面倾斜得够多的了，居然还觍着个脸敢同北京争夺举办奥运的机会！就是在你们广州举办，你们有能耐，大大地赚了一笔钱，能舍得分给全国其他兄弟省市一点点吗？

广州朋友恼羞成怒，也拍起了桌子。要是在你们北京办，你们要是办赔了，全国各兄弟省市都跟着亏本！

北京朋友嚷，只要在北京办，影响就是世界性的，就会成为一个跨世纪的话题，赔了也值得！所产生的巨大影响是用钱买不到的。

广州朋友嚷，都什么时代了，你们北京人还没学会算经济账！中国真该考虑把首都迁到广州去！那中国就会更加高高地腾飞了！

“你们广州人都是些往钱眼儿里钻的家伙！”

“你们北京人嫉妒广州人比你们先富了起来！”

他们竟至于争得面红耳赤。

我不得不将他们都撵出家门，独自地想——分明的，北京人和全国的人越来越难以寻找到共同语言了。北京人轻蔑广州人，像西方那些老牌帝国轻蔑日本人是经济动物一样。北京人瞧不大起上海人，认为上海人太精明，太油滑，太利己，为人处事太赌局心理。北京人跟天津人也不大能谈得拢，觉得天津人似乎天生有股“牛二”劲儿。北京人似乎独钟东北人，从北京人口中，常能听到夸奖东北人实在、义气的好话。可最近一两年，我却经常听到东北人对北京人的抱怨之词，说北京人也开始变奸了，变猾了，变得令人从内心里讨厌地越来越痞了。从前东北人是很有些尊崇北京人的，感到他们普遍地有“政治觉悟”；后来感到他们的“政治觉悟”并不见得有多高，但还是普遍地有“政治头脑”的；再后来感到其实也谈不上有什么“政治头脑”，只不过是“政治情结”或曰“政治嗅觉”罢了；现在终于感到能从北京人那儿讨教的，只不过是零七八碎的“政治信息”，而且只剩下了极少数在商业时代里仍不得不继续吃“政治饭”的人才感兴趣，也就不那么像从前一样尊崇北京人了。许多次我本人也在场的情况下，北京人很“老大”地刚刚开口就谈诸如“当前的政治形势是这样的”之类的话题，便会被东北人不客气地打断：“哎哎哎，别卖狗皮膏药，你想当政治局委员啊？谈点儿别的行不行？”——那种情况下北京人的窘态才令人暗暗发笑呢！这就好比某个童话故事里所讲的——一条狗的信条是“狗啃骨头”，所以它嘴里永远叼着一根骨头，以证明自己最是一条狗。后来它惊讶地发现世界上的狗越来越少了。其实不是狗少了，是像它一样嘴里永远叼根骨头的狗少了。普遍的狗们终于明白，不必嘴里叼着根骨头也还是狗，而且腾出嘴来更便于找肉吃。于是它也舍弃了嘴里那根骨头。只不过起初内心里产生一缕悲哀——这世界上从此再也没有我这样的狗了。可是它在和别的狗们争夺肉的时候，半点儿也不比别的狗仁义。

北京人的头脑“转型”，说明我们国家“转型”的迅速化。当政治更是政治家们之间的事，一个国家的长治久安则有望了。

在飘扬在北京上空的一切中国人企盼奥运的标语口号中，最引起我逆反心理的是“给中国一次机会”一条。当它不是和别的口号组合在一起，而是自成一句的时候，前边还多一个“请”字，后边还多一个“吧”字。

“请给中国一次机会吧！”——我相信每一个中国人，眼望着这么一条标语口号，内心里肯定都会产生一种不同程度的近乎羞耻的感觉。

它分明意味着十几亿中国人都在弯着腰伸出双手向奥林匹克运动会申办委员会乞求着恩赐。

我们不欠他们什么，干吗非要这样呢？

实际上只不过是一次国际性的招标。设标的是国际奥申委，我们的参与的只是一次投标竞争。以投标者的竞争姿态参与，是我们拥有的权利。我们实行我们的权利的时候，没有任何必要以我们丝毫的尊严做代价。我们已表达了我们的愿望——相信我们的国力和能力，认为我们最有资格承办，就投我们的票；认为我们还不行，则绝不乞求。

到了后来，作为一个中国人，我简直觉得我们是在向奥申委“表忠心”了！

如果说我们的有些过分的热衷在某种程度上起到了对我们竞争有利的作用，很可能也同时起到了对我们不利的副作用。

当愿望异乎寻常地强烈之时，它往往会受到轻蔑。这符合魔鬼定律。

好比一个人到你家里来，表现出了异乎寻常的强烈愿望要为你装修房间——那么你因此而信赖他的可能性大概是和因此而拒绝他的可能性成正比的。

我们在该表现得矜持一点儿的时候没有表现得矜持一点儿，倒是当我们的愿望落空的时候，我们的矜持似乎表现得难能可贵。

“请给中国一次机会吧！”——我们的愿望已经表达到这种地步了，我作为一个中国人，怎能不虔诚地祈祷中国的愿望实现？

我们正在招待所里各自投入地分析有利于中国或不利于中国的因素，一位西安朋友进入房间，打断我们之后神情沮丧地说："都别自作多情了，中国没戏了！"

大家怔愣片刻，面面相觑。

我问："你怎么敢断定？"

他说："我刚才打电话问了一位搞'易学'的大师，他说中国代表团将高兴而去，扫兴而归。"

于是大家都七言八语地嘲讽他，都说让他的"大师"哪儿凉快哪儿歇着去。这儿没有"易学"弟子，也没人信"易学"大师神神道道的那一套。他自讨了一场没趣儿，坐不一会儿，怏怏地离去了。

他离去之前跟我打赌，如果中国申办成功了，他请我们到西安最好的饭店去撮一顿；如果中国的愿望落空了，我得将我新出的四本书各送他三十本，还要签上名。大家怂恿我答应，我答应了。他走后，大家就谈论了一阵应该让他请我们上哪儿去撮一顿，以及该点些什么上档次的菜，有人还格外认真地找张纸记下来。

中国乃是一个十几亿人口的泱泱大国。它的老百姓早已习惯了拥有一个共同的目标。比如抗日战争，很具体。中国老百姓在中国共产党的领导之下，十四年取得了胜利。比如解放战争，也很具体，只不过用了三年，也以摧枯拉朽之势取得了胜利。新中国成立之后，"大跃进""人民公社"，也都是目标，尽管荒唐，但老百姓照样砸了锅投进高炉里去，领着孩子老婆到公共食堂去喝野菜粥。现在则很不同了，老百姓不再相信远的目标了。有一句据说是我们党和国家领导人的话，在老百姓间广为传播——"我老啰。操不了那么多心啰。有些事只好留给下一代人去做啰！"我个人认为这显然是编造的，却没有太多的根据能向别人证明是编造的，而且也认为自己非要承担起解释的义务是可笑的。正如当年民间流传着好多编造的"最高指示"，今天民间也照样流传着好多分明是编造的党和国家领导人相互之间的谈话。仅这一点就很可怀疑——党和国家领导人相互之间的谈话，又怎么会流传到民间的？然而由于真的被证实是真的，对假的，老百姓也宁可先信以为真了。信了的老百姓但作如是想——将来的中国留给将来的中国人去应付吧，我也顾不了那么多了，还是顾眼前吧！

而问题在于，除了百分之一都不到的先富起来了的中国人在眼前的日子里如鱼得水，绝大多数中国人在眼前的日子里活得很困惑，很迷惘。他们的确需要一个近的目标，需要一个紧跑几步伸长了胳膊也许就能一把够得着的近的目标，需要有一个足以信赖之人很负责任地告诉他们明年会怎么样，后年会怎么样，三五年内会怎么样。比如令他们已是在忍耐地承受着的有些品类贵得荒唐的物价，明年后年是继续上涨还是保持在如今的指数？倘物价继续上涨，工资会增加吗？会有工厂继续倒闭吗？等待着他们的命运是开百分之七十、六十、五十的工资还是干脆失业？失业者肯定会领取到社会保障金和医疗费吗？那会是多少呢？……

却没有人能够回答他们如此这般具体的近半径生活内容里的问题。更没有人敢向他们保证什么和许诺什么。他们的命运仿佛被掌握他们命运的人决定着，又仿佛没有一个人敢负责任地对他们说——相信我吧，我完全有这个能力。尤其令他们沮丧的是，他们分明无法决定自己的命运。正如大多数苏联人至今仍无法决定自己的命运一样。事实上并不是他们遗弃了戈尔巴乔夫或选择了叶利钦，而是他们陷入了空前的听凭命运摆布的困境，戈尔巴乔夫也罢，叶利钦也罢，其他的什么人也罢，随便吧！当叶利钦下令以武力攻占议会大厦的时候，更多的苏联人既不支持议会也不站在叶利钦一边，便是他们对双方袖手旁观、丧失了信心不再信任的一次明证。我想，无论是攻占下了议会大厦的叶利钦，还是失守并做了俘虏的议员们及其追随者们，内心大约都感到了同样的失落吧？

第四章

发展的时代

物质与精神的追赶，未来必将美好

一、“官二代”是如何垮掉的

周北方乃是首都钢铁公司前任“第一把手”周冠五的二儿子。

周冠五在北京、在全国冶金系统是个鼎鼎大名的人物，曾任全国人大代表、中央候补委员。自从 1993 年邓小平去首钢视察了一次以后，他又似乎是一个有着硬邦邦背景的人物了。亦即老百姓所说的“通天”人物了。其实那也算不得什么非同小可的视察，不过是走走，看看，说了些话而已，却被某些人存心、某些人无意地传播得神秘兮兮的，沸沸扬扬的，在当年的中国，仿佛成了一件莫测高深的大事。

巡视的结果，据说是使我们的一位副总理，不得不被动之极地亲率十来位部长，也在邓小平巡视后去首钢“现场办公”，对周冠五直言相问：“那么你对中央还有些什么特殊要求？只管开口提吧！”

——我的首钢的朋友们是这么告诉我的。

于是周冠五既不但“通天”，而且似乎就要改姓了似的。

周北方那时已是首钢的什么对外贸易公司的总经理了。一人之下，万人之上，总揽首钢对外贸易完全的实权，也是首钢的一大块最重要的权力。能够直接“领导”他的那唯一的人，正是他的父亲周冠五。恰如大邱庄的禹作敏才有资格“领导”自己的也当什么总经理的儿子一样。

周北方当年也曾是黑龙江生产建设兵团的知青，即世人统称为“北大荒知青”中的一个。我不太清楚他在北大荒究竟待了几年，我认识他是在知青返城以后，具体说来，是在 1989 年。

那一年，北京当年的北大荒知青们发起了一次“北大荒知青十年回顾展”。我是组委会成员之一，周北方也是。搞“回顾展”，当然需要资金。资金要靠向社会各方面拉赞助。我至今并不清楚当年究竟拉了多少赞助。我在这方面毫无能力。我只参与形式和内容的审定与策划，绝大部分解说词是我写的，而北方的贡献则大概在拉赞助方面。当然也非是他个人赞助，他当时已是首钢某公司的副总经理了，已经可以个人做主批一笔赞助款项了。

北大荒知青们因为当年精神上担负着“屯垦戍边”的使命，而且按军队建制组编，故彼此视为“战友”。不管当年认识的不认识的，间隔着团或间隔着师的，都特别看重当年的一份“战友情”——便是那种常被世人羡慕也常遭世人冷嘲热讽的“知青情结”。

当年，组委会中不止一人对我说过类似的话：“北方很够意思。一听要搞‘回顾展’，二话没讲，爽爽快快地就答应了。而且表示，只要有用得着他的方面，只要他不十分为难的事，绝不推诿。”

故在我还没见到他之前，已受着“战友”们的影响，对他颇怀好感了。

“回顾展”结束以后，我终于在组委会的一次答谢活动中见到了他。高高的个子，身材魁梧，相貌堂堂。他似乎是个不善言谈的男人，而我在那种场合也往往话不多，我们之间没单独交谈什么。

答谢自然少不了吃饭。饭桌上，有人一再悄悄建议我郑重其事地说几句。我想，我说什么呢？非要说，无非再重复别人已说过多次的对赞助者衷心表示感激的话，也的确是心里想说的话。经济是基础，没钱办不成“回顾展”。

我正打算说，不料北方却先于我站了起来，擎着杯对我开口道：“晓声，刚才咱们已全体干了几杯了，这一杯我单敬你——你以前的几篇反映咱们北大荒知青生活和返城经历的小说我几乎都看过。但我也老老实实承认，近年来很少看小说了。忙，顾不上看了。我对你有个希望，我想也能代表在座的大家，以及不在座的我们更多的战友，这希望就是——再为咱们北大荒知青多写几部好作品！别光写咱们当年被发配那一段生活，再写写咱们今天龙腾云虎生风、大有作为、前途不可限量的一批！这一批是咱们北大荒知青的骄傲！”

于是众人鼓掌。

于是他一饮而尽。

我只能舍命陪君子，也一饮而尽。

那是他在答谢活动中说得最多的一段话。落座后不久，他因公务缠身先走了。

而我打算对他说的感激的话，因为那一杯酒的迷晕作用，在他走前竟没对他说成。

我当时觉得他对我说的话还是很中肯的，非是虚心与周旋之语，现在也这么认为。这倒不因他对我似乎另眼相看，而因他的坦率。比如他说“近年来很少看小说了。忙，顾不上看了。”若换一个说起话来预先在心里掂量再三的“战友”，当着我这个以写小说为职业的人，定会省略了不说。

于是我对他的好感又增加了几分。

不久他设宴回谢我们一干人等。由于他是主人，由于是在首钢地盘内的一家宾馆，他的话比上一次多了，酒也喝得主动了。初识那种拘谨荡然无存，渐渐在言谈举止方面，他有意无意地显出了一个“前途不可限量”者的无比自信和踌躇满志，但绝没有到得意忘形的地步。也许别的“战友”们并未看出来，只不过因为我是写小说的，对人的观察太细致、太敏感罢了，却没有破坏我对他的好印象。

我一向认为，若一个人有某种自信的资本，踌躇满志是理所当然的。

那时我只视他是我的一个幸运地开始了人生的第二次转机的“战友”，并不将他和他的父亲连在一起看待。

周冠五是怎样的一个人物我并不感兴趣。

周冠五在首钢再怎么“一句顶一万句”，再怎么一跺脚全首钢都颤，也是既抬举不到我头上，也奈何不了我一丝一毫的。

何况，当时我也只不过从别的“战友”们的口中，片片断断地了解到北方的父亲是一个“特权人物”，以及如何厚爱北方这个儿子罢了。

那一次我们之间也没多聊什么。

大约三个月以后，他的一位秘书给我打来电话，说北方希望见我一次。我问什么事，答曰不清楚。

于是我们在一天下午见了。

是他到我家来。我在街口迎他。他坐的是一辆很高级、很气派的大轿车，我对轿车的级别所知等于零，仅能看出那是一辆外国名车——当时的中国造不出那么高级、那么气派的大轿车。

他开门见山地和我谈两件事——第一，希望我调到首钢去。更准确地说，是希望我调到他名下去。

这太出乎我意料了。

我怔了半晌，讷讷地说，我是作家，调去了能做什么呢？

他说——晓声，其实也不需要你具体做什么，平时等于将你闲养起来。需要的时候，你为首钢动动你的脑，动动你的笔就行了。所谓“养兵千日，用兵一时”的关系吧。不过我可不是仅仅将你当“兵”养，而是当“将”养。你有什么条件，尽管提。只要不过分，包在我身上……

我暗想，那么一来，我不是成了“幕僚”了吗？

依我的常识，古今中外，凡甘为“幕僚”的人，几乎无有好下场者。何况，做“幕僚”，得有起码的资格。我只会写小说，除了这“一技之长”，其他方面几近于废人，自忖毫无充当“幕僚”的任何资格。但北方他当面坐着，真挚而又虔诚，使我不忍坚拒，只好施以缓兵之计，说容我慎重考虑再做答复。

北方给了我一个星期的考虑时间。

第二，请我执笔写一部反映首钢“改革开放”之“大思路”的“系列报道电视片”，并从考克箱内取出一叠材料给我，说要求这部“系列报道电视片”成为首钢的一部“磁带文献”，希望在全国造成巨大反响。

当时我正日日埋头于自己的计划内创作，当即婉谢，深表歉意。

便见北方脸色一沉，分明地，有些不悦起来。

他说不是没人愿写，愿写的人多极了；说这事其实本与他的职责无关，是他“横插了一杠子”，手拍胸脯替我大包大揽的。因为他对我的能力有完全的信任度，认为非我莫属。

闻言我竟诚惶诚恐，深觉自己太辜负他的信任，也太驳他的面子，叫他怎么向别人解释呢？不是等于拿他在别人面前的威望不当一回事吗？

于是我又赶紧补充如下的话——一定认认真真地看材料，倘自认为可以胜任，宁肯将自己的计划内创作后延。

他脸上这才重露笑容，大手在我肩头一拍，义气厚重地说："还是战友！客套话我不讲了；否则，我离开你家，心里可就太别扭了！"

一星期后，他的秘书再打来电话，我将两件事都婉言回绝了。

秘书说："北方就在一旁，您直接跟他谈吧！"

而我最怕直接跟他谈，实在不知该怎么谈，我天生缺乏回绝别人的智慧和技巧。在这方面我是个低能儿。

于是便急说："不必直接和他谈了，千万别打扰他的工作！你替我转告就行了。"

放下电话，我觉得仿佛做了对不起他一辈子的什么事似的。

一年多互无联络。

第三年，北京电影制片厂文学部的一位老同志，央我帮他在首钢工作的儿媳妇调岗位。我曾和他谈过北方，并许下过诺言，只要在首钢的范围内，若有什么需要关照之事，由我开口求助于北方，似乎是没什么大问题的。

但在我回绝了北方的好意之后，尤其在一年多互无联络之后，此事令我左右为难。

几经犹豫，最终还是给北方写了一封信。

我想这肯定是一封不被理睬的没有回音的信。

孰料竟很快收到了秘书替他回的信，信中说一定"亲自过问一下""当成件事儿办"。

但此事最终并未办成。

但我知道，他属下的一名人事处处长，的的确确是替他"当成件事儿办"过的，并不完全是虚与委蛇的应付。也有北影老同志的儿媳妇期望值过高，后来改变了初衷的因素。

这使我对北方十分感激。

每有新书出版，总想寄他一册，但一忆起他"顾不上看"的话，便打消念头了。

渐渐地，我开始在某些场合，从某些人口中，较多地听到关于北方、关于他父亲的种种议论了。

北京人是敏感的，不少北京人称得上是半个“中国现象专家”。

我开始替他担着份儿忧。

当年的“战友”中有人说：“周北方现在傲气得很，身份也高贵得很了，出国住总统套房，与某某公子亲密无间，几乎可以称兄道弟了！”

首钢的朋友中有人说：“首钢快成周家的父子承包公司了。周冠五会见重要的外国商团，陪晤的往往只有他儿子！”

很知内情的社会人士说：“除了一个陈希同，周冠五根本不将北京市委放在眼里！他对陈例外，那也是认为陈和他背靠同样的大树！否则他敢一贯地傲视冶金部，公开与中央和国务院的方针政策大唱反调？”

我曾见过一册首钢的内刊《开拓》。周冠五的标准照占据整个封面，内刊中的特大字通栏标题竟是“周冠五同志最新指示”“冠五书记发表重要谈话”云云。

我不能不认为，我所听到的种种，无论出于哪些人之口，都不是捕风捉影毫无根据的。

于是我决定给北方写一封信。

执笔在手，面对稿纸，竟不知从何谈起。

尽管如此，信还是写了，也寄给他了。

不过只有两行字，是用很粗的签名笔写的，写在一张洁白的打印纸上。

那两行字是——高山之巅无美木，伤于多阳也；大树之下无美草，伤于多阴也。

我是用楷书一笔一画认认真真写的。希望他能压在他办公桌的玻璃板下，自省且自律，自警且自诫。

我是用最大号信封寄的。因不愿折那一页纸。而且贴的挂号邮票。我想他肯定是收到了的。我已无法将我想要说的话表达得更明白、更易懂了。除非他弱智。

我抄录给他的是汉朝刘向的两句话。

没有回音。

我也并不期待回音。只不过是对他毕竟帮过我一次的回报。虽则非是我本人求助于他，而是替别人求助于他。

如果说还有别的什么因素促使的话，那便是“知青”“战友”间的一种情谊了，倘在他那一方，对我确曾有过的话。我想最初无疑是有的，这我能感觉到，我也不弱智。我想后来就消弭了，因为那是我和他都无法长久保持的。好比《红灯记》中李玉和说的——“两股道上跑的车，走的不是一条路啊”。

再后来，收到过以他名义寄来的一份印刷精美的请柬——他的公司将举办晚会。

一名当年的“战友”也收到了，打电话问我去不去。

我说：“不去。”

又问：“没空儿？”

我说：“有空儿也不去。”

再问：“为什么？”

我忍不住大声吼道：“你听着，周北方正在得意扬扬地迈向险境！腐败在我们这一代人中也会物色扩散体的！”

对方沉默良久，低声说：“那我也不去……”

再再后来，就听到他被逮捕了。

我相信，此一经济大案，在全国公布以后，周冠五将因他的儿子又一次“名声大噪”了。正如北方因他的父亲，当初由一名北大荒知青而在首钢青云直上，几步跃到了一人之下万人之上的高职。

有传言说他已经死了；

有传言说他并未死，但成了植物人，不能更多地交代什么了；

有人认为他不死也得被枪毙；

有人认为他还能更多地交代什么也没用，因为牵扯到了某某公子，因某某公子又必然地将影响到……

——好像就要像有些人胡说的那样：“反腐败亡党，不反腐败亡国”。

这未免太偏激、太悲观了。老百姓的头脑中，自有他们自己的逻辑，不管这种逻辑错与对。

正如他们所说——死了谁地球都会照样转！中国都会照样发展。

但我每每想及北方，心中总不禁顿生一缕悲哀。

如果他不是周冠五的儿子，他的人生绝不会这么个了结法儿；

如果他不和那某某公子关系密切，他的人生也不会这么个了结法儿；

如果他父亲不自恃有背景，两年前就该弃权下台了，也就不会自作主张地将他推到类乎首钢“第一把手”天经地义、理所当然的“接班人”位置；

如果……

北方，北方，你知道吗？——我为你一叹再叹。

叹你，于你又有何意义呢？

悲你，于我又有何祈求呢？

二、我们都曾跪下去过

我在文章中，直斥那韩国女人为“婊子”，并且白纸黑字写着——我不是法盲。我知道“婊子”二字，对于女人是极大的人格侮辱。我明白是在侮辱她，也准备好了承担这一后果的法律责任。但我并非一个以公然侮辱女人为能事、为快事的流氓文痞。

珠海发生的那事件，似乎没见过有哪家报转载，甚至没见过哪家报间接地报道过。也许，根本没有什么“新闻价值”吧。就我的读报范围而言，事件发生后，全国各大有影响的报，似乎皆保持着暧昧的沉默。尤其电台和电视台，据我所知，概无评说。给我的印象仿佛是，中国的一切媒体，对那事件，一时都装聋作哑起来。这就使我不禁作如是之想——也许都收到了“新闻回避”的指示？

在珠海有一家韩资的电子公司，管理者是一个30多岁的韩国女人。职工尽是中国人。那韩国女人，蔑视中国早已颁布的《中华人民共和国劳动法》，经常迫使中国职工加班加点，最甚的一个月竟加班250多个工时。平均每天8个多小时，相当于一天干两天的活。而且加班加点是无偿的。敢有抱怨者，即刻开除。那韩国女人，性情暴戾乖张，动辄对中国职工大加训斥，甚或打骂。数百中国职工，竟无敢抗议者。一次又迫使职工加班加点。一星期内，不分昼夜，除了吃饭，不许停止。即使吃饭，也不许离开工作台，只能守着工作台吃盒饭。一个星期内，包括每天吃饭和上厕所的时间，全体中国职工只获准了不足10小时的休息时间。说是非人的对待，真是一点儿也不过分，一点儿也不夸张。

正是在这一个星期里，在职工们连续工作十五六个小时后，在被允许的十几分钟上厕所的时间内，有一个并不上厕所的老职工，实在坚持不了那种巨大的疲劳了，伏在工作台上打起盹儿来。而这一情形，被那韩国女人巡查时发现，操起一块铝制台板，朝老职工掷去，击在老职工背上。

她大发雷霆，吼叫着，命各班工长召集全体职工肃立在她面前，听她训斥。

全体职工默默地肃立在她面前，默默地听。

那韩国女人，竟又喝令全体中国职工，包括各班工长们，跪在她面前“反省”。这真真是一人有“过”，众人皆罚。这一种现代企业的野蛮之至的“管理”方式，在20世纪90年代中期，发生在我们这个早已完全独立、主权完全自主的国家，能不令人震惊，能不令人联想多多吗？这一事件，即使摆放在20世纪90年代的全球大背景来看，也是难以令人置信的啊！

然而，100多名中国人，一齐地，全都跪了下去。不但全都跪了下去，而且全都低下了他们的头，在一个30多岁的韩国女人的面前！

只有一青年工长例外。他的双膝，当时也屈软了一下。却毕竟他没有和他的同胞们一样，默默地终于双膝跪下去。他环顾着在他周围跪下一片的同胞，感受到了一种羞耻以及由这羞耻而从内心里产生的被严重侮辱的义愤。

那韩国女人朝他一指，厉声喝问他为什么不跪。

他说这是对中国人的侮辱……

而她更加淫威嚣张，说你认为是侮辱就是侮辱！不肯跪你就立刻滚蛋！……

没有一个跪下的中国人站起来声援他。他当时处于完全孤家寡人的境地。他愤然离去了。

我们无从知道，他离去时内心里怀着怎样的想法……

在20世纪90年代中期，100多位中国人，低垂着他们的头，跪在冰冷的水泥地上，跪在一个30多岁的韩国女人面前，长达十几分钟……

那是一种怎样的沉默啊！

当时我手捧着那份登载有此事件的纪实报道的报纸，刹那泪水夺眶而出。以至于我不得不放下报纸，赶紧地抓起一支烟塞在唇间，大口大口地连吸。尼古丁没能立刻使我镇定如常，眼泪顺着脸颊往下淌。我虽远在北京，但我——一个中国人的自尊心，仿佛被插上了一把刀。是那韩国女人直接插上的。也是我的100多个在那淫威嚣张的韩国女人面前驯服如羔羊的同胞们，间接地插上的啊！

想我们中国人，几十年前，曾在日本人面前跪过，曾在美国人面前跪过，曾在英法联军面前跪过。

但那往往是被洋枪、被屠刀逼着才不得不跪的啊！

即使被洋枪、被屠刀逼着，也有宁死不跪者啊！

我的思想观念，已被近年来的某些新思想新观念，“净化”得相当“灵活”了。

我已很能够接受这样的逻辑了——倘被洋枪屠刀逼着，跪下去其实是不打紧的。保命为重。若脑袋掉了，命都没了，其他的一切一切，还有什么意义呢？

但那100多位我们的同胞们的跪，并非像当年一样，是被洋枪、被屠刀所逼啊！他们面对的不是当年的日寇！不是当年的美国大兵！不是英法联军！只不过是一个韩国女人啊！而且我们的同胞们，是在我们自己的国家里自己的城市里啊！

想韩国人，当年也曾被日本人残酷地奴役过。同处亚洲，韩国和中国，当年曾同是患难兄弟国。

而现在，一个韩国女人，竟似乎认为，自己有特权在中国的一座城市里，公然侮辱100多位中国人“没商量”了！

想来想去，那特权，还不是我们自己的表现给的吗？我说“我们自己”，既包括我们某些软弱可欺的民众，也包括我们某些媚外威内的大小官员。而且，细想起来，首先是后者们的膝盖骨在外国人面前变得软弱不堪了，才导致我们的某些民众的膝盖骨在外国人面前直硬不得。再细一想，前者们的不争，未见得不是后者们一向“威内”的结果。

然而事件到此并未结束。还有下文。的确，我不认为这只不过是一件事，而认为是“事件”。既然连两个小流氓打架斗殴都是“事件”，而且每每冠以“事件”的标题见诸报端，此为何不可以“事件”相看呢？

那当时没有跪下去愤然离开的青年工长，是个有头脑有己见的青年。他到了市工会。于是市工会的同志听了他的汇报，联合市“外资办”抑或“合资办”的同志，对此事件进行调查。

在调查中，那韩国女人胡搅蛮缠地说：“不错，我打骂过中国工人，但那是出于对他们的爱心。”

随行记者问：“在韩国，你们是不是也以同样的爱心对待你们的工人呢？”

答曰：“是的。我的做法，在我们韩国很正常。不值得你们这样大惊小怪。”

不但胡搅蛮缠，还振振有词，理直气壮，毫无知错悔改的意思。

调查组刚离去，她就对工人们扬言：“有什么了不起，顶多罚款！他们要罚多少，给就是了！可我照样是你们的老板！谁不服从我的管教，照样得给我立刻滚蛋！……”

还说：“你们中国人，就配这样管教！”

那青年工长，一回到车间，却立刻受到了十几个人的围攻和威胁。

他们骂他：“没良心的东西！老板给你工作的机会，提拔你当工长，你不站在老板一边，还敢去告老板！你纯粹是找不自在了！”他们当然也是中国人。

我不能判定他们是不是那韩国女人豢养的“恶奴”“狗腿子”之类，因报道中没这么写。尽管报道中没这么写，却丝毫也不妨碍我的头脑如此推测。

那青年工长当然落了个即刻被开除的下场。

他索要他加班加点了那么多时日的工钱。

那韩国女人断然不给。

她说：“你爱到哪儿告到哪儿告去！所有的中国工人都不给，凭什么我要单单给你？难道凭你告我这一条？”

那青年工长只得又去找有关方面。

在以后的半个月里，我一直十分关注南方各报，但再也没发现关于那一事件的报道。我被邀在某大学举办“文学讲座”时，曾动声动色地谈到过这一事件。记得我当时说了如下的话：“倘当代的中国作家，以为发生在中国的诸如此类的事件，是与作家的头脑毫不搭界的，倘他的目光对诸如此类的事件拒绝关注，那么他对中国的当代感觉一定是相当麻木的了。身在中国，既对中国的当代感觉相当麻木，那创作也注定缺少了当代的‘中国特色’，不太被当代的中国人关注，便怪不得当代的中国人‘不识货’，水准太低了。因为在当代的中国人，只将所谓‘纯粹的文学’享作精神‘化妆品系列’的，毕竟实在是‘一小撮’罢了……”

我知道我当时讲得多么动声动色。

我知道在那一双双目光迟钝而又冷漠的眼里，我当时显得有多么滑稽可笑。

是的。我不是白痴。我知道的，内心里清清楚楚地知道，但还是忍不住当众“自言自语”。

那除了是我的“自言自语”，不再是别的什么。

有人递给我条子。上面写的是——“梁晓声，讲点儿别的。莫再扯这些离题万里、毫无意思的。讲点儿能逗大家开心的、有意思的！……”

我读了上面的话。

于是一片掌声。

于是我明白，他们是早就听得不耐烦了。

然而在掌声中，我困惑极了。一时不知所措。样子不但滑稽可笑，而且愚蠢可怜了。因为我实在不晓得怎么才能逗他们开心。如果我是喜剧演员，或马戏小丑，我会为他们展示自己的“搞笑”才华的。但我不是啊！我既不晓得怎么逗他们开心，也不明白他们所认为的“有意思”的事，究竟是些什么事……

回到家里，我铺开了稿纸，拿起了笔。

我想，得有中国人为我们的100多位同胞站出来说句公道话啊！尽管他们是那么不争，但毕竟是我们的同胞。他们的不争，他们的软弱，并非我的头脑难以理解的。说到底，他们忍气吞声，畏如驯奴，还不是因为不想丢掉那份工作吗？

于是我写了。题目和此篇一致。写罢，便与另一篇文章《知识和女性》一并寄给了《武汉晚报》的周忠良兄。

我在文章中，直斥那韩国女人为“婊子”，并且我白纸黑字写着——我不是法盲。我知道“婊子”二字，对于女人是极大的人格侮辱。我明白我是在侮辱她，也准备好了承担这一后果的法律责任。但我并非一个以公然侮辱女人为能事、为快事的流氓文痞。我斥她为“婊子”，乃因她在我们中国，首先侮辱了我的100多位同胞。不但侮辱了他们，也无情地摧残了他们唯一的资本——身体健康。一个月无偿加班加点250多小时，一个星期内连续工作只获准休息不足10小时，这不意味着是一种无情的凶狠的摧残吗？她必得为这种摧残，包赔我的同胞们的“唯一资本”的巨大损失！由于她所公然侮辱的中国人人数众多，那么我认为量变已经构成了质变。她实际上已经侮辱了我的国，侮辱了我国的法——起码是《中华人民共和国劳动法》，当然也便等于间接地侮辱了我。除非她首先向我的100多位同胞公开道歉，其次向我的国及我本人道歉，否则我虽侮辱了她但也拒绝向她道歉！如果她和我上法庭打官司，我奉陪到底。

《知识和女性》很快便见报了。

《伤心一跪》却如泥牛入海。

大约一个月后，我在某报上发现对那一事件的又一次报道——很短，很不显眼的位置。大意是“事件”已获“妥善”处理，那韩国女人终于肯向100多位中国职工表示歉意了。是公开在报上“表示”的，还是仅仅在他们面前说了几句“歉意”的话，报道中未提。我想肯定是后一种“表示”。也许那报道本身，就算替她“公开表示”了吧？

至于那被开除的青年工长，报道中也未提。想必是“开除没商量”。

于是我不禁又作如是想——有关方面得到的是罚款，100多位工人得到的是“歉意的表示”，韩国女人依然是颐指气使的老板……

的确不失为最“妥善”的处理方式。

但我总觉得，在这一过程中媒体的暧昧的一片沉默，意味着中国和我们中国人，丢失了什么。甚至意味着，变相地放弃了什么似的。也许，中国和我们自己，都在不知不觉之中开始习惯得太多了。也许，过不了多久，也就再没有什么事情和事件，值得我们稍微地震惊了。而居然仍保持着震惊本能的人，则理所当然地显得少见多怪，显得滑稽可笑，甚至愚不可及了。

我于是便想到了我那篇不知下落的文章。据我所知，它曾在各报社间转来转去，却至今没有转回我手中。仿佛一条劣种的狗，不识家，又不讨人喜欢，大概被视作危险的犬只灭掉了。

我想，它没见诸报端，也好。起码对于我自己，未尝不是一件幸事。

倘果然发表了，谁能保证，不引发一场将完全把我吸卷进去难以自拔的风波呢？

真的上法庭，那韩国女人，说不定会从韩国搬请来中国一位大律师吧？就是在我们中国本土，拍出五万十万乃至更多的金钱“招标”，前去竞标的我的同胞，亦即我们中国的一流律师，想必也一定不会在少数吧？

那将会怎样呢？我原本做好了充分的心理准备和精神准备，打算与一名韩国女人对辩公堂，而结果却是与我的同胞们唇枪舌剑起来的话，我想我肯定又会困惑至极，迷惘至极、不知所措至极的。

倘100多位曾下跪在那韩国女人面前的我的同胞们，异口同声地做证，他们的老板，已然向他们“表示”了“歉意”，而他们对此又十分满意，我将在我们中国的法庭上，面对我们中国的法官们，陷于何种尴尬无援的孤家寡人的境地呢？似乎也只有向那韩国女人赔礼道歉，给予名义方面的精神损失之补偿吧？

那么一来，我的下场，不是将比那被“开除没商量”的青年工长更不如么？

倘那韩国女人再出一大笔钱，全国许多报纸，包括电台和电视台，一定会对作家梁晓声因侮辱他人之人格罪而败诉给一个韩国女人的新闻大加报道吧？那么全国许许多多的二流三流报纸，一个时期又将多了足可炒卖的花边新闻之“热点”吧？

我想，那韩国女人驾驭100多位受她严重侮辱的我的同胞，转而站在她的立场上，按照她的指示做证，也许非是什么难事吧？她背依的是一家公司，钱是大大地有的。她只要答应每月给我的同胞们增加十几元工资，他们就会心甘情愿地对我“反戈一击”吧？

而当地政府若参与对我联合起诉，指控我干扰了地方“改革开放，吸引外资”的大好形势，我不是罪加一等，有口难辩，有理难胜，真真地自找没趣，如同小丑一个了吗？

想到这些，我竟不免万般地替自己感到庆幸了！

我的此一篇文章，其实只不过是对我的前一篇文章的祭悼啊！

跪已成为事件，事件已成为小事一桩。并且，不是已被悄悄地“妥善”处理了吗？那么我的伤心，岂非实在是太自作多情，枉自冲动，白白地浪费情绪了吗？

只不过还常常无端地念及那当时唯一没有跪下，却被开除了的青年工长的去踪。也不知他现在的境况如何？是否后悔自己当时没有和自己的100多位同胞一样，索性双膝一软，一块儿随着跪下去……

我衷心地祈祝他目前并非处在失业的不幸状况之下。

三、弄潮儿与蛮干者并存的中国

（一）弄潮儿与蛮干者

改革不唯是人改造时代的举动，亦是时代改造人的措施。对时代而言，人其实只分为四类——推动它的、顺应它的、抗拒它的或被它甩弃的。推动它的不仅有普罗米修斯，而且有“威尼斯商人”——他们是时代巨乘的两排轮子，时代从来不是独轨列车。

结束旧时代的是英雄，抗拒新时代的是疯子，置身于二者之间的是理想主义者。时代派生出英雄和疯子的数量大致相等，而理想主义者的数量从不曾超过前两者的总和。

理想主义者是这样一些人——他们赞美玫瑰却道：“倘无刺多好！”理想主义者是任何时代都曾有过的仅供欣赏的副产品。

被时代所甩弃的常常是将自己完全典当给了昨天，并且彻底丧失了赎回自己愿望的人。时代甩弃他们如同旅者毫不犹豫地丢掉穿烂了的鞋。

恰恰相反，任何一个时代都无法甩弃那些懂得最充分地利用它的人——哪怕他们是些极其贪婪的人。牛尾甩得再频繁也驱赶不尽企图叮住它噬血的牛蝇。

改革不是集体春游或观光，其过程中乐趣必然少于浮躁。

于动物界，未来将在许多方面与过去相同。千年前的蜂巢与今天的蜂巢构筑得同样完美，千年后的蜜蜂也许还要构筑同样的六边形。而于人类，未来将在许多方面与过去不同。尽管人的寿命比蜜蜂的寿命要长久许多倍，但人绝不甘心连续三代构筑同样的东西。所以人有历史，而蜜蜂只有传统。

在时代和时代之间，我们看到一批又一批被转折的骤力夹扁了的身躯。

愿未来的人们研究这样的“标本”时，发现可归类于我的同代人的，比我今天预测的要少。

鲸的巨大身躯直竖于海面，然后猛烈地拍击下去，这一壮观的情形酷似时代的转折，于是某些吸附生物无着无落，甚至肢残甲碎。

之后鲸泅向更广阔的海域。

故此篇是为你作，是为他作，是为她作，是为己作，是为我们大家作的一次反省。

人：给我公平！

时代：那是什么？

人：和别人一样的一切！

时代：你曾和哪些“别人”一样？

寒冷。

疏星冻在天。枭鸟僵于树。前无村，后无店。公路两旁的原野，屏息敛气地寂静着。严寒酷冷在寂静中企图将从天到地之间的一切冻脆。那些树的秃枝像世界被剥了皮的裸露的神经，并且是被冻死了印在夜的凛冽的底片上。那只枭鸟仿佛已在树上僵栖一万年了，一万年里不曾舒过脚爪，也不曾发过一声枭叫，一万年里绿眼圆睁。

“吴振海，老子捅了你！”

“别乱来！别……”

“你他妈的放开我！我今天非捅了他不可！……”

人的激吼声充满绝望。

猫头鹰俯瞰，绿眼闪烁着幸灾乐祸。

西北风啸过，仿佛有一队士兵整齐地吹了一阵口哨。

树皮冻裂之响可闻。

世界的神经瑟抖不止。

北方冬季最寒冷的那一夜并不曾使多少人感受到，也不曾使多少人留下特殊的记忆，那一时刻你、我、他、她都在拥被酣睡。严寒在夜里仅对极少数人和动物构成威胁。

那一年是 1998 年。哈双（哈尔滨—双鸭山）公路上，两辆超期服役并且分明超载的卡车，趴窝在公路边上。车厢内装的是煤。这是一次“倒煤”行动。也是一次“倒霉”行动。一路行行复停停，停停复行行，不断受到盘查、罚款、敲竹杠。

因为“倒煤”而“倒霉”的男人中的一个，高，瘦，长脸缺乏立体感，脸上的线条似速描般随意，没有任何特点，因而仿佛便有了某种特点。唯一能给人留下较深印象的是那双眼睛，因它们的细小而使那张脸显得五官疏散。寻常它们总是闪烁着热情的、自信的、有时甚至是令人怀疑的自负的目光，当它们静望着你的时候，仿佛在对你请求——快告诉我一些新鲜的事情吧！告诉我和我一样年龄的别人们都在怎么活？指给我一条发财的途径，或者成名之路吧！我不会忘记你的指点之恩的……

而当时他们——那一个因为“倒煤”而“倒霉”的男人的眼里——充满了沮丧和焦急，还有从心底燃烧上来的一股无名火。你如果想象得出一头熊在舔了大量芥末之后的样子，便不难想象他当时是什么样子。当然是熊，不是猴子、豹或者狮虎。猴子在受到辛辣的刺激之后，比人脸所能做出的表情还要丰富并且夸张，而猛兽在同样的情况之下无疑将会暴跳和咆哮；只有熊，你不大容易看得出它刚刚舔了芥末还是蜂蜜，熊在最快感的时候和在最狼狈的时候，所做出的外在表现都不过不停歇地在原地绕圈子。

他已经不知围着两辆卡车绕了多少圈了——问题出在两个小小的部件上，大概相当于自行车气门芯那一类的部件。此时，由于严寒，卡车根本发动不起来了。

两名司机是他雇的，而车是他另租的。俩司机不停地骂骂咧咧，其中一名司机高高在上瞪着他来气，推开车门对他吼：

“你他妈的瞎绕晃什么呀？！”

他望望对方，什么都没说，掏了烟敬给对方，并且替对方划火柴。

他明白，现在他连围着卡车绕圈子也是被禁止的了。尽管绕也白绕，但不绕他更想骂人。

他的目光流露出几分乞怜，受了委屈的熊常以那么一种目光望着驯兽师。

这个人很能忍。十分能忍。非常能忍。只要他认为是必须忍的，那么一切屈辱、一切不公、一切尴尬、一切苦辣酸麻，两片薄薄的嘴唇抿住，便全忍了。起码当年他是这样的。

他心里弥漫着悲哀。春节前的这一天，他特别想念儿子，他总想活出个样来给他的儿子看。而儿子被白血病夺去生命的时候，是他比现在更落魄的时候……

终于天渐亮了。终于有朝哈尔滨方向开去的车辆——第一辆，没拦住；第二辆，没拦；第三辆，还没拦住，给钱也没用。从双鸭山朝哈尔滨开去的车，只要是辆车，没有还能再挤下一个人的。他已经冻得半死，两名司机不忍再袖手旁观，和他一起拦住了一辆从哈尔滨开向双鸭山的卡车，卡车上载的是冻肉。他塞给对方 20 元钱，对方正欲发作的表情平复了下来——“上车吧。”

“师傅，多谢！”

“甭谢。后边去！前边路上还等着个熟人哪！”

冻得半活半死的他，被两名司机又托又举弄上了别人的卡车，缩在满车冻肉的缝隙间。

在双鸭山，他凭一张站台票混上了火车。到哈尔滨，他马不停蹄四处奔波买两个小小的汽车部件。买到后没回家喝一口水，又凭一张站台票混上了返往双鸭山的火车。下了火车又付出 20 元，坐在另一辆卡车的车厢里。所不同的是，这一辆卡车也是“倒煤”的，不过不像他那么倒霉罢了。西北风卷着雪，卷着煤屑，一阵阵扫荡着他的脸。

10 年后他对我说，在别人的煤车上他曾失声痛哭，像一个被父母抛弃的孤儿……

他是我的中学同学，名字叫吴振海。

他和我的经历截然不同。1968 年，我作为学校的第二批志愿者下乡了；他因是长子，父亲去世，照顾留城，所以他和我们这一代人中的大多数“分道扬镳”了。他是“上山下乡”运动的一条“漏网之鱼”。这是一种侥幸，但于他谈不上“福星高照”。他是最底层市民的儿子，他是在大杂院里长大的孩子，无红烟护其左，无紫光罩其右。城市并不因他侥幸留在它身边了，便怎样地青睐于他。城市恩赐给他一份工作——每月 18 元，从学徒工干起。3 年后他每月可以挣到 32 元，以后他将照例被城市归入工人阶级的行列。这意味着当他退休那一年，他也许可以挣到每月八十几元钱。那是工人所能企望的最高工资——八级工的工资，相当于当干部的人当到了科长级，前提是他如果被认为是一名好工人的话。他显然不打算以过来的人们为榜样，便不可能被认为是一名好工人。结果是到了 1981 年，他已不再是工人队伍中的一员，用我们当年常说的话是——没有了“正式”工作。

正式工作——最典型的中国话。在当年，一个没有正式工作的中国人，即使头脑再聪明，身体再健壮，也仿佛不能作为一个资格完备的最起码的人。几乎没有一对中国父母，心甘情愿同意自己的女儿嫁给一个没有正式工作的男人。今天的姑娘们择偶的条件之一是身高一米七以上，一米七以下的男人据说被她们戏称为“半残废”。当年，一个没有正式工作的男人，也等于是一个半残废的男人，岂止是半残废而已！

“这个人没有正式工作”——此话包含了许多意会胜过言传的内容。没有正式工作的人才和没有正式工作的人交往，有正式工作的人大抵是不屑于和没有正式工作的人交往的，没有正式工作的女人才肯嫁给没有正式工作的男人。没有正式工作如同没有“红色”的成分。没有正式工作的人，在城市的社会坐标系上，首先是“人下人”，其次才是“好人”或“坏人”。一个没有正式工作的人，无论男女，希望被公认为是一个好人，如同一只鸭子希望被欣赏。而正式工作 = 国营企事业单位≈大集体企事业单位。这一点犹如社会约定俗成的“上等”和“中等”公民徽章，佩戴上了这一徽章，才有资格享受社会的种种“优越”——房子、劳动保障、公费医疗等等。

当年中国在归类学方面的经验是足可以笑傲世界的。我们的先人曾说过“三百六十行，行行出状元”，新中国成立以来的同胞发现自己并非面对那么多种可选择的职业，甚至缩小十倍——言“三十六行”也还绰绰有余。小学教师无一例外地在课堂上讲解——“三百六十行是一种夸张的比喻……”而与此同时，在世界上尤其在某些发达国家，现代人却面临着职业分工越来越细密、越来越丰富的选择犹豫和困惑，一个外国人在其一生中可能变更数种职业。而在改革开放前的中国，你若面对着一个调动过工作的人，则不禁地会对他刮目相看。因为那意味着他“很有门路”并且“很有能耐”，大概非是一个“等闲之辈”。

中国之传统经济体制，以它的理论的概念化、教条化、与全世界经济发展大趋势亦即世界市场化的悖逆性，以它的实践的简单化、意志化，令富有理解力的当代经济学家挠顶困惑。

这一种情形持续到20世纪70年代的最末一年和80年代的最初一年。在北京，在上海，在天津，在哈尔滨，在中国许多大城市，东西南北中，我们看到了一幕幕具有悲怆意味的都市话剧演出，埋下了“黑色幽默”式的伏笔——工作！工作！！工作！！！国营！国营！！国营！！！正式！正式！！正式！！！

共和国的长子、长女们，终于结束了长达10年之久的“洗礼”——“接受再教育”。他们一个个疲惫不堪，一无所有地回到了城市。当年在每一座城市里，你都会从他们脸上那种特殊的表情和那种特殊的背影上，将他们从人群之中一眼分辨出来。

怎么？出生以后挨饿，上学的时候“革命”，该工作的时候下乡，如今三十大几了，姑娘不算姑娘，媳妇不是媳妇，说年轻，早已没了小伙子的朝气；说老了，连有个家是哪一种体会都不知道。现如今连个工作都不给吗？当然要国营的！当然要正式的！不是国营的那还算是正式的吗？！

他们恓惶。城市也恓惶。它慌乱地安顿他们，但是没那么多国营的，没那么多正式的，不足以容纳下他们。还有几批没考上大学的呢！手心手背，难道不都是城市“母亲”的儿女吗？城市，你要一碗水端平！

怎么？——你们年纪轻轻，发扬点儿风格不成吗？

怎么？——你们当年“造反”有功，倒成了资本啦？

为了工作，城市的这一批儿女和那一批儿女互相嫌恶，仿佛都认为对方是多余的，仿佛都被对方严重地侵犯了最根本的利益。

吴振海当年冷眼旁观这一幕幕话剧——他有过正式工作，却主动放弃了。

工作，这件大事对每一个人来说，大到“悠悠万事，唯此为大”的地步。

没有谁教导这一点，现实生活使人明白了。

工作！工作！！工作！！！

国营！国营！！国营！！！

好的或较好的工作，任何一个年代总是有的。

于是，一代人的价值观念又被引导向传统的“隧道”，为了一份“国”字号的工作，为了这样一个单位的工作证，为了这样一个单位的一身工作服，那些遭它拒弃的我的同代人，究竟如何煞费苦心，究竟如何百折不挠，如何梦寐以求，又是如何各种手段无所不用其极不达目的死不罢休、死不瞑目，也就只有自己知晓了，个中酸楚岂堪言。

吴振海当年冷眼旁观这一幕幕话剧——他们的企图，他曾有过；他们的手段，他曾用过；他们梦寐以求的，他曾得到过；他们达到了目的之后那种由衷的欣喜和仿佛从此可以终生从容不迫的泰然无虑的安定感，他也曾体会过，也曾真的自我吮咂过那种慰藉，如同婴孩津津有味地吮咂自己的手指头一样。

但是他却毅然放弃了。

西方任重而道远的传教士到非洲去布道，说：“相信上帝吧，他将指引你们去天堂的路。”

黑人说：“不，我们连人间的路还没找到呢。”

而当他们相信了上帝以后，教廷却拿不出那么多钱为他们盖教堂，并且，以其上帝全权代理人的身份向他们宣布——上帝也是分成白色的和黑色的……

一代人中不能穿上国营某单位的工作服者——当年他们为数不少——感到又被戏耍了似的，正如相信了上帝的黑人不能心理平衡地接受他们只配吻非“正式”的十字架一样。

当有幸终于穿上工作服时，他们前面的人生道路已变得十分明确，也十分狭隘——副科长、科长、副处长、处长、副局长……

而穿上了的，在此后两三年内便穿腻了。他们开始煞费苦心地要脱下，其愿望之急迫和强烈一点儿也不亚于他们当初要穿上。他们开始关注本单位、本系统哪些办公室里又有谁退休了或即将退休，调走了或即将调走，病故了或即将病故，增添了或即将增添一个人……

人一旦迈上这一条路，便仿佛认为世界上原本只有这么一条路。

如果玩具对于儿童，仅是一样东西，那么儿童最经常、最活跃的冲动，只能是占有那样东西的冲动。如果在儿童中号召起类似“革命”的大行动，那么他们首先认定的“革命”对象当然只能是占有着那样东西的同伴。

在人的信仰和人的现实利益占有权之间架设桥梁，有如在教堂和国会之间铺展红地毯。人的价值观念取向的单一，无论精神的抑或物质的，对一个国家、一个民族、一代人而言，都是原始的存在。

（二）傻瓜，大傻瓜

倘当年促成吴振海和同代人之间的一次对话，结果只有一个——双方都认为对方是傻瓜。

1982 年，也就是在吴振海那次倒霉的“倒煤”行动之后，他出现在北京，出现在我面前。还有他的妻子，比我低一届的校友。他们要到北京来找有关部委准许他们挂靠成立一个什么公司。那是自 1968 年我下乡后第一次见到他。他风尘仆仆，面容疲惫，正发着 39℃的高烧。他找不到地方住，也许还为了省钱，当晚就住在我的单身宿舍，和他的妻子挤在我的单人床上。即使他一个人睡在上面也会使那张床显得太小。第二天我请他们夫妻在北影食堂吃了一顿早饭，无非馒头、咸菜、米粥。记得在他走前，我郑重地、语重心长地劝过他。

“振海，求求人情，走走后门，重新回到一个国营工厂去吧！”

“那又怎样？”

“一切从头开始，30 多岁，尚为时不晚，好好干……”

“那又怎样？”

“只要你真的好好干，领导眼睛不瞎的话，是会看到的……”

“我总在想——那又怎样？我想了十几年了。”

“你……”

我望着他，像望着一个不肯回头是岸的大龄“失足青年”，一个根本对不起母亲的儿子，一个根本不将“丈夫”和“父亲”的责任当成一回事儿的家伙。

我暗想——这个吴振海，不可救药，完了。

倘大气环境是不变的，天空与拼块地板何异？

倘时代是不变的，司马迁所作与织布女何异？

倘社会是不变的，度日与经年何异？

倘命运是不变的，人与蝼蚁何异？

无论任何人，当其作为人具有典型性的时候，归根结底，意味其“窃取”了时代的典型特征。乞乞科夫是沙俄时代农奴制产生的怪种，爱迪生是美国资本主义科技童年时代的儿子，雅科卡则是当代西方市场经济激烈竞争中的骄子。所以雅科卡才会说：“都是这个国家给了我这样的机会！”而伊索的不幸恰恰在于，时代不曾给予他渴望的自由。

10 年之后，我第二次见到吴振海时，他已是哈克森公司的董事长，是引进哈尔滨市第一笔外资的人。当我写此文时，哈克森已是一家综合开发的合资公司，在世界多个国家拥有 10 个子公司。

10 年中我只回过哈尔滨几次，每次行止匆匆，这是我每次不曾见到他的原因之一。原因之二，或者坦率地说更主要的原因，是那时我对中国第一代创办公司的人们，一向持一种极轻蔑的态度。爱默生曾说过：“那些咒骂商业的人将会看到，并且不得不承认，正是商业的规律改变了美国，摧毁了它的封建制，建立起一个美国。”非常惭愧，几年前，我仍属于“咒骂商业的人”中的一个。在我的那一本自白性的小册子《从复旦到北影》中，读者不难发现我振振有词而又偏激的言论。其中还谈到我在中央党校的一次“报告”。那之后有位女性读者给我写过一封信，论述了与我上面所引的爱默生的话大致相同的思想，友好地“批驳”了我对商业的敌意。这使我甚为恼怒，复函乏善，言辞咄咄，还用了几串“国骂”。斯年 1985 年或 1986 年。倒并非我狂妄自大到一点儿也经不起“批驳”的地步。何况于对方而言，根本谈不上什么“批驳”，不过是互相探讨而已。我之恼怒在于——当年我并没有看到公平的商业原则。老百姓自谋生路的愿望，当年仍被体制的玻璃隔在商业时代的外面，有如饥汉被拒在餐馆的门外。商业的原则如果是不平等的，除了使人憎恶，不可能获得别的态度。

基于以上对现实的看法——不管这一看法是否仍属偏激，它当年的确是我对现实的看法——我对大多数公司之类持很不屑的态度；对大多数老板，打定主意“老死不相往来”，不管是中学同学也罢，兵团战友也罢，昔日之友也罢。

是中学同学的一次全班性的聚会，促成了我和吴振海的见面。聚会需要场所，需要钱，于是大家想到了吴振海，我也想到了吴振海。在需要物质方面的支持和协助，尤其在需要钱的时候，我们会想起许多似乎早已遗忘了的人。承认这一点固然使我们很尴尬，但事实往往如此。

那一天，我和另外三名中学时代与他非常要好的同学去拜访他。他诚心诚意地、出手阔绰地请我们吃了一顿昂贵的晚餐。不但爽快答应包揽同学聚会的一切费用，而且高高兴兴地请我们到他家中叙谈。一谈我们竟没完没了，谈到凌晨3点钟！毕竟，当年同是贫家子，少小饥时分糠馍。他向我们讲述了10年来的经历。成功者的高级皮鞋，包装的乃是一双被坎坷之途所磨砺得伤痕累累的脚。他是我的同代人中第一批与国营单位毅然辞别的人——十几年前那无异于精神病者的毅然；他是我的同代人中第一批加入过“倒爷”行列的人，十几年前那需要有坚韧的心理承受能力，以抵御来自社会各方面的歧视、轻蔑和种种心理压迫；他是我的同代人中第一批办公司的人，办起来了，垮了，又办，又垮，还办——十几年前那是需要破釜沉舟、开弓没有回头箭的勇气的；他是我的同代人中第一批组建施工队的人，十几年前那是需要具有江湖老大的本领的；他是我的同代人中第一批搞房地产开发的人，在哈尔滨市乃至黑龙江省，他当然应被列为最早的“先驱者”之一。

跻身同代人中的“第一批”的行列，在经历了10年的类乎无名小子闯江湖的不服气、不认输、不撞南墙不回头，撞了南墙也不回头，仿佛非要把南墙撞个大窟窿的倔而坚的踉跄奋进之后，他成功了。是在第5个回合才成功的。贷款，盖楼，预售，以预售资金补充周转，再盖再售。这是当年霍英东在香港开发房地产业的谋略，也是10年前深圳、海南的第一批房地产开发者们的袭用经验。吴振海当然地应被视为第一批学深圳、学海南的哈尔滨人。这不啻一场人和时代所进行的赌博。他押上的是后半生和家庭的存亡。如果在这一回合他也输了，他将极可能是我的同代人中命运和下场都很悲惨的一个。也许可以这样说，是时代终于给了他一次做赢家的机会。否则，他不但不可能主办哈尔滨市第二十九中学三年级九班全体同学的聚会，也许连我们通知他参加，都不知该到哪儿去找他。

成功了的吴振海如是说：“是时代给了我这样的机会！”

诚哉斯言！尽管他还算不得是雅科卡式的传奇人物，但我的确感到，他和雅科卡一样，对时代满怀由衷的感激之情。

苏轼在《代侯公说项羽辞》中有言：“来而不可失者时也，蹈而不可失者机也。”

10 年里吴振海是一个时时刻刻伺机而动的人；10 年来他活着的态势时时刻刻犹如箭在弦上；10 年来他活得比许许多多同代人都累；10 年来许许多多同代人在似有似无中寻找悠闲，而这个吴振海在一无所有中寻找着冒险。

我们对时代稍加研究，便会发现时代原来具有这样的禀性：它一向只欣赏两类人——甘愿按照它的要求去活的人和违逆它的愿望并且最终成为胜利的挑战者的人。它因欣赏前者而奖赏他们，为的是使他们更符合它的要求，对它的权限更不敢越雷池半步。它对后者照例是不予奖赏的，非但不予，且每以惩剑悬其头顶。它欣赏他们大抵只在它确感需要他们的时候，亦即我们叫作“转折”的时候。这种时候他们的叛逆和挑战的勇气及其精神，是促它嬗变的催化剂和促它转折的推动力。正如蛇有时需将身体夹在树杈之间完成蜕皮一样。没有它的刀陛叛逆者和挑战者，一个时代是不能从它旧的躯壳之中摆脱出来获得新生的，为此它才慷慨地奖赏他们。这种奖赏往往是一次性的，是无比丰厚的。其后它不再赐惠于他们，因为它已经奖赏了他们至关重要的千载难逢的时机，而且一并加上了明天。事实也正如此，那些在时代的转折关头把握住时机，并且由此获得成功的人，他们的成功将具有令人信心十足的延续性，因为他们乃是和一个新时代同时诞生的，而一个新时代的寿数，通常是按世纪来计算的。新时代需要它的推动者陪伴同行。至于那些曾被它欣赏过、青睐过甚至恩宠过的人，或者被它留在旧皮上，或者在它完成痛苦的转折的时候，分担它的痛苦并和它一起嬗变。它最不欣赏的也许是那样一些人——既不曾在昨天被它当作典范而重视，今天又对它的转折麻木不仁的人。它在今天不暗示给他们任何机会，它也不在明天留给他们什么。它对他们无辙亦无奈，正如他们对它也是那样。匪今斯今，亘古如兹！

我听着吴振海的讲述，望着他那张 20 多年后并未改变多少的我所熟悉的脸，头脑中飘飞着纷乱的思想絮片。我在心里对自己说：梁晓声你必须重新认识你这个中学同学。他身上生长着和你截然不同的鳞，你如果搞不明白这是为什么，又如何能认识现实？

我问："你当年究竟怎么想的？"

他反问："哪一时期的当年？"淡淡一笑，又说："今天以前对于我都是当年。"

我说："1982 年，你到北京，我劝你'改邪归正'的当年。"

他说："那也太便宜了吧？"

我又问："什么意思？"

他说："如果我当年听了你的规劝，现在又能怎样？一个中国人，如果从 20 岁起便将自己永久地、完全地交付给一个单位，到他退休，不过从单位那里得到十几万人民币，合两万多美金。我们的父兄辈不都是这么活过来的吗？可一个人最好的 40 年生命，难道真的就值两万多美金吗？换一种活法的可能性真的就没有吗？我们中国人都说活得很累，其实最累的是国家。精疲力竭的国家，终于不得不换一种存在方式了。所以不管是谁，不管情愿不情愿，都必须换一种活法了。"

我问："你从什么时候开始这么想的？"

他说："从我父亲病退那一年。干了一辈子，领着退休金病退了。其中 70% 的退休金还是出于对他的特殊照顾。可靠那每月 40 多块钱，我们一家六口怎么生活？我父亲那天一到家里就哭。我躲出家门，躲到一个别人看不见的地方，也哭了。我对自己发誓——将来我如果不能走一条和父亲不同的路，我根本就不活到退休那一年。"

他的林肯车将我送回家，我彻夜难眠。

闭上眼睛，我仍能忆起当年他家的情形：六口人窘居在两间小屋，里外间合起来不足 20 平方米。外间是厨房，搭了窄铺睡人，似乎便是他睡。他是长子，上有一姐，下有一弟一妹。幸而他的母亲是个很善于持家的女人，缓解了穷困对这样一个家庭的压迫。我清楚地记得当年他家厨房在哪个位置摆放碗橱，碗橱上放着怎样的一个糖罐。在他家学习的我，隔会儿便借口出去一次，为的是从那糖罐里抠一勺砂糖吃。学校组织春游，他带的饼被我一路吃掉了一半……

他是班里最早的团员之一，还是我的入团发展人。从初一到初三，他始终是班干部，也是班里最具凝聚力和号召力的同学之一。对弱小男女生，惯以

“保护人”自居。当年我们之间很要好。

他最大的“毛病”，便是他极其强烈的自我表现意识和自我证明意识，以及他那种凡事都积极到根本不顾别人对他会有何看法、有何想法的参与意识。他是我从中学时代到兵团、到大学、到社会所认识接触过的一切人中，自我表现和自我证明意识最突出的一个。尤其在我的同代人中，迄今为止，我没遇到过在以上方面像他那么愿望强烈的人。某些时代，某些活动，无论班级的抑或年级的、全校的，一开始可能并未将他列入“中心人物”的名单，不知怎么一来，他竟成了“中心人物”之一。他似乎总在以他的行为昭示别人——这件事怎么能少了我呢？那件事我不参与怎么行呢？仿佛别人行的，他都行；别人不行的，他也行。这难免会使他遭到非议、抨击。可他一向不在乎，一往无前。至于别人怎么想、怎么说、怎么看，他仿佛认为那是别人的自由，随别人的便好了。冬季里，刚上了几次滑冰课，他便开始学健将级运动员驰骋冰场的姿态，戴一顶滑冰帽，不顾惜耳朵和脸腮冻得通红，倒背双手，神气活现，屡屡摔倒却无窘色，亦无怯色。他爱打篮球，没进入校队，但极渴望代表学校参加正规比赛的机会。机会一经获得，横冲直撞地来“三步上篮”。犯规就犯规，被罚下场就罚下场，反正他体验了参加正规比赛那种刺激。在我的同代人中，这个吴振海，当年就是一个不合格的“标本”。我想当年的时代瞪着他，好比一只母鸡瞪着一只雏火鸡或者雏鸵鸟吧？

而我们传统的社会的综合教育，几乎可说是以限制人的自我表现、自我证明意识为己任的。溯望远久的中国历史链，可发现这一点在古典文化中尤其道貌岸然。《老子》中就一再地说些“自见者不明”之类的话，意谓谁自我表现了，就不可敬也不聪明了。《礼记·中庸》中说：“莫见乎隐，莫显乎微，故君子慎其独也。”意谓在最细小的事情方面，在独处无人的时候，也要行为规范不逾矩。做到怎样才算典范呢？“谓天盖高，不敢不局；谓地盖厚，不敢不脊。”意谓天是何等高，可是一个楷模人物站着不敢不弯腰曲背；地是何等厚，可是一个希望获得别人尊敬的人不敢不小步缓行。而老子则干脆沾沾自喜地说“吾有三宝”：“三日不敢为天下先。”

于是“文革”成了我们这一代人唯一普遍获准的可以理直气壮地表现自己、证明自己的一次机会。其表现方式是演习“革命”，其证明内容是“无限忠于”，其理论基础是“造反有理”。这是整整一代人心理能量的一次性的大释放大宣泄，它耗掉了作为每一个单独的人来说至少需用三分之一生命进行储备的那种自我表现的激情，同时严重挫伤了整整一代人将这种激情化为自我实现的冲动，此后他们只能听凭时代的摆布。其中某些人自我表现的种种努力，实质上体现为一种低级的本能，一种自我异化，一种自我安抚的虚幻的追求。所以，被这一代人的群体客观上遗弃在城市里的吴振海，20 多年中却不被城市简单而粗暴的“价值秩序”所降伏，甩头晃角地始终予以反抗，其自我表现、自我证明和实现自我的强烈欲望始终野心勃勃地保持着中学时代的原生态，使我不能不觉得简直是奇迹，使我无法不对此赞叹和赞赏。对于我的同代人，他具有极其特殊的鉴定价值和研究意义。起码证明了这样一点——在我的同代人中，原本是应该产生许许多多吴振海的。可是于今放眼看去，浮出社会水面的，十之七八乃大小官员。而社会终于不得不承认，前一个时代在这方面的“生育”是不够节制的。它不但使自己尴尬，而且使一代人尴尬。难道不是吗？政府部门要转变职能，机关单位要缩编，于是同代人中多少人迷惘、茫然、惶惶不知所措。有些人忙不迭地扑通扑通“下海”，但是已比吴振海们晚了 10 年甚至更长的时间。于人生而言，有时晚了 10 年其实意味着晚了一辈子。

西方的有识之士总是警告时代：让我们想方设法再减少一位官员吧！让我们的社会再多几位成功的商人吧！让我们鼓励更多的人成为纳税者吧！

难怪西方人总是骄傲地说——我是一个诚实的纳税者！

这样的话听来很像是在强调——我是国家的主人之一！

我的同代人中，本来应该有很多人到了40 多岁的时候，成为一个纳税者的，可是实际上大概每出 100 名官员，或者 1000 名、几千名官员，才能出不到一个纳税者。

在某大学，一位西方很有权威的社会学家兼经济学家曾问我：“你对你们这一代人究竟持何评价？”

我毫不迟疑地回答：“他们是中国当代社会的中坚。”

对方又问：“何以见得？”

“他们的存在，保持了时代的稳定。”

“那么也就是中国目前的样子？”

我不禁一怔，继而告诉他，同代人中多少多少当上了处长、局长等级别的干部。

他反问：“中国真的需要那么多大小官员吗？”

我反驳道：“我们中的大多数在做国家的主人！是共和国新一代的工人阶级！”

他笑了。

他归国后给我来了一封信，信中有这样一段：“一个国家，尤其一个人口众多的国家，若想在经济上迅速发展起来，社会成员的职业分工应是这样的——每1000人中，最多有10个官员就够了，其中包括既是某一方面专家又是官员的人；应有200名左右国家重点企业的工人；应有300名左右非国家性质的中小企业的工人；应有400名左右依靠个体职业能够丰衣足食的人；其他属于医生、律师、教育工作者；等等。”

他说，这是他这位对中国怀有友好感情的外国人给中国“献”的“策”云云。

我在地铁站见一个人随地吐痰被罚款，且被教育：“怎么一点儿主人公意识也没有？这地铁也是属于你的！”

那人佯装惊讶：“是吗？我从不知道我还有笔钱投在这儿。请问在什么地方可以把我那一股抽走？我们单位分房子还要预付6000元呢，我正好等钱用。”

我不禁回头看他，觉得好笑又笑不起来。原来事实上我们对这个国家从来不曾拥有过真正属于自己的股份。每一个人同它的关系，似乎更是一种抽象的诗意的精神关系，而非一种具体的物质的制约关系。显然，当农民感到，他流在某一片土地上的汗水于他是值得的时候；当工人感到，从车间运往市场的产品，每一批、每一类都隐印着自己的姓名的时候；当商店职员感到，所站守的那一柜台前生意兴隆或买卖冷清，不仅是尽职与否的问题而且是利益大小的问题的时候——只有在这样的时候，只有在这样的情况之下，农民才能从一片土地感受到自己是国家的主人，工人才能从一个工厂感受到自己是国家的主人，商店职员才能从一家商店感受到自己是国家的主人，人民才能从衣食相关的现实中感受到是国家的主人。

1992年我回过哈尔滨数次。

许多同代人总是问我："中国今后还会怎样？……"这句话的注脚是——今后我们哪些福利仍有保障？今后我们还将失去什么福利？

回望我们这一代走过的路，心中不免怆然。

吴振海及其公司的人们也总是问我："中国今后还会怎样？……"这句话的注脚是——今后我们还将拥有什么样的时机？

回想当年他在哈双公路上"倒煤"而且倒霉的情形，心中不禁肃然。

不少哈尔滨人的嫉妒属于一种恐惧，和那种想维护我们对某物的占有的欲望相一致。嫉妒使我们去考察疑惑中最微不足道的方面，并把它们作为焦虑的最不得了的根据。

不少同代人问：这公平吗？

我曾替吴振海回答：这很公平。安于现状的人不必忧患冒险者将承担的风险降临在自己头上，但是也永远没有资格获得冒险者才能理直气壮地获得的一切。如果非说不公平，那和昨天时代太褒奖我们、太歧弃吴振海们是一样的。时代仅能在一点上体现它的公平，那就是给人以普遍的机会。

有了一个哈克森，便有200多个哈尔滨人解决了就业问题，包括大学生和研究生，他们的福利待遇比国家单位的还要高。有人说——进哈克森那要凭关系！言外之意，仿佛是它的一条罪状。但是如果哈尔滨有100家、1000家这样的公司，在福利、待遇方面与哈克森竞争并且胜利了，进哈克森还要凭关系吗？

有了一个哈克森，只要它运作着，又将有何止千百人有了干活挣钱的机会？长久地没有这种机会社会将会怎样？

有了一个哈克森，至今已有近千户哈尔滨居民住上了楼房，如果一概等待政府解决，又将等待多久呢？

有了一个哈克森，去年春节前夕，十几名台商，包括一位台湾官员，才应邀来哈考察投资项目。

有了一个哈克森，一幢四星级饭店正在筹划兴建。北方的第二大城市连一幢四星级饭店都没有的话，是不能适应改革开放、大批吸引外商的新形势的。

今天的中国人恢复了寻找时机的本能，但时机注定不属于以下两种人：

一种人企望着某一天早晨醒来，时代像宠爱自己的阿姨一样，将自己轻轻抱起来，让自己骑在时代的颈上招摇过市；

一种人企望着某一天早晨醒来，以听来正当的什么名义，将原先和自己一样，而如今和自己不大一样的成功了的人打翻在地。

我的同代人啊，我的兄弟姐妹，愿你、我、他、她之中，第一种人少一些、再少一些，第二种人少一些、更少一些！

南方和北方都有一种草叫“节股草”。生命力极强，一节一节地生，一节一节地死，哪怕还有一节不死，它便活着，并且会一节一节地再生。我的同代人啊，我的兄弟姐妹，我们就是那“节股草”似的一代啊！如果说我们已失去了很多，那么我们所获得的，则是一种顽强的复苏能力和再生能力。一切附着于我们的浪漫色彩、传奇色彩、自甘的苦难和无奈的磨难，早已是往事。在我们40岁的这一年龄，我们除了依赖于自己的复苏能力和再生能力，还能依赖什么呢？让我们彼此呼唤起、鼓励起、策动起我们的这一种能力吧！

看哦，时代的巨鲸已将它沉思的头潜入世纪的“海”面，它那庞大身躯已然渐渐竖起，纪元的旭日正从明天的时空冉冉升起，照耀着那蓝灰色的庞大身躯，照耀着它竖起、竖起……

阵痛只不过是倾斜，是失重，并非那猛烈的拍击造成的真正的阵痛迫临。我们怵然，我们肃然。我的同代人哦，我的兄弟姐妹，让我们吸入足够的一口空气和一口勇气，准备做第二次人生拼搏吧！

（三）疯子

对犯了经济罪的人与流氓、歹徒、杀人犯、强奸犯、以恐怖行径危害社会的罪犯，我一向是持区别对待的态度的。而对于犯了经济罪的人，贪污、受贿、勒索、坑骗百姓钱财者，我尤憎的是坑骗百姓钱财者。

1. “英雄”从此逃亡海外

如果我不做如下说明，则就对读者、对社会，尤其对我家乡哈尔滨市的公检法部门，当然也包括对我自己的文字太不负责任了。

事实是主人公吴振海后来受到通缉逃亡国外，不知所去。

对于我这位中学同学目前的结局，我此刻写下“逃亡”二字的心情是很不好受的。然而“逃亡”二字又是最正确的，唯一正确的。

那一天上午，他打来电话要到我家见我。

我问他，在哪儿？

他说，已在北京。

问，何时来？

说，立刻来。

问，什么事？

说，非常严重的事。

但他上午没来。

中午，他的司机从哈尔滨打来电话，问我见到他没有。

我说还没见，说他是要到我家来的，但不知为什么还没来。

司机说：“公司出事了，被查封了。”

我诧异地问，为什么？因为前两天，黑龙江电视台还播了他与众多外商签署开发项目协议书的新闻，并有一位领导人物到场祝贺。而电视里的吴振海神采奕奕，侃侃而谈，比以往任何时候都踌躇满志。

司机说：“老板见了你，会亲口告诉你的。”

说完就把电话挂了。

我想了想，并没太往心里去。估计是经济纠纷。近年，在形形色色的经济纠纷中，某公司被起诉、某公司被查封早已是司空见惯之事。而且，当时往往被传得惊天动地，不久又风平浪静了。

下午三点多，另一位中学同学给我打电话，进一步证实了司机的话，嘱我千万不要再见他了。对方是为我好，知道我的性格弱点——于“情义”二字上，往往掰扯不清。

我说：“不是我见不见他的问题，是他要到我家里来呀。他一没杀人，二没放火，三没投毒，四没强奸妇女，不是恐怖分子，我也没见到什么通缉令，他若站在家门外了，我能不给他开门吗？能不许他进吗？”

那同学语重心长地说：“晓声啊，反正你可要心里有数。”

我又认真想了想，仍觉事情的性质不会太严重。我首先排除了他贩毒、贩军火或出卖国家机密、被收买为特务的可能，在此前提之下，我决定他来了我还是要见他的。

大约一年前，我曾陈书哈尔滨市的领导，指列吴振海优点、缺点各数条。缺点中诸如：好大喜功，强烈的表现欲，习惯于夸大其词，为了获得成功可能不择手段，等等。

这些缺点，在这个世界上，似乎只有我来批评、指出他才不生气。我陈书之目的，正在于使市领导对他有更透彻的了解，更好地驾驭他和他的公司，能使他少犯错误，不犯大错误，更不至于犯法，同时为我们共同的家乡哈尔滨市做更多贡献。

市领导在我的陈书上批语：难得一片诤言，读来令人感动。请吴振海同志阅后自己保留，依言谨慎自戒。

于是信转到了他手里。他果然并不生气，还请我和另两名中学时代非常要好的同学吃了一顿饭。

记得他当时说："钱财身外事，人生尚有二三知己，值得欣慰了。"

我又联想到，大约半年前，我代中学班主任向他求助，希望他能暂借一套房子给老师住。老师年纪大了，居室无厕所，十分不便。

他显出为难的样子，说他虽然是开发住宅的，但在图纸阶段都已定价售出了。

我说："那我不管。师恩不可忘。何况并非要，只不过是借。老师的家址，总归是要动迁的。我担保，以后还你就是。"

碍于我的情面，他答应了，但答应得很是勉强。此后一拖再拖，并不兑现承诺，也使我不再好意思督促他。

有一件事尤其使我生他的气。哈尔滨市作协主席林予，当年广受好评的《雁飞塞北》一书的作者，20 世纪 60 年代北大荒文学的创始人之一，是我的文学师长，也是我忘年交。哈尔滨市作协定级低，林予主席是正处级干部。按市里规定，处级以上干部才可以公款安装电话。一位市作协主席，家里没有电话成何体统？但林予老师受迫害多年，牢狱生活早已损害了他的健康。"文革"后其实没再发表多少文章，无稿费收入，经济状况拮据。若自费 5000 多元安装电话，对他是一笔大支出，一时是凑不足的。我让他放心安装，之后去找吴振海请求资助。为此我当面向吴振海提过二三次，并写过一封长信给他，向他指出，这样的善事义举，一家经济实力不弱的大公司，是一定要做的。我甚至曾建议他，每年从利润中拿出五万，设一项慈善基金，命秘书平时看报，一旦发现需要救助之人之事，及时寄些钱去。少则几百，多则几千，济世扶贫，何乐而不为呢？

他却只是笑笑。

后来我知道，连林予老师的电话安装费，他都没给报。答复人家说：财会有制度，没名目下账。

我拨长途电话将他骂了一通，因为他每每请人吃一顿饭就几千元的啊！而且常动员我这个最不愿做陪客的人为他做陪客！

在那之后我有相当长的一段时期不理他，见了面也很冷淡。

后来林予老师病重，我分两次请人捎回哈尔滨 5000 元钱。第二次的 3000 元捎回哈市时，林予老师恰在前一天去世。

获知他的公司被查封的消息时，我对他的气还没完全消呢。

半夜 12 点左右，电话骤响——是他打来的。见后知道是用手机打的。

问他在哪儿？

说在我单位的门口。

让他到我家里来。

他说太晚了，到家里不方便。

我只好穿上衣服去见他。正是冬季，夜里很冷。他在一辆出租车里。我刚一坐入，他即命司机开车。我仿佛被劫持到了他住的宾馆。究竟哪一家宾馆，到现在我也想不起来。

我问他："你究竟犯了什么罪？"

他大叫冤枉，说何罪之有！

又问他："把我带到这儿来干什么？"

他说，请我帮他写申诉材料。

我正希望细听端详，于是他说我记。他是信誓旦旦，我是半信半疑。

我说："吴振海，我不信对你采取的行动完全是打击报复。"

他说："等真相大白了你就信了。"

天亮后，他仓皇离开宾馆，说要避一避。

我说："既然你自恃清白，又避什么呢？大摇大摆回哈尔滨去，法庭上见分晓嘛！"

他说："好汉不吃眼前亏。"

我也得打的才能回家啊，可身上连一分钱都没有。

他掏出了一沓钱塞给我。

我板起脸说："振海你这是干什么？"

他大窘，连道："没别的意思，没别的意思……"

我从没见他那么失魂落魄过。

我从那沓钱中抽出一张，眼望着他坐的出租车从视野里消失。

那是我最后一次见到他。

我大约也是他在北京见到的最后一人。

当时我怎么也不会想到他从此逃亡国外。我以为，起码他对家人和亲人会承担起主要责任的。

后来他家被查封，弟弟、弟媳、妹妹、妹夫、姐姐、姐夫、女儿、女婿纷纷被传讯、拘审。

此后两年内，流言种种，他的案子也在流言中忽轻忽重。一个时期有人说，他的家人、亲人就要全释放了，吴振海也可以从国外回来了；一个时期又有人说，案子更大了，已通过国际刑警在缉拿他。

总之，两年内，他的家人和亲人中，几乎只有他老母亲是自由之身。

两年内我没回过哈尔滨市，但逢年过节，一定嘱别的同学们，千万代我去看看那老人家。对犯了经济罪的人与那些流氓、歹徒、杀人犯、强奸犯、以恐怖行径危害社会的罪犯，我一向是持区别对待的态度的。而对犯了经济罪的人，贪污、受贿、勒索、坑骗百姓钱财者，其中我尤憎的是坑骗百姓钱财者。我一直推想吴振海犯的肯定不是这方面的罪，推想他大概也不至于贪污、受贿和勒索。因为此前我一直以为，哈克森公司是属于他和他弟弟的"家族公司"，进而认为，他可能只犯两种罪——走私和行贿。

后来走私似乎也被排除了。

那么只剩下了行贿。

我又深知他的小气和抠门儿，心想他为了达到什么目的而行贿，数目也一定是很小的。

然而最近的事实是——他的弟弟已被判死缓，他的姐姐、姐夫、妹妹、妹夫被通缉，亲人作鸟兽散。

他整日形影相吊、孑然一身的老母亲，已经70多岁了。

我常常忆起，在他的公司迁往新落成的雄伟的哈克森大厦那一天，场面何其宏大，泱泱千人之众。后来甚至连马路上的许多过客，都混进去大快朵颐，白吃白喝。

那一天，他的老母亲，在他妹妹的搀扶之下，到处找我。找到了我，就和我避开热闹，蹲在走廊的一角儿，一人手里端一只小盘，只不过一边吃着几片瓜果，一边聊从前的往事。

如今我才明白，哈克森集团公司并非像人们以前所说是“吴氏兄弟的家族公司”，它在原始法权上仍姓“公”，因而也仍姓“共”。

如果这一点确凿，那么吴氏兄弟的罪名，当然也就不止行贿一条了。

对他弟弟的宣判，主要根据的是贪污和受贿的数目。

在吴振海和哈尔滨市的公检法之间，我似乎很难相信他本人的完全无辜和冤枉了。

但是我又真的常常惦念他的老母亲。

毕竟，那一直是一位好老人家啊！

大约在我写这篇文章的前一个月，吴振海的女儿突然出现在我家。她说来北京看病，向我借钱。

我问她需借多少？

她说出的数目使我大愕。

我怔了良久，才低声说：“女儿啊，叔叔非是大款，非是什么老板，非是当年的你父亲。我上有老，下有小，每月的工资条上只700多元，在哈尔滨的弟弟妹妹都下岗，生活都需周济。而我除了工资，额外的收入仅仅稿费罢了。我虽勤奋，但不善经营自己，属于多年低价的作家。你要借的数目把我吓着了！”

我给了她所要“借”的数目的五分之一。

面对以前有自己的跑车，有自己的住房，不需要工作而又奢侈惯了的这个年纪轻轻的晚辈，我不禁又说：“女儿啊，从现在起，你必须学会节俭度日。叔叔给你的钱，是叔叔爬格子所得的心血钱。这钱来得可不像你父亲过去的钱来得那般容易。你不要嫌少。今后到了急需钱的地步，还可以来找叔叔。叔叔不忌讳你是通缉犯的女儿。但是你得明白——你接到手里的这笔钱，能救助多少上不起学的穷孩子啊！叔叔此刻心里就是这样想的。如果叔叔知道你不节俭着花，叔叔今后不会再帮你渡难关了！”

我相信我和吴振海此生还会再见面的。但在什么情况之下见面，则很难想象了。有一点几乎是肯定的，在他的老母亲活着的时候，他大约不可能再见到她了。我想，我夏季若回哈市，主要的事之一，当是代他这个儿子去看望看望那位很好的老人家。

吴振海是我所熟悉的同代人中，更进一步说，是当年全班 54 名中学同学中，获得过最巨大的成功的人，也是和我曾有过亲密关系的人中第一个被通缉的人。雄伟的哈克森大厦已经易主。逃亡之前，他有次从国外回来，送给我妻子一条金项链，送给我儿子一个计算器。那是他第一次到我家。计算器还在，项链却已被我妻子丢了。我曾给他买过一套木刻八仙，价值比一条金项链还略贵些，它们还在他豪华气派的办公室的柜上摆着。八仙们并没能保佑他一帆风顺。我常想回哈市时将八仙们带回北京。我的作品《年轮》中的男主人公叫刘振兴，就是由吴振海的名字演化来的。吴振海当然没有刘振兴那么好，刘振兴身上寄托着我对某些平民儿子的理想和希望，那理想和希望也是最初我从吴振海身上似乎看到过的。吴振海一度实现了它，也最终破灭了它。他令我感到的遗憾也是相当巨大的。

2. 商业时代从我的亲情“领地”掳去的人

我和吴振海的关系大致可分为三个阶段。第一阶段是中学时期。呈现在我记忆底片上的色调永远是友好温馨的，尽管中学时代的他，绝非每个同学都喜欢的。事实上有些同学极不喜欢他，有的同学甚至很反感他，而我在班里是一个无人反感的同学。我和普通的男同学友好，和他之间的友情也就不奇怪。

第二阶段是 20 世纪 80 年代后期，他已是大老板，我已是小说家。他似乎格外尊敬我，但我知道他内心里其实是不大瞧得起小说家的。我想，可能任何一个人，无论扬扬得意到什么程度，总归还是希望这世界上有某一个人能多多少少地对自己拥有些批评资格的。这也许属于一种心理需要，会从另一侧面备感自己的社会存在的的确确是重要的。他的弟弟、姐姐、姐夫以及老母亲，对他来说，似乎都不能承担起如此特殊的角色。于是他选择了我这个他可以接受并且不至于使他感到羞辱的人扮演这种需要的角色。而我一度很愿意扮演这一角色，不觉得有什么不好，同时自己也获得一种满足。不是每个大公司的老板都随随便便地给予别人可以诤言批评和告诫自己的权利。也许我常替他扼腕叹息，恰因他曾给过我这种权利？

有几次他当着客人们介绍我时，竟搂着我的肩说："大作家！我中学最好的同学！全国著名！全世界也有名气！"

往往搞得我瞠目结舌，恨不得当众推开他，狠狠扇他一大嘴巴子，使他从此变成结巴，不再能那么顺口就胡说八道。

然而那时又是他较可爱的时候。

他可爱的时候往往是他真诚地表达与一个人友情深厚的时候。那时对他而言，夸大其词的程度恰恰和真诚的程度成正比。

他每次见面都必向我讨书。讨了去就摆入书架。永远也不会翻一下，但会指给别人看。

而另一些时候，往往是只有我们两个人的时候，他又常对我说："晓声，拉倒吧！别当作家了！整天写什么呀？给我当位副经理来吧！我保证你下半辈子生活幸福不就得了嘛！"

那时他这位大老板显出对一位作家的生活状态的极大的怜悯。

而这常常惹我暗自恼火。

我则反唇相讥："你弟弟振庆是经理，让我看振庆的眼色办事？"

他就会红了脸，接着自语："唉，振庆……振庆……你要是我弟弟就好了。你他妈怎么就不是我弟弟呢？"幸亏我不是他弟弟。果而是，我今天的下场不堪想象。

第三个阶段就是从他逃亡国外至今了。那些日子似乎将我们的关系一刀斩断了，斩断为"法"和"情"两半。我不可以不受法的制约而一味地重情义。我必须对法保持一个公民应有的敬畏。但我又没法儿对他在国内的亲人们的命运完全漠视，使"情义"二字在我这儿变得一钱不值。

他使我处于两难之境。

那些日子也仿佛将吴振海这个人剁为三截了。一截是他的中学时期，留给了我，留给了当年我们初三九班的54名同学，留给了我们的老师以及母校；一截记载着他从创业到发达、到逃亡的履历，留给了中国的商业时代，以及某些曾和他发生过极具金钱色彩的利益关系的人的回忆；第三截留给了我的家乡的公检法，毕竟因他的逃亡，案子还没画上最后的句号，它总归是要画上一个句号的。

而我常想，留给我的那一截，是否被我过分浓重地温情化了呢？也许不过是一些谁都经历过的片片断断的仿佛小猫小狗间的友爱，被我这个小说家太理想化、太诗化了。然而我又是那么不愿轻论留给我的这一截。因为我总感觉到我必须为自己保存某些哪怕是被自己理想化了、诗化了的东西。现实已不怎么可能向我提供这些东西，我只能从过去找到，并倍加看重。我没法儿不以仁义对待之。然而我又非常清楚，这仁义万不可延伸入第三个阶段；否则，我自己也将走向反面了。那么所谓仁义也就该站在被告席上而同时走向它的反面了。

如果某一天我真的见了他的面，不管是在什么情况之下，其实最想对他说的是：比起你不能尽一个儿子对高堂老母的义务这一事实，雄伟的哈克森大厦不过意味着一个靠高标号的水泥和金钱凝固在那儿的冷冰冰的梦罢了。那原本华丽的梦倒也是可以做得较长久的，是他自己在“夜游”的状态下撞了，撞到头破血流，不复能将梦再做下去。

由吴振海我想到了另一个人，他对我的人生起过大的作用和影响，在我是知青时给过我兄长般的呵护和关怀。他当年曾是那么真挚地勉励我成为作家，正如我曾企图以“商的至高境界即仁善”这种纯粹迂腐的理想主义的观点对吴振海施加作用和影响一样。区别在于那个人对我的影响在我身上体现着，而我企图施加于吴振海的影响，一丝一毫也没在他身上体现过。

关于这个人，我已在《十月》1997年第1期发表了一部中篇小说《又是中秋》，等于为他的人生历程立了一个简传，等于替我自己整理了一份“为了忘却的纪念”。

他是商业时代从我的亲情“领地”掳去的第二人。

他现仍关押在哈尔滨市。

我不知他能被判几年。

我密切关注着他的命运。

我并非没什么可写的了，才以我和他的关系做素材炮制一部小说赚稿费。恰恰相反，我的创作计划是早已排定了的，为按部就班地完成这一计划，我惜时如金。但是他的案子发生以后，我常感到我的身体又多了一种病似的。他这个人几乎每天都会浮现在我脑际，使我根本没法儿不去想他，而写另外的我虚构出来的人和故事。患病就得求医，或自疗。我的病非是医生所能诊断明白或开出有效药方的。自疗的方法就是靠了笔和稿纸，将如块垒般堵塞胸间的情绪、情结导引和泻泄于字里行间，一吐为快，以舒气息，以畅襟怀。仿佛不这样，便不能回归到起先的写作之中去了似的。如同被从自己的家里推出，而家门在身后关上了。而每每一吐为快，心态才能渐渐平定，才能继续起先的写作。

是的，这真是“为了忘却的纪念”啊！

我常扪心自问——我是否太自私了呢？

当然，对于《又是中秋》中的“老隋”，我内心也怀有不那么自私的善良的一厢情愿——将那一期《十月》寄回哈尔滨，求人转给负责“老隋”一案的司法人员，希望他们看了，感慨于以前他的事迹，而对现在的他尽可能地给予宽大处理。

由吴振海而“老隋”，进而联想到朱胜文。

朱胜文是我的北大荒知青战友。当年在兵团时我们就曾见过几面，彼此留下很好的印象。后来他在商学院获得了硕士学位，大约是中国恢复学位制后第一批学位获得者，并曾出国留学。继后分配到哈尔滨市经委，升至主任，再后来成为哈尔滨市常务副市长，主管工商企业界。

他能干，肯干，日夜操劳，全力以赴。如果单从他的工作热忱和工作业绩方面来评价的话，我认为他这位副市长是对得起哈尔滨市的。

在他初任副市长的那一年，我回哈尔滨看望老母亲，他曾嘱秘书与我联系，在市政府小食堂请我吃了一顿便饭。只我和他两个人。记得他曾对我说：“晓声，你清楚了，我也有过当作家的梦想啊！”

而我当时的回答是：“对于中国，能从我们这代人中产生几位市长，比多几名小说家有更实际的益处。”

我又真诚地对他说：“胜文，工人的儿子而成为市长，是中国老百姓的欣慰。可要多为咱们家乡的老百姓办些实事啊！”

他向我默默伸出一只手。

我握住他手，他注视着我说：“咱们都记住今天这个日子，今后互相多提醒，共勉！”

再以后我回哈尔滨，总要带几本我写的书给他。因为他不但要，而且认真读。我往往是将书放在收发室，请收发室工作人员转告他的秘书替他取。我不忍打断他的工作，侵占他的时间。

大约是1991年，我陪几位作家回哈尔滨参加冰雪节，他到住地去看我们，赠我们哈尔滨市经济发展概况画册，希望作家朋友们能常到哈尔滨做客，给作家们留下极深的印象。他走后，作家朋友们都对我说，想不到你的知青战友中还出了这么一位挑重担的副市长。

听说他老父亲生病住了院，我委托人给他捎去了几盒“851”营养液。

听说他因视网膜严重受损去上海治疗，我给他寄去了几盒中外古典音乐磁带，希望他能在养目之际听听，同时感受我对他的友情。

除了书，我只送过他这两样东西，正如那句老话说的，“礼轻情意重”。

我的弟弟、弟妹下岗，希望我出面求求他，帮助解决工作问题。

我没求他。

我想，哈尔滨市下岗的工人太多，我不可以利用我的特殊关系，给他添麻烦。

今年春节前，他因受贿被收审，这消息震得我呆若木鸡。

最初的传闻说数目很大——100多万。

后来的传闻又说其实没那么多。

然而有一点是确凿的，他的案子是由中纪委直接介入审理的大案。

我首先想的是应给他的家人打电话，在此时表示一种关心。

却没人敢告诉我他家的电话，都怕受嫌疑。

接着我想到了他的女儿，她在北京读大学。我想这姑娘一定承受不了如此突发的巨大的事件对她的刺激。我想了解到她在哪一所大学读书，去看望看望她，安慰安慰她。

但也没人愿告诉我。

中国人习惯了谨慎避嫌，习惯了划清界限，习惯了多一事不如少一事。

我知道的关于他的最新情况是，他双眼的视网膜已彻底脱落，完全失明了。

我还听说，他的大学母校，对他也予以极大的关注，表示愿意接收他回校任教，发挥一技之长。当然这只能在两种前提并存的情况之下方可考虑——法律对他免刑和他双目没失明。

第二个前提已经不存在了。

对一个在收审时期双目失明的人，法律究竟会怎样判处呢？

我向一些律师请教过，律师都说太特殊，尚无先例，也就都无可奉告。

据我所知，哈尔滨市的人们并不拍手称快、幸灾乐祸，普遍非常惋惜。

都说："唉，朱胜文太对不起咱们哈尔滨市人了！"

我这个哈尔滨市人，理解家乡人的话的深层意思是——他令人们失望的方面主要还不在于他受贿，而更在于他不应该自己将自己打倒了，使哈尔滨失去了一位能干又肯干的副市长。

他双眼失明是由于延误医治。第一次手术后，视力还没恢复正常，他就又开始工作了。为了工作，他一次次推迟住院手术。

他被收审的前两天，亲批十万元支持哈尔滨市作协主办的文学评奖活动。

那是他最后一次行使常务副市长的权力。

与他翻身落马同时，哈尔滨市道里区工商局局长王英文亦"东窗事发"，衫难遮"尾"。

王英文也是我的北大荒知青战友。我们曾同属一个团，当年他是团组织股干事，作为团政委亲自挂帅的工作组成员，曾在我的连队"蹲点"两个月之久。

那时我是男排一班长。他常召集班排长开会，学毛主席语录，"斗私批修"。他很能说话，每每说得兴奋，口吻就有几分盛气凌人、"谆谆教导"的意味了。我颇看不惯他那种"官不大，僚不小"的架势。记不太清有次究竟因为什么，我们当众发生了冲突，似乎是他指摘我班里一名战士装病，不出早操。而我顶撞他，认为他诽谤我的战士，也就是诽谤我，也就是诽谤一班。他说："轻伤不下火线。"我讲"官爱兵"的道理。他说："你还是官呢！班长算什么官？"我端起炉上的一盆热水要泼他，被人及时阻拦才没泼成。

我一直认为，对他个人而言，当年在我们连"蹲点"的最大收获，便是我们连女排的一班长后来成了他妻子。当年我们全连都对女排一班长持有良好印象。

我和他再见面已是20世纪80年代中期。他来北京，请当年的一些知青聚会。那时他已当了局长。他显得很高兴，喝了不少酒。

我某次回哈尔滨，也见过他一次，但完全记不得是在什么情况之下见的了。他对我倒不计前嫌，每次相见格外热情。我猜想，相当主要的因素，是由于我与朱胜文的特殊关系。

他的事发生，我倒一点儿也不感到惊讶。相信许多认识他的人，都不会感到惊讶。

我分明记得，曾有人对我说："他呀，'栽'不过是早一天晚一天的事儿。"

他的家被搜查那一天，人们用锤子到处乱砸装得豪华考究的墙壁。他家的马桶是几万元的那种，智能控制，有烘干功能。我想不通人为什么非要用那么昂贵的马桶，也想不通厂家有什么必要生产那么复杂的马桶。现在的中国人，虽然开始重视贫富贵贱之分了，但毕竟排便对谁都只不过是排便，无论多么讲究也够不上是仪式。就算真的讲究到接近仪式的地步，麻烦的还不是自己吗？

据说人们不但用了锤子，还用了镐头，像拆房似的。理由又是那么正当——抄寻赃款。

足见他这位前工商局局长，在位自迷的几年间，早已是积怨多多之人了。

不久前，家乡来的一位领导人物与我交谈中忽问："晓声，你的知青战友和朋友，怎么接二连三地'折戟沉沙'了啊？"

此话问得我发窘。

我红了脸回答："轮到我们这一代犯错误了。"

我也仅能如此作答而已。

是的，轮到我们这一代人犯错误——不，是轮到我们这一代人接二连三地犯罪了。

某类罪，要犯，先得有犯的条件和犯的资格，不是谁想犯就能犯的。比如贪污、受贿、以权谋私、权钱交易之类。

今天，在大批同代人面临下岗和第二次失业的严峻的人生考验同时，时代也出于需要，将我们中的极少数人推上了官位。

曾有30多岁的次代人不无牢骚地说："怎么你们知青这一代人官运亨通起来了？到处都会碰到你们这一代中在当官的人，通天达地似的，快压迫得我们喘不过气了。我们何时才能从你们这一代的阴影底下熬出头哇？"

我望着他那种像是开玩笑，其实挺认真的样子，不禁苦上心头。非为自己，而为总体的我们这一代人。

我告诉他，他的话与实际情况大有出入。首先，他应该明白，非是知青这一代人开始跻身中国的权力阶层了，乃是中国的中年人开始这样了。而这一般是时代的规律。古往今来，中老接替，历史一向如此，全世界一向如此。扫描国外的社会格局，权力阶层的平均年龄，大约比中国还要小十岁。时代迅进，事物更新，整个世界的权力阶层呈现越来越年轻化的趋势。倘他在仕途上有抱负，来日方长，大可不必因眼前的情形而苦闷。其次，由于他自己也在权力阶层，终日所见皆大官小官，仰而望之，重重叠叠，故才生出"山穷水尽疑无路"的惆怅。但是，只消十余年后，使他备感最直接压迫他的，也就是他所言"知青一代"中的顶头上司们，将整代地屈身而退，尽数随着某页历史翻过，旷出大片空白。那时他只不过40多岁，龙兮虎兮，大显作为，充分证明自己的才干和能力就是了。同时我向他指出，和他的知青出身的顶头上司们明攀暗比，那是很没志气，也很没出息的。他们不过是时代所临时物色的一批过渡者。他们的优势是人生经历，他们的劣势是知识结构。他们从人生经历中总结出人生的经验，这是后天所得，而知识结构的普遍落伍，却是先天的严重缺憾。人生的经验人人都可以从自己的人生中总结，有了这一种经验的益处是，善于较自如地行使权力，也善于较圆熟地服从权力。知识结构却只能从知识体系中搭建，它比人生经验是更来之不易的。一个人也许仅仅在一年内就总结出了数条宝贵的人生经验，但要在某一知识领域内学有所长，长有所用，需要几年甚至十几年的时间。而上一代人已不可能有这样的机会和这么充足的时间了。除了与人打交道上一代人可能是内行，除了在党政、社科、文化半高不低的那一层面上他们还能轻松胜任，英雄略有用武之地之外；在其他方面，上一代人注定了都是外行。而时代正朝着社会分工越来越专业化的进程快速发展。除了外交、公关和司法，所谓与人打交道的技巧和艺术性，将在许多方面越来越被种种更行之有效的规则所简化，所取代。上一代人的所长将越来越短，所短将越来越相形见绌。这一批过渡者好比是时代脚手架上的角色。大厦拔地而起的过程，脚手架上的情形是生动活跃的，但最后入住大厦的，岂是些脚手架上的角色？

最后我非常郑重地说：请你以后不要再当着我的面动辄便你们“知青这一代”如何如何，怎样怎样。这一代总体上目前仍是中国最值得同情的人。中国近千万下岗失业的人中，他们占十之六七，这是一个无可争辩的事实。一批科长、处长，一些副局级、局级干部，在“知青一代”中其实少到没有什么代表性可言。

明摆着我们这一代总体上是谁都压迫不着的。

3. “老三届”怎么了？

“老三届”这个名词产生于中国20世纪60年代，它是当年生活在中国城镇的绝大多数中学生的简称，同时，它也记录了使整个民族心痛的一段历史。

张狂自误的吴振海也罢，翻身落马的朱胜文也罢，企图重塑自我蹈入迷津不能自拔、最终身束法索的“老隋”也罢，家里安装上价值昂贵的最“现代”马桶的王英文也罢，共同组成的一种现象说明——的的确确，轮到我们这一代中某些有了最多、最直接的条件和机会与权、钱接触的人接二连三成为被告了。而他们中，尤其那些原本是普通劳动者的儿子，后来成为令人羡慕和钦佩的佼佼者，再后来忽一日锒铛入狱成为阶下囚的人，着实使我替他们感慨万端，叹息不已，并促我思考于斯。

时代对于他们，起初像“星探”，巡视的目光一旦落在他们身上，他们的命运就改变了，他们就超众了，他们就成官员了，成老板了。而这时赐给他们机会的“星探”变成了“樵夫”，提着利斧，巡弋于他们之间，一旦发现他们被虫所蛀，又会毫不留情地抡起利斧，顷刻将他们砍倒，使他们从此成为枯朽无用之物。

时代的性格就是这样。

一个渐趋法治化的时代的性格尤其就是这样。

它只能以这样的性格保持它的肌体健康。

而他们中那些原本是寻常百姓的儿子的人，对金钱的诱惑的抵御能力，竟显得那么薄脆，薄脆得仿佛是糖化玻璃。

诱惑的美丽的陷阱，常常密布于他们周遭。如靓女向他们媚笑飞吻，并信誓旦旦地保证——“原谅”自己一次其实没什么，只有天知地知，你知我知。

权钱的交易好比手淫，最难始于一而止于一。

所以我似乎常听身旁响起砍伐之声，响起“树木”倒地时枝丫折断之声。

环顾周围，我的“情感领地”中，已伐桩列列。

——算来，迄今有十三人被判刑矣！

而其中十一人，从前是寻常百姓之子。

如今又加上了四人。

这真的常使我触目惊心。

由此我又常联想到刘胡兰。

她问刽子手：“下一个是谁？”

答曰：“你！”

又问：“咋个死法？”

答曰：“和他们一样！”

我常做噩梦，梦中自己也那么问，得到同样的回答。

醒来惊出一身冷汗。于是庆幸自己这个寻常百姓的儿子，只不过是写小说的，不是什么处长、局长，不会有人来贿赂我。

我将我做过的噩梦写出在这儿，以警醒同代人中的处长、局长们。我不讳言，倘若手中也有权，也是那种可与钱进行交换的权，我不见得还有什么资格警醒别人了。但正因我不在权力阶层内，所谓“身在三界外，跃出五行中”，所以才不至于当局者迷，才觉得尤其有发出警醒之啸的义务啊！

我们这一代人中还能出几个主管工商政界的公认的常务副市长呢？

众所周知，哈尔滨市曾出过轰动一时的“飞驰大坑”案。

两亿多元一坑，无疑是一个金额高昂的坑。

此坑的创造者叫刘金彪，一个从海南流窜至哈尔滨的素质、层次皆很低的骗子。

在哈尔滨举行亚冬运动会期间，他向运动会捐款4000万。于是各路媒体热烈报道，被视为“中国大亨”。当然他的钱是从银行骗出来的。一次性捐款4000万，目的是制造声势，再从银行骗出更多的钱。

这骗子曾被国外评为中国“十大首富”，且名列第三。

某日家乡来客，专程请我回哈尔滨为这刘金彪写一本自传。

我说："不。"

于是对方从提包里取出份报纸，指着说："你不要怀疑，国外都承认他是中国第三位大亨了。"

我说："不。"

"那你还是怀疑了？"

我说："我不怀疑，但不怀疑也不。"

"如果，不愿替他写自传，以他的经历为素材，编一部几十集的电视剧怎么样？"

我说："不怎么样。"

"他可以预付一部分稿费，甚至可以付美元。"

我说："这种承诺别人也曾对我表示过，但我只按自己的计划写自己想写的东西。"

我想，他们未必真是秉承了骗子刘金彪之意来说服我的。他们那时当然更不可能看清刘金彪是骗子，正如我当时并不怀疑他是"中国排位第三"的"大亨"。事情倒可能是这么精心策划的——先说服我，我答应了，在一份什么合同上签了字，他们再拿着合同去游说刘"大亨"。而只要那刘"大亨"一高兴，拍出几万元，他们的策划不就成功了吗？他们的好处不就大大的了吗？凭他们的三寸不烂之舌，他们似乎会稳操胜券。

这些个大小骗子之所以能在我们的时代如鱼得水，再三得逞，与他们这类人比比皆是的存在不无关系。

如果我当时动心，并且真的编出一部几十集的电视剧全国到处播映着，我又将怎么给全社会一个交代呢？

我恐怕也要经常不断地警醒自己，才不至于忽一日面临和他们一样的"死法"，而终生自悔自恨啊！

商业时代从无序到有序的过渡阶段，乃是"利益"二字最为亢奋的"发情期"。就好比十六七岁的花季是人必经的青春躁动期。这一阶段，金钱发出更加骚态的荷尔蒙气味。每一项强制商业纳入规范的法规的出台，都预示着要钻时代的空子更难了，人对金钱的贪婪目的之实现更不容易了。受到这种预示的刺激，形形色色的人们之间的利益关系，开展得更加频繁，建立得更加纯粹，交换得更加急迫而且更加赤裸裸了。许多人都企图在进入有序之门之前，用快捷又简易的方式，再从无序的天桥上趁最后的混乱获得最后一大笔金钱。哪怕手段是卑鄙的，发的是不义之财也无所顾忌。于是，每个人受到的诱惑都空前地多起来了，大起来了。每个人都有可能足立陷阱边缘而利令智昏，而轻举妄动，而浑然不觉人生险象近在咫尺。

故此篇同样是为你作，是为他作，是为她作，是为己作，是为我们大家而作。

听，一个冷峻的声音仿佛又在问：

“下一个是谁？”

听，时代“樵夫”的利斧，是不是又挥起了风声？

四、国人辩论的表情

我不喜欢辩论的场面，很少因辩论的场面而激动。当然，指的是中国式的，并且是电视节目上的——我也没经历过外国的辩论场面啊。

看久了，便留意到一种现象——有那辩论者，在对方发言时，表情，不，也可以说是神经太过紧绷。给我的印象是他并非以这样一种态度来听——这可是在讨论国计民生，谁都有调查研究和思考得不全面的方面，所谓“智者千虑，必有一失”，或许对方的观点中，也有合理之成分，对我的观点形成补充的价值，那么我可吸收进来，以纠正我之观点的偏颇甚至偏激，使我的考虑更全面些；而大抵是相反的表情——我即“智者”，“智者”的观点是绝对正确的。于是对方在他或她看来，似乎是目光短浅的“愚者”无疑。他认真地听对方的每一句话，仿佛只为一件事——轮到自己开口时，抓住一点，不计其余，一心要将对方驳输辩倒，于是大获全胜。

在我这个电视机前的观众看来，每一场辩论中每一位辩者的思考，其实几乎都有不全面之点。双方的观点组合起来，往往才较为全面。不消说，这也是节目的初衷和主旨。

但我还是希望从辩者口中听到这样的话：“对方刚才的观点，我觉得也并不是完全没有道理……”

却很少从辩者口中听到。

倒是从某些现场发言的观众口中听到过。他们手中的牌子，往往既为同一辩者举起“赞成”的一面，也会随即举起“反对”的一面。很明显，对于他们，哪一方都不是肯定代表正确的一方，也不是肯定错误的一方。“兼听则明，偏信则暗”这句古话，在他们身上有良好的体现，于是反倒显出听的智性来。而有的辩者，在对方辩者发言时，听得很不耐烦，缺少的也正是那种听的智性。

于是我联想到，自己也与某些外国朋友辩论过关于中国或世界的某事——我说时，他们自然听得认真。往往，刚才彼此的观点还很对立，我一说完，他们居然会紧接着说：“你这种看法，我认为也有对的方面……”

后来我就悟出了听别人的观点也要有点儿悟性的道理，受益匪浅。

“你这种看法，我认为也有对的方面……”我觉得我们的同胞太缺少此种听的态度了。于是在听别人阐述他们的观点时，就会呈现出不屑的表情。

我又联想到“五四”时期，那是一个“大辩论”的时代。当时也没留下现场辩言（录音机在中国还是稀奇物），但留下的辩文却有许多。辩文比于现场辩言，毫无疑问是思考得更为成熟的。即使如此，我们今人读后，仍只能从双方辩文的结合中，形成对当时年代某种思想分歧乃至对立较为全面的认识、理解；否则不能。

比如所谓“国防文学”与“大众文学”之争，很难说哪种观点特正确，而哪种观点错到家了；比如所谓“直译”与“意译”之争；比如“白话文”与“文言文”的审美价值之争；比如“教育救国”“科学救国”“实业救国”“革命救国”等主张，在当年都是为了救国，都有对的道理。不论持哪一种主张的人都难以将另一种主张一棒子打死。

还联想到了“文革”中“红卫兵”“造反派”们的“大辩论”——那既不是“辩”，也不是“论”，只不过是一味地“驳”。一味地“驳”与“辩论”之不同在于——后者也要客观评说他人观点的得失，有得说得，有失言失；而前者仅激烈评说他人观点的失，对于他人观点的合理部分，往往只字不提，或因根本没听，或因明明听到了也装作没听到。

那种对他人观点一味驳的态度，依我看来，在中国已是积陋成习，体现于许多方面。

在官场——不少大官那样。他们根本听不进下级官员与自己的主张不尽相同的观点。若竟相反，简直还视为“犯上”，就算是当场没驳，内心里已将相反的观点一棒子打死了。

在学校——不论小学中学高中还是大学，若是讨论课，老师们太听不进学生与自己观点相反的看法了。老师们的思维逻辑往往是——我要使你记住的是教材所要求的观点，教材会错吗？教材不会错的，老师便也不会错。教材“规定”这篇课文要分三段，你为什么偏觉得分四段也可以呢？教材说这篇课文的中心思想是这样的，你为什么偏偏读出了那样的思想呢？尤其在大学里，老师指导学生完成论文时，师生之间发生歧见的时候是不少的。一般而言，老师的知识积累毕竟广一些，思考也肯定比学生全面一些。却也有些时候，学生的观点并非完全没有一点儿合理性，只不过与老师的观点部分相反。结果会怎样呢？当然是学生放弃自己的观点，因为老师对学生观点的“驳”，大抵也是以胜为快的。说来惭愧，我自己初做导师时，也曾那般过的，而学生固执己见，我还抱怨学生“脑子不开窍”——后来答辩时，有别的老师对该学生的观点予以肯定。我自以为见多识广，但老师中知识比我丰富、看问题比我全面、具有听的智性者太多了呀。我当时是暗不服气的，后来看书，方知片面的不是别人，而是我自己，于是始不敢认为自己思想肯定正确，看问题肯定全面，即使在与学生讨论问题时。

在单位，同一件事，因为各部门的人所处的部门立场不同，利益不同，歧见发生更是司空见惯。

总而言之，我时常觉得，这类那类歧见弥漫于我们的社会，而许多同胞习惯于认为——错了的当然是别人。

别人为什么错呢？

因为别人的观点与自己的不同。

若别人的观点与自己的观点不但相反而且对立，那么别人百分之百错了，一点儿对的地方也没有的。即使明明觉得确有对的方面，态度上往往也要违心地强硬。

这样的人，还有救，因为毕竟听出了别人的观点也有对的成分。

不可救药的，也可以说可怕者是——那种半点儿不同的声音也听不进耳，一向地认为自己一贯正确，凡与自己观点不同之人，都是持错误观点的人和坚持错误观点的人。而正是这种人，又一向认为别人不可救药，错得可怕。

这样的人若为官，更可怕。

若多了，委实也是中国之悲哀。

而一种现象乃是——在官民歧见中，觉得民全错、自己全对的官是不少的。

“我不同意你的观点，但我誓死捍卫你说话的权利。”——这句话因为是名人的名言，被国人引用的次数已极多了。

这是社会的进步，也是国人的进步。

但我还希望经常听到这样的话，尤其在国人与国人进行辩论时：“尽管我们是辩论双方，但我仍要说，你刚才的话有一定的合理性……”

若还说：“感谢你促使我能将我们辩论的问题思考得更全面些……”那就更是我的希望了。

到了那一天，多好啊！

证明社会有进步了，而国人也又进步了。

第五章

腾飞的时代

硕果累累，让世界为之瞩目

一、俯瞰商业时代

世界的历史始终是一个人如何寻找面包和黄油的记载。

——洛思《人类的历史》

1. 红盖头，“新娘子”

红盖头已然由自己的手替“新娘”掀去了。它还拿在自己手里。自己一时间愕异地瞪着那张浓妆艳抹的脸——“她”的漂亮显而易见地超出了自己的企盼和想象。“她”诱惑意味十足地向自己媚笑着。分明地，“她”极其性感，称得上是一个勾魂摄魄的美人儿……

但——“她”的漂亮又似乎那么妖冶，使自己不禁地对“她”的品德究竟怎样产生大的怀疑。何况此前，也就是在“她”没被娶进家门的时候，对“她”的那些风流韵事，自己早就耳闻多多了。于是凝视“粉面桃腮”“花容月貌”，一切怀疑仿佛便都非是无根据的了。事实上“她”也的确够虚荣，够放荡的，水性杨花而且势利眼，而且还是个彻底的拜金主义者。将“她”调教成贤妻良母，明摆着需要一个相当长的“过渡时期”，需要充满了矛盾、争吵和冲突的“磨合阶段”，需要高超的驾驭“她”的能力和心理承受方面的实力。有时甚至需要取悦于“她”。为了最终达到能够驾驭“她”调教“她”成为可敬的贤妻良母的目的，也需要放弃许多以前的原则，改变许多以前的思想方法。哪怕在以前看来那都是足可引为自豪的，足可流芳百世的好原则好思想的典范。

于是“她”的诱惑显出邪狞来……

于是“她”的笑靥在自己看来伪若妩媚的陷阱……

性感自然便性欲旺盛。性欲旺盛自然便也会刺激和鼓舞起自己的性能力……

后悔了吗？不！

谁会面对一个风情百种正值芳龄的妇人而后悔不该娶了“她”呢？

只不过在以下几方面实在是没多大把握——自己真的驾驭得了“她”么？真的管束得住“她”那放荡的不贞不专的性情么？真的能靠其实并不丰厚的家业笼络住“她”那颗贪图荣华嫌贫爱富的心么？真的可以指望“她”和自己组建成一个和睦的家庭举案齐眉白头到老么？真的可以指望“她”以身作则教诲出有作为有教养的下一代和下几代么？倘驾驭不了“她”管束不住“她”笼络不住“她”可如何是好呢？“她”肚子里是不是已经暗怀着别人们的“杂种”了呢？一旦生出些完全不像自己，一长大就离家出走，从此忘家弃父背祖对家对父对祖丝毫也没有责任感义务感和起码亲情的不肖子孙，自己将会落得个什么样的下场呢？……

我凝视商业时代，常感到中国和它的关系，正如同一个“再婚”的男人和自己已娶进了家门，已由自己替“她”掀去了红盖头，看着又爱又心存种种疑虑，又陌生又受到诱惑，又抱有莫大的希望又没法儿完全信赖的妇人的关系一样。

这种关系，使中国和商业时代的“洞房花烛夜”，不免地忧喜参半。有心欲道：“娘子，‘愿为双鸿鹄，奋翅起高飞’。又恐伊人那厢‘沉恨细思，不若桃杏，犹解嫁东风’。”

在中国这个男人业已五千余岁的漫长经历中，一九四九年十月一日乃是他刻骨铭心的一次“婚姻”。“前妻”的音容笑貌给他留下的记忆是那么难以磨灭。“她”有着美好的“理想主义”的基因。因为“她”是从一个叫马克思的很伟大的犹太人以毕生的精力所从事的关于“共产主义”的思想之中孕生出来的，是半个多世纪以前，中国的一些有志青年去西方为中国父亲寻访到的。马克思是

“她”和中国的“月下老人”。青年周恩来的一首诗则能表达他们当年的宏愿大志。诗曰：

大江歌罢掉头东，
邃密群科济世穷。
面壁十年图破壁，
难酬蹈海亦英雄。

他们要为中国父亲迎娶回一位前所未有的“理想伴侣”。要为中华儿女们恭请回一位伟大的母亲。“她”堪称是划时代的。“她”那无比年轻的、丝毫也不沾染有人类历史污迹的，并因此而感到无比自豪的风采，使当年的中华儿女极易联想到中国古代传说中炼石补天的神母女娲。“她”那毫不动摇毫不畏惧地向自己“横空出世”以前的一切世纪宣战的，不战胜毋宁死的雅典娜般的精神气概，使一切贫穷的、落后的、以严酷的剥削和压迫制度为统治手段的国家的儿女膜拜顶礼，甘于为“她”而破釜沉舟，而赴汤蹈火，而前仆后继，而肝胆涂地，而粉身碎骨。

“她”有一半儿的俄国——不，准确地说是苏联血统。因为“她”是在苏联向全世界证明了“她”存在的划时代的伟大意义的。中国人将“她”迎娶到中国，付出了成千上万的儿女们的生命的代价。其中许多是中国父亲最优秀最卓越的儿女。与此相比，中国历史上一切求新生、求富国、求强民、求“永远站起来”的悲壮奋斗，都显得黯然失色了！与此相比，世界上一切国家一切民族同样性质的奋斗，似乎也都显得容易了。

中国这一古老的男人，曾怎样地喜悦于感奋于此一次“婚姻”所带来的十年“蜜月”啊！

中国的的确确地“从此站起来了”！

“她”曾使中国显得多么朝气蓬勃啊！

但是，“她”在苏联的划时代的成功，使“她”的思维方式难免地“苏维埃模式”化了。其后“她”便引导中国变成另一个苏联。从政治到经济，苏联发生过的，中国无一例外地重演了。苏联没发生的，中国也惯性式地发生了。“她”

使中国患了“苏联综合征”。“斯大林神话”的破灭，使“苏联综合征”在苏联总体爆发，这对中国意味着是巨大的危机。

于是中国与“教条社会主义”或曰“书本社会主义”的“婚姻”难以为继。

于是中国告别传统的教条的书本的“社会主义”，转向改革开放。这也好比“休妻”，休掉加于中国身上的旧模式。

“休妻”也是出于自救意识。如果说“人民公社”“大跃进”“文革”是“她”由于“更年期”作祟导致“内分泌紊乱”导致“中枢神经系统障碍”的结果，那么“文革”告终之际的“她”则就分明地显出“更年期后”的病态恹恹力不从心了。

“休妻”之举乃势在必行的选择，也是唯一明智的选择。然而毕竟地，“她”对于中国“站起来了”是功不可没的。如果“她”真的是人，将最有资格唱光荣“有你的一半儿，也有我的一半儿”。

三十多年前，当中国知识分子在天安门广场打出写有“小平你好！”的字幅时，那意味着向那位令人尊敬的政治人物发出紧急呼吁——“为了中国，拜托了，赶快做！”

鲁迅日记的最后几页中，也曾记下“赶快做”三个字。

当时之中国百废待兴，不但需要做，而且的确需要刻不容缓“只争朝夕”地“赶快做！”

20世纪80年代初，我曾积极而又自觉地充当改革开放的马前卒。尽管在中国这个古老的大棋盘上，本无需我起什么作用。我是一颗自行地从棋子盒里蹦上棋盘硬充“车、马、炮”的卒子。热忱，真诚，义无反顾，一往无前，被言行谨慎胆小怕事的中老年人视为“异端”也不在乎。非是为了实现什么个人野心，而纯粹是受一种时代使命的感召和驱使。当年我才三十几岁，正是热血男儿之年龄。觉得经历了一些大事件，其实并没有什么异于我的同代人的不寻常经历。觉得已经相当成熟了其实头脑仍简单得很。“天下兴亡，匹夫有责”——还有比积极自觉地充当中国改革开放之马前卒更能体现兴国责任和时代使命的么？

新中国成立以后的中国运动频繁。去年运动，今年运动，朝也运动，夕也运动，每一场运动，又似乎总是和国家命运紧密相关。因而中国人的头脑中渐渐形成了一条逻辑，仿佛只要有一场运动搞对了而不是搞错了，搞好了而不是搞糟了，搞到底了而不是半途而废了，那么中国肯定就从此国泰民安兴旺发达了。

所以，当年“思想解放”叫“运动”，“改革开放”也是被当成一场“运动”来理解的。中国知识分子“文革”后第一次评职称那一年，许多朋友曾请我帮他们起草“自我申报鉴定”。现在回想起来，他们不分年轻年老，无一例外地要求我一定别忽略了重要的一条，即在改革开放运动中的表现云云。不久前我去单位资料室翻阅旧报，发现当年的报上经常抢眼夺目的通栏大标题也是“改革开放运动”。既曰运动，时间总不至于太长吧？“运动”二字，使普遍的中国人对于改革开放的时间性的估计是短暂的。普遍的中国人绝没有想到它会延续四十年之久。绝没有想到在四十年后的今天看来，分明地，它似乎只不过依然处在刚刚开始似的阶段。

当年的报刊上、广播电台电视台里，官员和知识分子和文化人乃至国有企业的管理者们口中，所说最多的话语之一是“阵痛”。其实当年中国人说“痛”的时候，还并没有谁真的被改革开放弄伤了。当年说“痛”是非常夸张的，当年说“痛”是由于心理承受力实在太脆弱。如今真的使许许多多的人感到很痛却不言“痛”了，“欲说还休，欲说还休，却道天凉好个秋”。的的确确可以被认为各方面的承受力都增强了。

当年，许许多多的中国人在改革开放这面大旌旗下，站在距中国政治大舞台极远极远的边缘为自己的国家击鼓呐喊，不遗余力，其实呼唤的不是未来，而是过去。是中国和它的“前妻”那一段朝气蓬勃又喜气洋洋的短暂的“蜜月”。是的，许许多多的中国人的希望其实只不过是——在他们的不遗余力的击鼓呐喊声中，由某一位或某几位自己最信赖的，对中国之命运最具主宰能力和权威的人物，高明地将保留在自己头脑中的那一段美好的回忆，直接剪辑在 20 世纪 80 年代初的改革开放的后面，从而那么着组成一部历史和现实巧妙连接天衣无缝的“中国故事”。

这个期望值似乎一点儿也不高，但是历史将注定了会重演一遍。

当年便知道改革开放这位中国的“再婚”之“新娘”居然还有另一个名字叫“商业时代”的中国人，实在是不太多的。

然而如今“她”已经被迎娶进中国的“洞房”了！

“她”的红盖头已经被中国的手替“她”缓缓掀掉了！

“她”正坐在喜床沿儿诱惑意味十足地向中国媚笑着……

“她”似乎在默默地问——中国，我的真名叫“商业时代”，“改革开放”那不过是你一厢情愿的叫法。我随便，入乡随俗，任你怎么叫我都成。你这五千余岁的“二婚头”男人究竟打算不打算和我从此以后长过下去？长过下去你得听我的！按你以前的过法那可不成！

中国放眼世界，在20世纪的最末一页，“商业时代”是它唯一能“娶”的“新娘”。而且，迄今以后，世界“婚姻介绍所”的档案库中，也只存在“商业时代”这一种类型的“待嫁女”了。一切国家，无论奉行怎样的主义，无论坚持怎样的体制，无论情愿或不情愿，最终都是要与“商业时代”“结婚”的。早早晚晚而已。早“娶”了“商业时代”的，非但并未被“她”搅得国无宁日，“四邻不安”，反而受益多多。这一点，也是中国放眼世界看得分明的。中国其实已没了别种样的选择。除非打算与“前妻”破镜重圆，再立山盟海誓。而这又不符合最广大的中国人的意愿。

从前好的，自己回去，

将来好的，跟我前去！

中国当然知道——这是鲁迅的话……

2. 历史，曾令商人声名狼藉

商业活动是人类史的基本内容。

“地球村”这个词是一个舶来词。

在宇宙中，地球实在是太渺小了。尽管称地球为“村”，开始体现出人类对自身存在意义这一最基本的问题的极度谦虚的美德，但若按照《时间简史》的天才作者、杰出的理论物理学家史蒂芬·霍金的观点看来，这极度谦虚的美德无疑仍意味着是极度的夸张。说是“村”至少将地球夸大了几十亿倍。

我常想，如果我是历史教师——小学的也罢，中学的也罢，大学的也罢——在第一节课上，我将告诉学生些什么呢？

我肯定会这样说——人类历史所记载的一切最重大的事件，尤其那些最惊心动魄的事件，比如改朝换代，比如战争，其实都只不过是人类史中最微小的章节罢了。相比于漫长的人类历史，正如同“地球村”和整个宇宙的关系。

好比一个人所能记住的，往往是他或她生命历程中极特殊的日子和极特殊的事件。对于时间概念而言，对于具体的某个人，那些日子和那些事件，可能意味着便是他或她生命历程的大部分乃至全部内容。一个人在二十岁那一年被判了无期徒刑的结果就是这样。但是连上帝也不能将整个人类关进监牢，也不能对整个人类判处无期徒刑。

那么人类更多更多的时间里在做什么呢？

我觉得一个学生如果将他所学过的历史中那些大事件发生的原因、年代以及结束的时间背得滚瓜烂熟，却对以上问题懵懂不知所答，那真是白学历史了。

人类更多更多的时间里在做什么？

我觉得一位教历史的教师，如果日复一日年复一年地只管在课堂上倒背如流绘声绘色地讲述某些大事件，而根本忽略了对以上问题的解答，那么几乎是在做“篡改”历史真相的事了。

因为这起码会导致一种最为简单可笑同时当然也是极其荒唐极其错误的理解——仿佛只要将一个又一个大事件“剪辑”起来，便是人类社会发展的全部了似的。而所有那些大事件加起来，可能也不会超过人类历史时间总和的百分之一。

那么我们可以得出这样的结论——百分之九十九的时间里，人类历史的真相其实是，并没有发生什么惊心动魄的大事件。不是情节跌宕的章回小说演义的那样，而是从容不迫地进行着的极为寻常的缓慢前进。

正是这一点，既被一切形成了文字的历史所摈除和排斥，又最接近人类的真的历史的真相。

托尔斯泰对“历史”二字有过相当贴切的解释。

他说：“历史是国家和人类的传记。”

伏尔泰则认为：“古代的历史只是些脍炙人口的寓言罢了。”

艺术讲述人们体现了什么。文学讲述人们感受了什么。宗教讲述人们信仰什么。哲学讲述人们思考什么。

历史讲述人们曾做了什么。

休谟在此一点上对历史持最不以为然的态度。他说：“人类在一切时代和一切地方都是非常相同的，历史在这个特殊的方面并没有告诉我们什么新奇的东西。”看得出，他不满于历史对人类“非常相同的”方面被隐去了，避而不提，讳莫如深。洛思回答了休谟的质疑。他说：“世界的历史始终是一个人如何寻找面包和黄油的记载。”我觉得他的话有一定的道理。只不过俄国人寻找的是“土豆加牛肉”。中国人寻找的简单朴素一些，是“大米干饭炒豆芽”，同时“安得广厦千万间，大庇天下寒士俱欢颜”而已。小时候，我常见一些女孩一边跳皮筋一边这么唱：

姥姥问，吃的啥？
大米干饭炒豆芽！
爷爷问，香不香？
半月一顿咋不香！

而民歌中所体现的中国农民们的温饱要求，比城里女孩们“大米干饭炒豆芽”的向往还要简单还要朴素：

家有二亩地呀，种上那大地瓜，
一家人吃全都靠着它！
到了秋天，地瓜熟了，
大轱辘车呀，轱辘轱辘转呀，
转到了咱的家，
一家人笑哈哈！
……

只不过洛思“看到”的，仅仅是人类在物质方面的“寻找”。而且，这“寻找”的“内容”，早已超出了“面包和黄油”的范围。人类几乎变成地球上最凶猛的腔肠怪物，不停地耗费资源，不停地创造商品，不停地消费商品。在百分之九十九的时间里，人类生生死死，代代繁衍，事农，事工，操百业，行为最终都纳在“商”的“调控”之下。

所以我又常想，肯定的，“商”若非人类历史最基本的最重要的活动，起码也是最基本的最重要的活动之一。

以人类商业发展的脉络和轨迹梳理人类历史，阐述人类历史的沧桑进退，与以阶级斗争的观点、以宗教的观点、以文化的观点和以改朝换代的大事件演绎历史的方法相比，倒可能是更符合规律的。阶级斗争和改朝换代，无疑影响着阶级矛盾的缓激和改朝换代的成败。前者对后者的影响，要比后者对前者的影响深远得多。区别在于，后者对于前者的影响，有时好比台风对海洋的影响；而前者对后者的影响，却好比是季节变化对气象的影响。归根结底，台风仍只不过是气象现象之一种。

在人类历史上，商曾是最声名狼藉的一业。古今中外，许许多多的伟人和名人，都是非常厌恶商业鄙视商人的，比如柏拉图，比如亚里士多德，比如培根。他们由厌恶商业而厌恶贸易厌恶商人进而厌恶金钱以及财富，或也可反过来说，他们在他们各自所处的时代，眼见人们疯狂地贪婪地不择手段地完全不顾道德地追求金钱聚敛财富的现象比比皆是，于是由对金钱和财富的厌恶与鄙视，进而导致厌恶和鄙视一切商人，厌恶和鄙视贸易乃至商业。有趣的是，在他们的言论中，有过一个共同的比喻，那就是都曾将商人比作“富有的白痴”。以他们的修养和教养，这比喻证明了的厌恶和鄙视已无须多说。

但是也有和他们差不多同样伟大的人物并不赞同他们。

比如孟德斯鸠。

他说：“贸易和商业使纯朴的风俗腐败，这是柏拉图的责难之点；但我们又几乎经常看到相反的事实，贸易和商业正在使野蛮之邦日趋典雅与温厚。”

比如爱默生。

他说：“我们都咒骂商业，但今后的历史学家们将会看到，商业建立了美国，摧毁了封建制。它还将消灭奴隶制。”

他对商业的高度赞美，是与培根们对商业的厌恶和鄙视程度一样的。

他甚至说：“这个世界最伟大的进步，就是自私自利的、讨价还价的商业出现。”

他甚至还赞美被普遍的世人斥为万恶之源的金钱。

他公然说：“金钱，这个在生活中被虚假地认为是最无聊的东西，这个在公开场合谈起来脸就红的东西，它的实际作用和它的规律却像玫瑰花一样美丽。”

最厌恶商业的声音的确发自一些知识者之口。

《无原则的生活》的作者梭罗曾大发牢骚地说：“这是一个商业的世界，这里是永无止境的喧闹。我每夜几乎都被汽车的喷气声吵醒。它打断了我的睡梦。这个世界上已没有了休息，你如果能有一次看到一个人在休息那也是好的啊！这世上除了工作，工作，工作，别的什么也没有了。我简直不能容易地买个本子把我的思想记录下来。到处都被金钱统治着。有个人看到我在路边停了会儿，他就会理所当然地认为我正在计算我的工资呢！如果谁从阳台上摔了下来致残，造成了痴呆，那么他终身最大的遗憾肯定是他从此无法经商了。在这个世界上，没有任何东西能比不断地发展商业与诗歌、哲学，甚至与生活本身相对立的了！”

他说得不错，诗歌这一最悠久最古典的文学体裁，几乎就要在全世界绝迹了。这不能说和商业的迅猛发展完全没有关系。虽然1996年的诺贝尔文学奖授给了一位写了一辈子诗的波兰女性，却似乎鼓励不了已属“珍奇动物”的诗人们的没落心情。

梭罗不是上帝。如果他是，我想他会毫不犹豫地将他所处的商业时代判处无期徒刑，投入监狱。假如世界上有关押时代的监狱的话。

正因为他做不到，所以他用自己的一本书，将商业时代宣布为“无原则的生活”。

但是另一个人针锋相对地说：“我不知道任何其他什么事情比商业更与革命的态度截然对立了。商业天生就与那种暴力的感情无缘。它热爱温和，喜好握手，有意识地避免争端。它是忍让的，折中的。除非在一些绝对必要的情况的迫使之下，它从不寻找极端的解决办法。商人使人们互相独立，使人们对私人的重要性予以极高的评价和重视；它引导人们去处理自己的事情，并教会人们怎样才能处理好这些事情。它必然使人们寻求友好关系并谨慎地避免战争。”

说这番话的人是托克维尔，他的《论美国的民主》是比《无原则的生活》更著名的一本书。

梭罗在《无原则的生活》中还说：“人能够获得超出自己需要的金钱的各种方式，几乎毫无例外地导致了堕落。有时使自己堕落，有时使别人堕落。”

而普鲁塔克说："正确地使用金钱是比使用武器更高的成就。"

梭罗的人生观、世界观，看来是与中国的道家思想、佛家思想灵犀相通的。

他还说："中国古代的哲学家都是一些在金钱和财富方面几乎一无所有，而内心精神生活博大丰富的人物。我们如果能多理解他们，多学习他们，人们就会明白，一个人活着并不需要太多的东西。世界也根本不需要那么多的财富。"

这个"老外"是非常主张人应该安贫乐道的。

他满怀激情地教导世人："视贫穷如园中之花草而像圣人一样地耕植它吧！"

他认为："一个人甚至在济贫院里，也要爱那一种生活。因为生活在济贫院里的人，肯定也有愉快、光荣和尊严的时候。夕阳反射在济贫院的窗上，是和照在富人家的窗上一样明亮的。济贫院门外的积雪，也肯定会和富人家门外的积雪一样地在早春融化……"

但是这位终生思想激情不泯的"老外"似乎大智若愚地避开了这样一个前提——世人不可能都成为老子、庄子或梭罗。那样的话，十之七八的世人也许早就饿死了，或者又集体地归隐回祖先栖生过的山洞里去了。当和平持久，商业时代自然孕成。当一个商业时代已经孕成，大多数世人的状态，除了按照商业时代的价值观念去生活，去作为，还能够按照另外的什么状态去生活去作为呢？

他还说："寻找旧的吧！回到那里去！万物不变，是我们自己在变。只要你保留住你的思想，上帝保证你不需要社会。如果我得整天躲在阁楼的一角，像一只蜘蛛一样，但只要我还能思想，世界对于我不是一样大么？"

比之一切厌恶商业时代的思想家，梭罗是最极端也是最激烈的一个。

如果他地下有灵，知道他所推崇和隔洋喜欢的中国，也正紧紧地搂抱住"商业时代"这个在他看来简直是娼妓一样的时代狂亲狂吻呜咂有声，他肯定会十分难过吧？

这是他的错。因为他不清楚，普遍的中国人和西方人一样，也是非常爱享受、爱奢侈、爱金钱和爱财富的。"商业时代"其实也很符合绝大多数中国人对时代的选择。一个中国人如果沦落到了济贫院里，并不会像他隔洋想象的那么热爱济贫院的生活。

但我们无须过分认真地批驳他。

因为爱默生有一番话，似乎正可以援引了说给梭罗听——“教士和某些道德家在斥责人们渴求财富方面有着共同之处。但是，如果人们按他们的话来理解他们，并且真的停止对财富的追求，这些道德家将不顾一切地在人们之中重新燃起另一种欲望之火——而那很可能是权欲之火。如果人类毫无欲望，文明就衰败了。”

在爱默生和梭罗之间，我更能接受爱默生的思想。尽管我实在没法儿像他那么坚定不移旗帜鲜明甚至不无赞美意味地宣讲商业时代的伟大之处，但是我也并不反感梭罗。只不过觉得他率真得过于迂腐，偏执得过于简单罢了。他的率真的偏执之中，不失极可爱的成分。他毕竟是思想家，另外许多话是很有智慧的。

比如：“多余的财富只能买多余的东西。”

比如：“人的灵魂必需的东西，是不需要花钱买的。”

比如：“奢侈生活产生的果实都是奢侈的。”

同样，对商业时代一向持理智的温和的批判态度的培根，也有许多极为精辟极为深刻的名言。

比如他说：“金钱和财富好似肥料，如能使民众受益则像施在了土地里。”土地缺少肥料仍不失为土地，肥料不作用于土地却只不过散发出臭气而已。

亚里士多德在他所处的那个商品货币时代已相当发达的古希腊现实中，对于贫富悬殊现象的深深忧虑，对于贵族和富人们豪奢极欲的生活的尖锐无情的批判，今天看来对于世人依然具有警醒的意义。

他说：“这就是富人——过度浪费，庸俗无节制，为了一件小小的事件而耗资巨大，安排阔绰乏味的场面。这样做的目的仅仅是炫耀他的富有，认为会被人羡慕……”

他说：“富人目空一切，拥有财富使他丧失了理智，似乎人间一切快乐都属于他所有，财富和金钱成了他衡量一切事物的唯一价值标准。而且还幻想金钱可以买到一切。总之，由富有而导致的典型特征是——富有的白痴。”

今天，在与商业时代拥抱亲吻的中国，我们不是也几乎随时随处可以看到亚里士多德所辛辣讽刺的富人么？

后世的史学家们，在分析强盛一时、商业繁荣一时的古希腊帝国灭亡的原因时，指出社会财富分配的极端不公，贵族和富人的穷奢极欲也是主要的一条，显然根据是相当充分的。

萧伯纳对商人的刻薄辛辣当年在英国也是出了名的。

在一次宴会上，一位大腹便便的富商走到萧伯纳跟前，没话找话地说："萧伯纳先生，您为什么总是这么瘦啊？看了您这副样子，外国人一定会以为我们英国一直在闹饥荒呢！"

萧伯纳瞥了富商的大肚子一眼，冷冷地回答："那么看了您这副样子，外国人一定就同时明白我们英国闹饥荒的真正原因了！"

还有一次，萧伯纳在海滩上遇到了一位家财万贯的房地产商。他倒是对萧伯纳挺崇拜的，希望萧伯纳能给他签个名留作纪念。萧伯纳用手杖在沙上写下自己的名字，冷冷地说："那么请收下吧。最好能让我领教领教，你是怎样连地皮一起刮走的！"

以上两件事，不仅在当年几乎人人皆知，而且在后世广为流传。

萧伯纳曾经这样说："全部文明的记录，就是一部金钱作为更有力刺激而失败的记录。"

他的话包含有这样两重意思：一，商业与人类文明，尤其与资本主义文明的关系是密不可分的，前者几乎贯穿后者的"全部记录"；二，但这一种关系在本质上又是失败的。

为什么又是失败的呢？

他接着说："大多数普通百姓并没有平等的机会去致富，而少数利欲熏心的家伙却在极有限的机会下轻而易举地成为百万富翁。使人们大为惊奇的是他们的德行和他们的财富形成鲜明的反衬，使我们不得不认真地思考并加以怀疑，商业时代究竟是不是我们找到的一个救世主？"

在萧伯纳所处的时代，他的怀疑，包括他的愤慨的指责与批判自有道理与根据。

相比于富人们对社会财富的贪婪占有和聚敛，他"统计过，培养一个穷孩子的费用，包括破衣服在内，只不过需要两先令"。

我对外币缺乏常识。

一英镑是否等于十先令呢？

他当年的统计使我不禁地联想到了今天中国咄咄逼人的贫富悬殊的现象，以及曾经中国那千千万万因为难以支付极少的钱便上不起学的穷孩子。

所幸我们毕竟有一个“希望工程”。

萧伯纳们，和亚里士多德和梭罗们，在他们所处的世纪和时代，目睹的是原始的“商业”。原始的商业的的确确具有邪恶性。

爱默生们对商业时代的歌功颂德，却更是以他们的预见性为自信的。

而我们看到的事实是，商业这个资本主义文明的“配偶”，如今又的的确确在许多方面改邪归正，由当初那妖冶放荡、虚荣贪婪的“新娘”，修炼成了一个善于抚养资本主义文明，有不可轻视和低估的能力呵护整个资本主义体制的“贤妻良母”。

正是“她”的这种嬗变，使20世纪的世界，开始以乐于接受的态度对待之了。

商业将更加紧密地贯穿于世界文明记录的未来……

3. 俱往矣，数风流人物，还看今朝！

今天，在商业时代的深远“海域”里“弄潮”的，已是另一类“新生代”了。

他们年轻却见多识广，从商经验极其丰富。他们以文质彬彬的外表，不动声色地掩饰着也许只有自己才清楚到底有多大的勃勃雄心。他们起码有大学学历，甚至是博士、“博士后”，或者是“洋插队”回来的外企外商全权代理人什么的。他们精通外语，善于“包装”自己，广为结交对自己的事业有助之人，尤善走上层路线。他们谙熟商业法律，谁企图骗他们上当门儿都没有。而他们钻商业法规空子的行为，又能做得那么不显山不露水天衣无缝。他们双手紧紧按住自己的钱袋儿，双眼每时每刻都在商界扫描着。一旦盯住了时机，其反应之快宛如鹞鹰擒兔一般。他们中更有的人本身即是科研后起之秀，并是一纸抵万金的某项专利的拥有者。比起他们的科研前辈，他们将科研与市场经济紧密结合的头脑，灵活得前辈们脑筋急转弯也还是望尘莫及。

他们的综合素质之高，根本不是十年前那些“骑着摩托背着秤”的人所能匹比的。

正是他们的涌现，无情地从商域排挤和淘汰了前者，确立并巩固了自己的主角地位。使前者即使存在，也只不过变为一些“大群众”的角色罢了。

正是他们的涌现，促推着中国的商业时代进入了第二阶段——从“猪往前拱，鸡往后刨”，鱼龙混杂，泥沙俱下，到混沌渐分、层次渐清的阶段；从主要是以“倒”和“贩”激活市场到主要是以新商品新材料新技术丰富市场的阶段；从满足基本商品需求到满足名优商品需求的阶段；从无序到开始有序的阶段。新技术、新材料、新产品，乃是确保商业生命力强盛的三大要素。20 世纪 80 年代末 90 年代初的几年里，中国的商业时代曾呈现出最乌烟瘴气的现象。商业不择手段只顾赚钱其他似乎什么都不顾了的贪婪性，也暴露得最为淋漓尽致。假冒伪劣商品正是在那几年里泛滥成灾，比比皆是，仿佛到了无法可治的地步。

某某领导在电话里生气地指责：“将我当成什么了？难道我们的同志们现在不分什么人的钱都一概照接了么？！”这还是为公。那中饱私囊的官员，对商的亲爱有加，与对百姓的冷漠无情，早已形成极鲜明的对照了。

又据报载，一位经商的大款，席间当着些社会名流一语惊人——某某副市长算什么，我一个电话，让他半小时内出现在我面前，他不敢三十五分钟才到！

言罢掏出手机拨号下达“指示”，副市长果然半小时内提前到达！

我的一位在电视台工作的记者朋友告诉我：一次他出差外地，在歌舞厅消遣，适逢一大款向一歌星小姐献花，还未下台，有人却又向她献花，朗朗曰：“这一束花，是在座的 ×× 副市长命我献给您的！并为您点歌一首……”

世界的丑陋在全世界，卖淫、走私、贩毒、色情业的方兴未艾，文化的色情化，贿赂的丑闻，无不与商业瓜葛甚密。十之八九，是在合法经商的招牌之下进行的。连昔日韩国的总统，也东窗事发，原来曾被商所俘过，在全世界的睽睽注视之下站在了被告席上，并且被判处实刑。

那些日子里韩国是多么地举国激愤啊！出租汽车司机大瞪着两眼将车摇摇晃晃地开上了人行道。警察发现他滴酒未沾。他是由于心理被刺激变成那样儿。他接受不了他们的前总统原来是一个勒索巨贿的家伙这样一个铁证如山的事实。

而一个月薪一百万韩元的政府较高级官员，于头脑清醒之时算了一笔账，结论是他若想挣到他们的前总统受贿那么大数目的一笔钱，得工作四十余年。

他算完这笔账倒不愿意清醒着了。于是跑去酒馆里喝得酩酊大醉，并用酒瓶子击碎了酒馆的玻璃，当众搂抱住女招待非礼无忌起来……

但是谁若问韩国人还要不要商业时代了？回答将是肯定的——当然还要！

一个理智的国家理智的民族，明白商业时代再有一百条一千条不好，却仍有另外一百条一千条别的任何时代所不可能带给人们的好处，却仍是人类最好的选择。

总统索贿巨款，将他绞死就是了么！

韩国人尽可以许多许多次地选出一个总统，而对商业时代的选择却是不容反复的。一旦动摇了它的基础再要重新恢复它的基础，最短大约也需二十年。韩国人是明白这一点的。世界上几乎所有高度民主的国家的大多数公民，也都是明白这一点的。一个繁荣的商业局面光临的时代，对于这些国家的普遍的人们来说，不啻是上帝对世间的一次巡礼。而总统对他们算什么呢？不过是比较认可的一名公仆罢了！

诚如托克维尔在《论美国的民主》第二卷中所言："民主社会中我们不知道还有什么其他东西能比商业更伟大、更辉煌了。它吸引了大众的注意力，丰富了大众的物质和精神需求的想象，把所有的旺盛精力都吸引过来。无论是谁，无论是任何偏见，都不能阻止人们通过商业而致富的愿望。民主社会中，所有大笔财富的取得都要靠商业的增长。"

然而商业这枝"玫瑰"，对于与之久违了的中国人而言，却未免太光怪陆离、杂乱无章、浮华而又浮躁了。它使人欲膨胀，人心贪婪。它使腐败现象如同倒片机将蝴蝶变成毛毛虫的令人厌恶的过程放映给人看。它使一小部分人那么不可思议地暴发，使他们中某些人暴发之后为富不仁……

所希冀的和已经面临的似乎根本不是一码事，于是许许多多中国人迷惘、困惑、失落、痛心疾首而且愤懑了，开始以娼妓般的语言诅咒商业时代。

但这似乎主要是几年前的情况。

几年前商业在中国的混浊的初级阶段，确实是"刺"多"蕾"少的。

现在它的"刺"已被共和国的法修剪掉了一些。现在它当年的一些"蕾"开花了。

现在，普遍的中国人，已经能够比较冷静比较明智比较客观比较平和地凝视商业时代了。

谁若问普遍的中国人——我们是否应该将商业时代这看起来总有点儿离经叛道的“新娘子”再一次逐出国门，普遍的中国人寻思一下，大约会宽容地这样回答：让“她”留下吧！世上哪有没毛病的人，我们日后慢慢调教“她”吧。

这么想和这么说，都无疑意味着一个民族的成熟。

而这种成熟，又完全可以认为，是对商业时代改变了太理想主义的期望。

中国是一个动辄容易陷入理想主义思维怪圈的民族。

而西方人却早就对商业时代的本质有所洞察了。

《民主主义和教育》一书的作者杜威说：“认为商业的事情在它自身的范围内可以‘自觉’地成为一种理想的文化，认为它可以把为社会服务作为自身的宗旨，并让它来代表社会的利益和良心——这样的想法是极其荒谬的。先生们，我们在承认商业贡献的同时，绝对不可以把它想象得很温良。因为这不符合事实。我们要给它套上鞍镫。我们跨在它背上的时候，要穿带马刺的靴子。只有在这种情况下，它才能收敛它自私自利原则之下的欲望，满足自己的同时也对社会做些回报。”

杜威的这段话，对当前的中国人，是非常有参考意义的。

一切有关商业的法规、法令，都是为了更好地驾驭它，是使它更大限度地造福于社会的“鞍镫”和“缰辔”。同时也是不断激励它按照社会福利的总目标奋进的“马刺”。优秀的骑手和坐骑之间，常常达到一种“合二为一”似的最佳境界。这也是国家和商业时代之间的最佳境界。

税法是商业法规、法令中最重要的一条。

密尔在《功利主义》一书中说：“买卖人对一切顾客买一样的东西收一样的价钱，并不随顾客出钱能力的大小而高低他的价目，世人都认为这是公道的，而不是不公道。但是若以此原则制定税法，就与人的人道主义和社会利便的感觉太不相容了。国家应对富人特别制定某几项高税。因为我们冷静分析不得不承认，国家这台机器，历来为富人的效劳比为穷人的效劳多。”

卢梭在他的《政治经济学》中则说得更明白：“如果富人显示阔绰的虚荣心可以从许多奢侈之物中获得极大的满足，那么让他们在享受奢侈时增加一些开支，正是征收这种税的充分理由。只要世界上有富人存在，他们就愿意使自己有别于穷人。而国家也设计不出比以这种差别为根据的税源更公平更可靠的税源。”

世界上许多商业发达的国家都早就这样做了。

中国将如何开始呢？

再给它点儿时间吧。

如果，一个时代为了“造”出一个富人，不惜以产生三个甚至数个穷人为代价，那么不管它是不是商业时代，不管多少有思想的人极力加以赞颂，它总是要完蛋的。

罗斯金在《到此为止》一书中说：“既然穷人无权占有富人的财产久为人知，我同样也希望，富人无权占有穷人的财产这一事理明昭天下。”

一切鲸吞、瓜分、巧取豪夺、挥霍浪费国家财产的人，都既不但对国家犯罪，同时也对人民犯罪，犯有制造贫穷罪和占有穷人财产罪。因为道理是那么明白——那一部分财产原本是靠劳动者积累的。国家原本是可以用它救助一部分穷人，消灭一部分贫穷现象的。

萧伯纳在他的小说《巴巴拉少校》前言中说：“金钱大量地聚集在一部分人手里，对他们来说多得没有什么价值了，而对另一部分人来说则少得可怜难以维生时，它就变成该诅咒的东西了。”

这样的现象往往是由于——“给四个人每天三先令，让他们干十到十二小时的艰苦劳动；而却常常向另一个人提供不劳而获的机会，使其轻而易举地便会得到一千或一万英镑”。

这绝不是一个健康的、成熟的、人人衷心拥护的商业时代的特征。

健康的、成熟的商业时代的基本特征应该是——普遍的人们为了挣到使自己过上丰衣足食的生活的钱其实并不太难；某些个人企图挣比这更多的钱其实很不容易。

在中国，目前相反的现象还随处可见。

但是要消除这一种现象，中国又只有万桨齐动，中流击水。回头恰恰无岸。

商业时代的一切负面弊端，只有通过商业的进一步发展才能疗治。这一点是走过来了的国家向我们证实了的。好比一个在冰天雪地中决定何去何从的人，思考必须变得极为简单——哪里升起炊烟哪里就是继续前行的方向。而商业的炊烟，一向袅袅升起在时代的前面。商业不在其后插路标。它不但一向一往无前，而且总是随即带走火种。你需要火，那么就只有跟随它。国家是人类的公产，就像个人是国家的公民一样。人类进入了商业时代，任何一个国家“公民”都只能“跟着感觉走”，迁移不到外星球去。中世纪的罗马教堂曾发放过“赎罪券”——这意味着上帝也曾集资。宗教经商，赎罪靠钱，古今中外，莫不如此。商人是商业的细胞。商业是人类社会的动脉。商业其实从来不仅是人类的表象活动，也不仅是由它影响着人类的意识形态。它本身便是一种最悠久的最实际的意识形态的变种。它使政治像经济。它使外交像外贸。它使经济学像发财经。它使我们几乎每一个人的灵魂都有一半儿像商人。它使商人像马克·吐温说的那种人——“如果金钱在向我招手，那么无论是《圣经》、地狱，还是我母亲，都绝不可能使我转回身去。”它使道德观念代代嬗变。它使人文原则更弦易张。它给一切艺术随心所欲地标价。不管是最古典的还是最现代的，最俗的还是最雅的。它使法绕着它转。今天为它修正一款，明天为它增加一条。以至于法典最厚的美国，律师们喟叹当律师太难了。它殷勤地为我们服务，甚至周到至千方百计净化我们每天所吸的空气和每天所饮的水的地步，但同时一点儿也不害臊地向我们伸手要钱。你不需要几万元一套的马桶，但是有别人需要。有需要便有利润，于是商便合法地生产之……你不需要全金的水龙头，但是有别人需要。有需要便有利润，于是商便合法地生产之……

它还制造格林童话里的国王才睡的黄金床……

它还在月球上开发墓地。将来肯定也要在月球上开发旅游热线。人觉得地球上的商品已经太多太多，但明天商业还会向人提供令人感到新奇的东西。商业早已开发到了人的头脑里，人的心灵里。人的思想人的精神其实早已入股商业了。人还敢嘴硬说人拒绝商业时代么？人有什么资格拒绝有什么资本拒绝？人每天的心思一半左右与商业时代有关。它本身微微地摇摆一次，万亿之众的命运和生活就不复是原先的状态了！物理学家说：人是熵的减少者。化学家说：人是碳原子的产物。生理化学家说：人是核酸与酸的相互作用器。生物学家说：人是细胞的聚体。天文学家说：人是星际的孩子。而商业时代说：我是人类的奶娘。过去是，现在是，将来仍是。谈到将来，便确实产生了一个终极关怀的话题。人类不再吮“她”的乳汁行不行呢？这话题太沉重，也太遥远。还是不讨论吧！邓小平同志的一种思想方法，不失为很实际的方法——如果我们的智慧不够，不妨留给下一代人去解决……

4. 商业的本质是寂寞

我凝眸注视商业时代，渐悟它的本质其实是寂寞的。

像我这一代中的许多人一样，在大学时期——亦即1974年至1976年“四人帮”被一举粉碎之前，我已经是一名彻底的“文革”的思想抵牾分子了。在当时的复旦校园，谁思想上若是这样，一旦被揭发或自我“暴露”，个人命运的后果是不堪设想的。“文革”后期的专制政治对于“思想异类”分子的惩办是冷酷无情的，从教师到学生，任谁都不得不更加言行谨慎地自我保护。我的表现也毫不例外，只不过与别人相比，常因口舌放纵招致政治嫌疑罢了。我十分感激我的老师们，没有他们当年遮挡着我，我也许注定了会做牺牲品的。而实际情况乃是——十之七八的人，都和我一样，早已是彻底的“文革”的背叛者了。又好比一幕大戏，在接近尾声的紧锣密鼓中，众多的角色都渐显出了背叛的意识。

而20世纪70年代末80年代初，我曾积极自觉地充当思想解放的马前卒。我是一颗企图自行地从棋子盒里蹦上棋盘硬充马前卒的棋子。这当然很可笑，但也很真诚。非是为了实现什么个人野心，是受一种政治热忱的驱使。当年哪一个三十多岁的中国小知识分子不曾受过这种政治热忱的激励呢？这难道不也是中国小知识分子的一份时代荣耀么？如果说当年也有杂念的话，那杂念的成分分析一百遍，不过便是这样罢了……

我和我这一代中的许多人，站在距中国政治大舞台最远最远的边缘击鼓呐喊，不遗余力，自是为了能对中国的改革开放稍微起一点儿推波助澜的作用。那时我并不能明了，改革开放最终要呼唤来的乃是一个商业时代。我想我的许多同代人也不能明了。其实我们呼唤的不是未来，而是过去，是新中国成立以后“反右”之前那一段短暂的中国梦的片断。它在我们的思想中留下了一种乌托邦的美好光彩。我们希望在我们不遗余力的击鼓呐喊声中，由某些主宰中国历史进程的人物，高明地将它剪辑在20世纪80年代初的思想解放运动的后面。这是我这一代中不少人的思想局限性。我是头脑里残存着这一种局限性的他们中的一个。

然而如今中国的一只脚已经迈入了商业时代。它如同大潮过后，从海底渐渐隆起的又一块大陆。它使我们陌生使我们愕然的同时，我们已经随潮被推到它的脊背上了，已不可能退回到原先的陆地上。商业时代！它光怪陆离，它浮华而又浮躁，它使人欲膨胀，它使人心贪婪，它使官员腐败的现象如同倒片机使蝴蝶从银幕上变成毛虫一样令人厌恶，它使一小部分人暴发，暴发之后甚至为富不仁，它砸烂了许多人的“铁饭碗”，砸烂之后甚至使他们懵懂无措地陷入不知出路在何方的窘况……

所要的和已面临的根本不是一码事！

这恐怕便是相当一部分中国人迷惘、困惑、失落与愤懑的原因吧。我和他们一起诅咒过它。我诅咒时，甚至并不能明了，我所诅咒的究竟是商业时代本身，还是它有时被以简单得不能再简单的方式移置在中国的现代历史进程中所发生的种种溃烂……

但是，现在我已经能极冷静地凝视商业时代了。

首先我终于明白，将20世纪50年代初期的短暂而又充满憧憬的早期中国梦的片断，剪辑在经过思想解放运动的20世纪80年代的后面，构成的将依然是一部“剪辑错了的故事”。

其次我终于明白了这样一个道理——当时代宣布改变了以后，绝大多数人是只能也随着改变的。若时代变而人不变，那得有极其雄厚的资本和异乎寻常的资格。你如果企图超脱于商业时代之外，那你必得有祖传的产业足够养活你和你的家。果而有之，你消费祖业的方式，也必是商业时代的方式。你的消费倾向，也必受商业时代的影响。你如果不得不以商业时代的规则谋职谋薪，不管你思想上以多么激烈的姿态抵抗它，你实际上已经屈服于它了。最广大的工人，包括那些失业的下岗工人，最终是注定了都不得不归依于它的。农民也是。几乎百分之百的大小知识分子也是。我也根本没有与之抗衡的资本和资格。我的“抗衡”，倘非用“抗衡”一词的话，恐怕也只能体现在如下方面——远避它的奢华一面，因为那非为我营造的风景。控制住自己所从事的文学创作的倾向不过分商业化，因为那我自己便会觉得我变成了一个专门糟蹋文学的人。但同时又必须容忍艺术、文学包括我自己的作品被某种程度地蒙上商业色彩的现象。

谈到我自己的作品，这是有时连我自己也做不了主的。“某种程度”，应以不辜负广大喜爱文学的读者的期望为前提，而不仅仅以发表或出版的官方限制为前提。后一种前提是对自己的低标准要求而非高标准要求。在这种情况之下，我将原谅自己的“偶尔失足”，我自己对自己的原谅无疑会比广大读者对我的原谅稍微宽厚点儿，但我一定约制自己不由“偶尔”滑到“再三再四”的程度。因为我所坚持的是现实主义。现实主义的主要宗旨是面对现实的文学性“发言”，包括文学性的指判式“发言”。我清楚，我若再“失足”，我的现实主义“发言权”也就由自己取消了。纵观世界，非商业色彩的艺术和文学已属凤毛麟角。我不想声明我一定加入凤毛麟角的行列，因为我做不到，还因为我不认为只要带有商业色彩了，艺术便不再艺术，文学便不再文学了。清高如郑板桥者，也为自己的画明码标价过的。更因为我开始意识到，一个商业时代的小说家，靠稿费尽家庭经济责任，而又能相对严肃地进行长久的创作，乃是很“诚实的劳动”之一种。比之不能这样，而不得不向国家伸手讨索，讨索不到就牢骚满腹怨天尤人强。比我年轻的一批作家、编剧，某些人是很善于经营自己的。他们理当更善于经营自己。因为我这个年龄的作家从国家获得的，比如房子、基本工资、职称，他们将不再那么容易获得了。我到上海时，李子云大姐问我是否已是作家中的富翁，我只有笑笑，问她何以会这样想。她说都在传你《年轮》拿了几十万元，《浮城》一书又拿了几十万元，那你不已是百万富翁了么？我只好又笑。我创作《年轮》电视剧，每集含税二千五百元。我交《浮城》稿时，编辑说每千字八十元，我吓了一大跳。因为闻所未闻。自己主动提出不要比国家规定的稿酬标准高出那么多，高出一点儿，每千字四十元就满足了。发行得好，愿补就再给补些。发行得很好。但我的稿酬是按每千字四十元外加印数稿酬算的。当时我甚至分不清印数稿酬和版税有什么区别，还曾打电话去向张抗抗请教。此前我的三四百万字的作品，乃是由每千字七元、十元、十三元、十五元、二十元至三十元出版的。

我真的不希望比我年轻的作家们对我说，这除了是“迂”不再是别的什么。他们以后的命运将和我们大为不同。他们中的大多数将不得不变为脱离体制的自由职业者，他们不比我多些商品意识情形将会很糟糕……

一个成熟的商业时代也许是世界上大多数国家最理性最明智的选择，起码目前是这样。成熟的商业社会，需要一个国家与周边国家的和平友好关系的保障，需要国内政治稳定的保障。这两个商业时代的保障，其实首先已是与老百姓利益相关的重要保障。

我凝眸注视商业时代，渐悟它的本质其实是寂寞的，是一种大寂寞。和平使国际外交主要成为外交家们的事，政治意识淡薄使政治主要成为政治家们的事。商业时代的惊心动魄的大决策，几乎无一不与商业相关，而且仅仅反映在极小一部分人之间。有钱的开始有闲，有闲最能生出寂寞之感。缺钱的疲于奔命地挣钱，也就顾不上寂寞。连寂寞都顾不上的活法，无疑简单乏味到极点了。商业社会的特征，的的确确乃是金钱支配许多社会方面许多人命运的特征。它有时太令人厌恶。但细想想，又不见得比政治支配许多社会方面许多人的命运更不堪承受到哪儿去。全民政治化是庸俗的政治，全民商业化恰恰是成熟的商业时代的标志。商业时代的文学也将是寂寞的，因为成熟的商业时代将善于调解和处理许许多多社会问题社会矛盾，给文学剩下的仅仅是“社会题材”的“边角料”。文学不屑于咀嚼这些“边角料”，因而归于人的心灵。但面对寂寞的人的心灵，文学还没形成文学以前，便先自备感寂寞了。成熟的商业时代是断难产生史诗性文学的时代……

现在的中国，当然非成熟的商业时代。一部分人仿佛被摈弃在它的门外，进不去，又退回不到原来的社会坐标上，这是它趋向成熟，还是夭折在混沌状态的大问号。进不去又退不回的人越来越多，它的混沌状态将越持久。而持久对它是危险的……

目前文学针对现实发出的种种感应之声，是中国的另一足也迈入商业时代之前的尴尬诉说乃至呼号。而之后，几乎一切艺术和文学的品格，都必须或深或浅地印上商业的编号。当中国也果真成熟为一个商业时代了，文学对现实的感应之声也就越来越微弱了。那时它不那样是不可能的。正如目前要求它对时代本身的尴尬性放弃诉说和呼号是不可能的。

那时的作家将比文学更寂寞。但是人民却会渐渐安于一个成熟的商业时代的寂寞。归根结底，对某一时代的优劣的评估，主要是以人民而非作家们的感觉来判断。相对于人民，时代甚至可以完全忽略作家们的感觉不予理睬，而且不丧失它什么最基本的原则。

5. 中国人对玫瑰的刺究竟领教多少？

诚如爱默生所言——“商业是像玫瑰花一样美丽的。”

但他的话意味着——你要玫瑰，就得同时连它的刺一起要。

这世界上还没培育出无刺的玫瑰。

这世界上还没有一个国家的商业时代“美丽”到像爱默生所盛赞的程度。

商业这枝玫瑰的刺，有时确实是含有毒素的。它蜇人之后，人的疼痛的后果，比被马蜂蜇了一下严重得多。它的气味儿充满社会，社会仿佛变成了一个大批发市场或交易所了。而许许多多人其实并不甘愿生活在一个类似大批发市场或交易所的社会里。这的确也是商业时代令人厌恶的一面。

韩非子曾说：“渔者持鳝，妇人拾蚕，利之所在，皆为贲、诸。”

意思是——鳝似蛇，蚕似蠋，人见蛇则惊骇，见蠋则毛奓，然而因利，“皆为贲、诸”，都成了勇士。

古文中又曾说：“匠人成棺，不憎人死，利之所在，忘其丑也。”

饲蚕养鳝，劳动者谋生之计，其实无可厚非。何况，对于见惯了蚕的妇女，见惯了鳝的渔夫，并不觉得蚕和鳝很可怕。蚕还被南方的女人们叫作“蚕宝宝”呢。百姓的谋生，和商人的谋利，是有极大区别的。所以我虽引用了韩非子的话，倒并不赞同他的观点，只不过算作介绍中国古代知识分子对利的看法罢了。

我的观点是——人为谋生而勇，只要不犯法，不害人，其实是可敬的。

商人为谋利而勇，是不是同样可敬，就得具体分析了。

比如开棺材铺的老板，如果整天都在巴望着闹瘟疫，世人死得越多越好，我内心里就难以对他有什么好印象了。当然那古文的原意，指的不是这样的老板，而是做棺材的匠人。“不憎人死”，也不过是不在乎自己的行当与死人的紧密关系罢了。

但现实生活中，许多商人的心理，又确确实实和某些开棺材铺的老板是一样的，又确确实实整天都在巴望着闹瘟疫，世人死得越多越好。莎翁的名剧《威尼斯商人》就对他们进行了入骨三分的刻画。

利己是商业的原则。

投机是商业的智谋。

昨兮今兮，亘古如兹。

1861年，一个移居英国的日本人某天早晨读报时，看到了英国王子病情恶化的消息，大喜过望，他知道发财的机会来了，他奔走于伦敦和附近的城市，低价抢购黑衣服黑布。几天后，王子去世了，在全英国的悲痛气氛中，他高价抛卖黑衣服黑布，一转手赚了约合九千万日元。

商业的利润几乎总是伴着商人的投机行为源源不断滚入他们的钱柜。一个不善于投机的商人几乎不配是一个商人，起码不配是一个好商人。

商业的利己原则往往是与社会和人心的情理原则背道而驰的，它有时伤害社会和人心的情理原则，确实像流氓强奸少女一样。

文明的“玫瑰”的“刺”，有时也如此这般地令他人反感令社会不齿，不能不说商业确有“恶习难改”的一面。在中国，从商业时代的初级阶段到现在，闹剧、俗剧、丑剧更是不胜枚举。

比如从动物园里租了老虎囚于店堂招徕顾客便是一例。报载，某省菜市商场开张大吉之日，为了营造轰动效应，竟租用一架直升机，打算来个“天女散花”，自空中撒下数万元人民币。其他拉大旗作虎皮的事例也屡屡出现。

我知道这样一件事：某“个体企业家”为了高攀上层人物，赞助某社会公益活动一百五十万元。条件只有一个——名字见报，形象上电视，但一定要坐在某某领导身旁。一切疏通就绪，他却在头一天晚上因嫖娼被公安机关拘留，此时他的衣袋里还揣着第二天上午活动的请柬。于是活动不得不取消。

二、一个加班青年的明天

我因为要写一份关于《中华人民共和国劳动法》在现实生活中被遵守情况的调研报告，结识了某些在公司上班的青年——有国企公司的，有民营公司的；有大公司的，有小公司的。

张宏是一家较大民营公司的员工，项目开发部小组长。男，27 岁，还没对象，外省人，毕业于北京某大学，专业是三维设计。毕业后留京，加入了“三无”大军——无户口，无亲戚，无稳定住处。已“跳槽”三次，在目前的公司一年多了，工资涨到了一万三。

他在北京郊区与另外两名“三无”青年合租一套小三居室，每人一间住屋，共用十余平方米的客厅，各交一千元月租。他每天七点必须准时离开住处，骑十几分钟共享单车至地铁站，在地铁内倒一次车，进城后再骑二十几分钟共享单车。如果顺利，九点前能赶到公司，刷上卡。公司明文规定，迟到一分钟也算迟到。迟到就要扣奖金，打卡机六亲不认。他说自从到这家公司后，从没迟到过，能当上小组长，除了专业能力强，与从不迟到不无关系。公司为了扩大业务范围和知名度，经常搞文化公益讲座——他联络和协调能力也较强，一搞活动，就被借到活动组了。也因此，我认识了他。他也就经常成为我调研的采访对象，回答我的问题。

我曾问他对现在的工作满意不满意。他说挺知足。

每月能攒下多少钱？

他如实告诉我——父母身体不好，都没到外地打工，在家中务农，土地少，辛苦一年挣不下几多钱。父母还经常生病，如果他不每月往家寄钱，父母就会因钱犯愁。说妹妹在读高中，明年该考大学了，他得为妹妹准备一笔学费。说一万三的工资，去掉房租，扣除“双险”，税后剩七千多了。自己省着花，每月的生活费也要一千多。按月往家里寄两千元，想存点钱，那也不多了。

我很困惑，问他是否打算在北京买房子。他苦笑，说怎么敢有那种想法。

问他希望找到什么样的对象。他又苦笑，说像我这样的，哪个姑娘肯嫁给我呢？

我说你形象不错，收入挺高，愿意嫁给你的姑娘肯定不少啊。他说，您别安慰我了，一无所有，每月才能攒下三四千元，想在北京找到对象是很难的。他发了会儿呆，又说，如果回到本省，估计找对象会容易些。

我说，那就考虑回到本省嘛，何必非漂在北京呢？终身大事早点定下来，父母不就早点省心了吗？

他长叹一声，说不是没考虑过。但若回到本省，不管找到的是什么样的工作，工资肯定少一多半。而目前的情况是，他的工资是全家四口的主要收入。父母供他上完大学不容易，他有责任回报家庭。说为了父母和妹妹，个人问题只能先放一边。沉默片刻，主动又说，看出您刚才的不解了，别以为我花钱大手大脚的，不是那样。我们的工资分两部分，有一部分是绩效工资，年终才发。发多发少，要看加班表现。他说为了获得全额绩效工资，他每年都加班二百多天，往往双休日也自觉加班。一加班，家在北京市区的同事回到家会早点，像他这样住在郊区的，十一点能回到家就算早了。说全公司还是外地同事多，都希望能在年终拿到全额的绩效工资，无形中就比着加班了，而这正是公司头头们乐见的。他是小组长，更得带头加班。加不加班不只是个人之事，也是全组、全部门的事。哪个组、哪个部门加班的人少、时间短，全组全部门同事的绩效工资都受影响。拖了大家后腿的人，必定受到集体的抱怨。对谁的抱怨强烈了，谁不是就没法在公司干下去了吗？

我又困惑了，说加班之事，应以自愿为原则呀。情况特殊，赶任务，偶尔加班不该计较。经常加班，不成了变相延长工时吗？违反《劳动法》啊！

他再次苦笑，说也不能以违反《劳动法》而论，谁都与公司签了合同的。在合同中，绩效工资的文字体现是“年终奖金”。你平时不积极加班，为什么年终非发给你奖金呢？

见我仍不解，他继续说，有些事，不能太较真的。国企也罢，私企也罢，全中国，不加班的公司太少了。那样的公司，也不是一般人进得去的呀！

交谈是在我家进行的——他代表公司请我到某大学做两场讲座，而那向来是我甚不情愿的。65岁以后的我，越来越喜欢独处。不论讲什么，总之是要做准备的，颇费心思。

见我犹豫不决，他赶紧改口说：“讲一次也行。关于文学的，或关于文化的，随便您讲什么，题目您定。”

我也立刻表态：“那就只讲一次。”

我之所以违心地答应，完全是由于实在不忍心当面拒绝他。我明白，如果我偏不承诺，他很难向公司交差。

后来我俩开始短信沟通，确定具体时间、讲座内容、接送方式，等等。也正是在短信中，我开始称他“宏”，而非“小张”。

我最后给他发的短信是——不必接送，我家离那所大学近，自己打的去回即可。

他回的短信是——绝对不行，明天晚上我准时在您家楼下等。

我拨通他的手机，坚决而大声地说：“根本没必要！此事我做主，必须听我的。如果明天你出现在我面前了，我会生气的。”

他那头小声说：“老师别急，我听您的，听您的。”

“你在哪儿呢？”

“在公司，加班。”那时九点多了。

我也小声说：“明天不是晚上八点讲座吗？那么你七点下班，就说接我到大学去，但要直接回家，听明白了？”

“明白，谢谢老师关怀。”

结束通话，我陷入了良久的郁闷，一个问号在心头总是挥之不去——中国广大的年轻人如果不这么上班，梦想难道就实现不了啦？

第二天晚上七点，宏还是出现在我面前了。

坐进他车里后，因为他不听我的话，我很不开心，一言不发。

他说："您不是告诉过我，您是个落伍的人吗？今天晚上多冷啊，万一您在马路边站了很久也拦不到车呢？我不来接您，不是照例得加班吗？"

他的话不是没道理，我不给他脸色看了。

我说："送我到学校后，你回家。难得能早下班一次，干吗不？"

他说："行。"

我说："向我保证。"

他说："我保证。"

我按规定结束了一个半小时的讲座，之后是半小时互动。互动超时了，十点二十才作罢。有些学子要签书，我离开会场时超过十点四十了。

宏没回家。他已约到了一辆车，在会场台阶上等我。

在车里，他说："这地方很难打到车的，如果您是我，您能不等吗？"

我说："我没生气。"沉默会儿，又说："我很感动。"

车到我家楼前时，十一点多了。

我很想说："宏，今晚住我家吧。"却没那么说。肯定，说了也白说。

我躺在床上后，忽然想起——明天上午有人要来取走调研，可有几个问题我还不太清楚，纸上空着行呢，忍不住拿起手机，打算与宏通话。刚拿起，又放下了。估计他还没到家，不忍心向他发问。

第二天上午九点左右，没忍住，拨通了宏的手机。不料宏已在火车上。

"你怎么会在火车上？"我大为诧异。

他说昨天回住处的路上，部门的一位头头通告他，必须在今天早上七点赶到火车站，陪头头到东北某市去洽谈业务。因为要现场买票，所以得早去。

我说："你没跟头头讲，你昨天半夜才到家吗？"

他小声说："老师，不能那么讲的。是公司的临时决定，让我陪着，也是对我的倚重啊。"

他问我有什么"指示"。我说没什么事，只不过昨天见他一脸疲惫，担心他累病了。

他说不会的。自己年轻，再累，只要能好好睡一觉，精力就会恢复的。

又一个明天，晚上十点来钟，他很抱歉地与我通话——请求我，千万不要以他为例，将他告诉我的一些情况写入我的调研报告。

如果别人猜到了你举的例子是我，那不是非但在这家公司没法工作下去了，以后肯定连找工作都难了……老师，我从没挣到过一万三千多元，虽然包含绩效工资和‘双险’，虽然是税前，但我的工资对全家也万分重要啊！”

我说：“理解，调研报告还在我手里。”

我问他在哪儿，干什么呢。他说在宾馆房间，得整理出一份关于白天洽谈情况的材料，明天一早发回公司。

这一天的明天，又是晚上十点来钟，接到了他的一条短信——梁老师，学校根据你的讲座录音打出了一份文稿，传给了我，请将您的邮箱发给我，我初步顺一顺再传给您。他们的校网站要用，希望您同意。

我没邮箱，将儿子的邮箱发给了他，并附了一句话——你别管了，直接传给我吧。

第二天上午十点多钟，再次收到宏的短信——梁老师，我一到东北就感冒了，昨天夜里发高烧。您的讲座文稿我没顺完，传给公司的一名同事了。她会代我顺完，送您家去，请您过目。您在短信中叫我“宏”，我很开心。您对我的短信称呼，使我觉得自己的名字特有诗意，因而也觉得生活多了种诗意，宏谢谢您了。

我除了复短信嘱他多多保重，再就词穷了。

几天后，我家来了一位姑娘，是宏的同事，送来我的讲座文稿。因为校方催得急，我在改，她在等。

我见她一脸倦容，随口问：“没睡好？”

她窘笑道：“昨晚加班，到家快十二点了。”

我心里一阵酸楚，又问：“宏怎么样了？”

她反问：“宏是谁？”

我说：“小张，张宏。”

她同情地说——张宏由于发高烧患上急性肺炎了，偏偏他父亲又病重住院，所以他请长假回农村老家去了……

送走那姑娘不久，宏发来了一条短信——梁老师，我的情况，估计我同事已告诉您了。我不知自己会在家里住多久，很需要您的帮助，希望您能给我们公司的领导写封信，请他们千万保留我的工作岗位。那份工作，宏实在是丢不起的。

我默默吸完一支烟，默默坐到了写字桌前……

三、我们的下一代真是“小上帝”么?

曾有一位外国朋友问我：“处在转型期的中国人中，哪些人的心理负荷最大？”

我不假思考地回答：“首先当然应是政治局的成员们。中国这个斯芬克斯给他们出的难题太多。”

她又问：“其次呢？”

我说：“那就要数我们这一代人的儿女们了。”

她顿时“友邦惊诧”起来，困惑不解：“你们不是总发议论，认为你们的下一代简直就如同‘小上帝’，一个个幸福得都快溺死在蜜罐子里了么？”

我说：“那样的一些孩子是有的。但属极少数。中国还有相当多的孩子穷困得根本上不起学。所以我们才有‘希望工程’。相比之下，大都市里的孩子们的命运要强得多。但他们都像野兔，已经很快被分数这条极其凶猛的猎犬撵咬得疲于奔命，倒毙升学途中了！”

……

我所在的海淀区，1997年重点高中的录取限数是一万多名中学生，但有九万多名中学生报考重点高中。初中升重点高中的比例是九点七比一！比当时全国高中升大学的难度高三倍还多！

我的儿子所在的中学是海淀区的重点中学。本校初中升高中的平均分数线已提高到九十三分以上。预计这所区重点中学的中学生，在升高中的考试后，将被淘汰半数以上！平均九十三分乃是一个浮动的分数线，而淘汰比例却几乎是定死了的。水涨船高。届时如果考分普遍上扬，那么高中录取分数线也相应提高，可能由平均九十三分而九十四分，而九十五分……

倘果而提高到了九十五分，那么，一名考生即使达到了平均九十三分的成绩，也注定了将被重点高中的校门所拒！谁能说初中考高中，平均九十三分还不算优异的成绩？

据我所知，北京另一个区的重点中学向学生们透露，低一分而交八万元，亦可考虑直接升入本校高中，竟有二百余名家长，争先恐后向校方预交“加分抵押金”！

看来有钱的中国人家真的是多起来了。清贫的家庭，也就只得寄希望于儿女在初考校场上使出浑身解数搏杀的结果了……有一天，我的儿子晚上十一点半还没写完作业。我说：“儿子，算啦，睡吧！”他说：“爸，你别怜悯我。我们班有家远的同学，常一点多钟才能睡下。”而我们的这些孩子，每天最迟六点半便得起床。他们一到初二，就没有了双休日。初中升高中也罢，高中升大学也罢，题是一年比一年出得怪、出得刁、出得诈了！出题者们，分明地，是将某些已与考试宗旨相背离的题当成“杀死”考生正常智力的“凶器”，以考生的“伤亡惨重”为能事、为荣事、为快事的。

因为，在中国，在目前，似乎只能以考生的“伤亡惨重”，来暂缓大学的“人满为患”。这是很无奈的事。吾国人口也多，下一代也众，尽管都已是独生子女。而近十年来，这也发展，那也繁荣，我们又究竟多盖了几所高中、几所大学？或曰——考不上重点高中，家长和学生，就自行地泯灭了“大学梦”嘛！考“职高”嘛！全国真已有那么多“职高”了么？

升大学，其实早已非什么“望子成龙”的思想在作祟，而是为了儿女将来起码可以谋到一份职业，成家过日子，不必父母操心至死。

秃子头上的虱子—— 一个明摆着的事实是—— 一个初中或高中毕业生，要找到一份工作，将是多难多难的事啊！

到工厂去当工人？

国有企业早已在大裁员……

中国的这一教育窘况，据我看来，很快就会继“失业”问题之后，成为困扰中国的第二大问题。它直接将体现为失业问题的一部分，而且将是潜在态势更咄咄逼人的一部分。因为，下一代的谋职无路，是比他们的父母辈“下岗”更令他们沮丧的。这种沮丧，也许会在他们太年轻的心中氤氲成一片对时代对社会的悲观、不信任，乃至敌意。

摆了这么多，似乎有点儿危言耸听的意味。

良方何在？

据我看，目前没什么所谓良方。

唯一的办法恐怕也就是，也只能是——做家长的增强心理承受力，做儿女的也增强心理承受力。毕竟，初考也罢，高考也罢，试卷面前人人平等。目前，在这个地球上，还没有比试卷面前人人平等更平等的方式。只不过中国的初考高考试卷是全世界最难的罢了。落榜了，有钱的你就以钱抵分。没钱的能借到钱的，你若愿为儿女负债累累你就借。连借都借不着的，求爷爷告奶奶，赶紧替儿女找到份儿他们好歹能挣钱好歹糊自己口的工作。儿女此时最需当父母的帮一把。这就叫为人父为人母的责任。为了尽到这个责任，哪怕将自尊剁碎了包装在礼品盒儿里去送人情，也是你完全应该的，也是值得的，也别有什么委屈。谁叫你做了父亲做了母亲呢？早没听说过“可怜天下父母心”这句话么？这也叫父慈母爱啊！此时为父不慈，为母不爱，枉为父母。

当然，还要告诉儿女明白，“马失前蹄不算倒”，何况小小年纪，不过是马驹子。从赛马场上遭淘汰了，未见得就难成为一匹将来能驮、能载、能吃苦、能耐劳的壮马好马。这世界上古今中外自学成才的人不乏其数。这世界也非只为有高等学历的人才构成世界的……

在目前的中国，对初考高考落榜的儿女言语呕呕斥责辱骂的父母，是最没体恤心的父母，是最不人道的父母，是可憎的父母。

国家的问题分而化之，均摊到具体的家庭，由具体的个人，靠了增强的心理承受力承受，靠了坚忍的意志力背负，恐怕是目前，也是今后一个时期的方式。

这是一种看似解决了危机，而实际上危机与日俱增的方式。因而，不可由国家认为是长久的方式。倘国家真的这么认为，国家和民族，终将会遭报应的。国家对此窘况，难道真的就一点儿作为也没有了么？答曰：否！大力提倡、鼓励和支持创办“职高”，这国家已在做了；开拓就业市场——这是前提的前提，根本的根本。否则，“职高”毕业了又到哪儿去？

制定“累进税收制”——先富起来的一部分人，有义务向国家多纳税。否则，这国家曾给予他们那么多优惠政策和先富起来的优先机会，为的又是什么？

严密控制国有资产的流失。有意或无意的流失，流向国外，流向个人腰包，是对中国下几代人无耻的犯罪。据国有资产管理局的友人告诉我，至今为止，国有资产流失的总数，可兴建近百所高等院校！再有，就是少开些会吧！尤其少开那些隆隆重重地走巨大过场的会！一次会就是一所重点中学！少开几次会中国亡不了的。中国，为了我们的下一代，你这并不富有的国家，该节省的地方，节省一点儿吧！国家经济实力，也体现在拥有高等院校的总数的多少。国民素质的提高，也体现在受高等教育的人数占总人口的百分之多少。这是我们都清楚的一般性常识。我们的儿女这一代，其实是命运注定了。我们只能祈祷中国还我们的孙儿孙女辈以美好的青少年岁月，而不要他们在终于挤入了大学校门后，去读他们本该是孩子们时才读的安徒生童话和格林童话！……

四、静好的时代

这次我随身带来的差不多是五六本杂志，我在途中就已经认真地读完了其中的两册杂志；刚才我们邹进先生说的那首诗，我就是在到上海的列车上，在一本杂志上读到的。或者是《青年博览》，或者是《读者》上，这是关于一段小诗的一个摘录。我觉得这就是书籍、阅读和人的关系。你错过了这个机会，你没有翻开那本杂志，你就不知道有一个叫邹进的人，他对于阅读这件事，对于现代文明下人的生活方式的改变，有着这样一些想法。不管你同意还是不同意。

读书对人有什么好处呢？某些外国电影中每有这样的对话：一人游说另一人参与某事，另一人反问，对我有什么好处？事关好处，老外们喜欢直截了当。所谓好处当然可以指精神上的。我常被“绑架”到各种场合劝人读书，我觉得这是一件极尴尬的事情。劝人读书就好像劝一个不喜欢运动的人要坚持健身一样。而我碰到的许多不健身的人经常跟我调侃说，长寿的秘诀就是吸烟、喝酒、不锻炼。你要碰到一个不读书的人，他说，我没有觉得对我有任何损失，事实上你是无语的。因此我谈的是读闲书，闲书与闲书不同，有的闲书不值一读，有的闲书人文元素的含量颇高。读后一类闲书即使不能益智，起码也能养心怡情。在那样一些场合往往并没有人直截了当地问：读书对我有什么好处？然而我却看得出，几乎所有的人内心里都在这么问。事关好处国人之大多数仍羞羞答答的，其实大家心里也都在问，读书究竟对人有什么好处呢？现而今，谁愿意将时间用在对自己什么好处也没有的事上呢？非说“书中自有颜如玉，书中自有黄金屋”，那就等于忽悠。若说书是知识的海洋，其书恰恰指的不是闲书，而是专业书，而是学科书。若说书能养成气质，无非指的是书卷气，但要形成那种气质得读很多书，而且论到气质，谁又在乎自己书卷气的有无呢？分明当下更令人肃然起敬的是官气和财气，谁敢说官气和财气就不属于气质呢？要知天下事，看报、看电视、上网就可以了，凤凰卫视有一档节目便是《天下被网罗》，专门报道网络新闻，何必读闲书呢？要了解历史吗？网上的史事资料足可以满足一般人对史的兴趣。都说读书的人会有别种的幽默感，但目前中国人最不缺乏的就是幽默感，微博、短信每天互夸的幽默段子不是已经快令国人餍足了吗？

那读书究竟对人有没有好处呢？我个人觉得，如果一个人自觉地摆正自己是人类一员的位置，就好回答。因为文字的产生开启了人类真正的历史，同时派生了传播知识思想和信仰的书籍。工具的发明只不过使人类比其他动物在进化的长征中跃进第一步，运用工具使人类的智商在生物链上独占鳌头，但是如果没有书籍的引导，人类只不过是地球上智商最高，但也最狡猾、最凶残的动物。书籍是人类最早的上帝，教我们的祖先有所敬畏、忏悔和警戒。读书，世界读书节，是体现人类对书籍感恩的虔诚心。

为什么一个国家读书人口的多少也标志着该国的文明程度呢？因为读书不但需要闲暇的时间，同时需要人在那一时段有静好的心情。有些事人在不好的心情下也可以做，比如饮酒、吸烟、听音乐，有些事会使人产生好心情，但不见得是一种又沉静又良好的心情，甚至可能是一种失态、变态、庸俗的所谓好心情，比如集体的娱乐狂欢，比如成为动物斗场上的看客。对于人，只有一种事能使人处于沉静又良好的心情，沉静到往往可以长久地保持一种姿态，忘了时间，进入一种因为自己的心情沉静了，似乎整个世界都沉静下来的程度；找到一种内心里仿佛阳光普照，或有清泉淙淙流淌，或有炉火散发着惬意的暖度。细细想来，这么一种又沉静又良好的时光，迄今为止，除了是读书的时光，几乎还是读书的时光。当然，指的是读好书。一个时代、一个社会将读书当成享受的人多了，证明它留给人的闲暇的时光是充足的，体现了高层面的人性化，同时证明人心的较良好的状态是常态。失业者的闲暇时光也是有的，但如果长期失业，他们会因那样的被闲暇而脾气暴躁，希望他能享受读书时光的静好，是站着说话不腰疼。故读书的人口多了，间接证明一个时代、一个社会本身是静好的时代，静好的社会，静好的国家。反之反证。

数字阅读的时代刚刚来临，是否意味着人类将会告别读书这一古老而良好的习惯呢？有人断言那是早晚的事，最快五十年后便成现实。我认为不会，起码一百年后还不会。一百年后的地球怎样呢？没谁说得准。为什么不会呢？因为人与书籍的亲情对于一部分读书人而言，早已成为基因，成了 DNA 的一部分。小海龟一出壳就会朝向海岸爬，有读书习惯的人的后代往往两三岁的时候就会本能地将带图带字的书籍往父母手中塞，小孩子与书籍的亲情是父母日常习惯的示范结果。一位母亲给自己的孩子读书上的好故事，永远是人类的美好式亲情。不管水平多高的朗读者的录音，起初都比不上坐在孩子身边的母亲的捧书亲读。人长大以后一般不会牢记偎在妈妈怀里吃奶的细节，但听母亲给自己读书的温馨往往会成为终身的记忆。只要有携带读书基因的父母，人类的读书种子便会一代代繁衍不息，写书的人、出版者、发行者、图书馆工作人员，是为这样一些人服务的。后一种人某一历史时期会少，但永不会绝种。数字书籍与字纸书籍并非前者灭后者的关系，有时也应该是相得益彰的关系。

一位母亲教自己两三岁的孩子用手机或弄 iPad，这种情形不论是画，是摄影，在我看来是可怕的，会使我做噩梦；梦到外星人变成了人类的母亲，而将人类真正的母亲给害死了。今天的广告创意者是多有才能呢？为什么苹果也罢，三星也罢，从没有人推崇过以上情形的广告，就是一位母亲在教自己两三岁的孩子看手机，对吧？因为那也许将遭到集体的抗议甚至起诉，罪名是企图异化人类后代，使人类从基因上变种。

博客时代很快就被微博时代抢了风头，微博时代已分明是强弩之末，海量的段子令人眼花缭乱；这个情形似乎已经过去，人们转发的兴致已经不那么高了。原来的时候我有明确的感觉，我最初用手机的时候每天都得收到个转发的段子，后来我碰到转发的人，问，你们怎么不转发给我了？他自己有一点索然了，因为太多了，他已经转发过一年的光景了，他玩腻了。微博是什么呢？微博最使人刮目相看的是传播消息的速度，远快过报刊、广播、电视。但人类不是仅仅靠知道一些事才感觉到自己存在。人类还要知道某些人为什么成为那样一些人，某些事为什么会发生，更要知道自己属于哪种人、什么人；如果想要改变，怎样改变。人生苦短，应当活出几分清醒，唯有书籍能助人达成此点。电脑功亏一篑，而手机不能，甚至恰恰相反。我跟我的研究生谈过一次话，因为她是眼睛红着在跟我谈论文，我说昨天晚上干什么了，她说昨天晚上在网上阅读了。我说，几个小时？她说三个小时到四个小时。我说你一直在网上阅读老师给你留下书目的那些文章吗？她说不是，半个小时之后我想轻松一下。我说半个小时之后，又之后呢？她说又之后我就下不来了，就去看别的了。我不太相信，有人在网上读雨果的《悲惨世界》上、中、下，读托尔斯泰的《战争与和平》，读《追忆似水年华》，对吧？好多名著都不可能是在网上读的，所有那些在网上阅读的人，除了我们的陈超馆长，十之七八是忽悠我们，他在冒充读书人。（掌声）

我建议小学五、六年级的学生应该像断奶那样告别儿童的文字故事，开始读少年故事，而初中生应该开始读青年故事，高中生应该开始读一切内容健康的正能量的成人书籍。总之读书这件事起码要超越实际年龄两三岁，否则谈不上益智，怡情也太迟了，怡心则成马后炮。我认为对于今日之儿童少年，怡情、怡心比益智、励志更重要。我们现在到处看到的励志，都想让大家成为大款，我们的儿童、我们的孩子似乎只剩下了这么一种志向。一个智商较高但缺乏人性之美的人，即使外表再帅再靓，也很难是可爱的、令人敬佩的。谁不希望自己是可爱的呢？这是我们作为人的底线，读书能使我们保持这种底线。

故我建议当下之中国男性也应该多读一些出自女性笔下的文章、文学作品、书籍。我的阅读体会是汉文字在当代女性笔下呈现的种种优美似乎超过了男人，不但喜读而且爱写的中国当代女性向汉文字、汉词汇中注入了前所未有的灵动、俊美的气息。同样，我也建议当下之中国少女、姑娘们读一些男人笔下的文章、文学作品，这里主要讲散文、杂文、随笔以及较有思想含量的书籍。这年头知识泛滥，而思想，对于中国人却又是弥足珍贵的。如果当下之中国女性仅仅陶醉于自己是极感性的动物，是我们这个时代的悲哀，毕竟女性是半边天。如果我们对这个时代不中意，改变它是男女共同的事业，而改变时代也需要靠思想。

我最近读到的一篇好文章是发表于 2013 年第 4 期《粤海风》杂志上的上海

作家协会吴亮先生的一篇书评，或曰关于一本外国学者写的书的批评。我读了一遍尚不能完全明了他的观点，但其思想表达之美已令我折服。作为美文，推荐给诸位。因为我跟吴亮仅在二十年前见过一面，我不存在给他做广告的嫌疑。

我建议人们吸收中国传统文化思想时应取这样一种态度，如果说世界是地球村，那么文化思想，不论东方的、西方的，首先都是人类的。将传统文化思想当成盾，企图用以抵挡西方文化的心理，是我所反对的。我赞成各美其美，美人之美，美美与共的文化态度。阅读使女性变美，会使美女更美。我们看绘画史就知道，西方的油画史中多次画到阅读中的各种年龄的女性，而且既然进入了美术史，既然成为经典，一直到现在被人们欣赏而不厌，那就证明她真的是美的，再也没有比人类在阅读的时候的姿态更美的了。尤其对于女性，我个人觉得有四种姿态是最美的：第一是阅读时的女性；第二是哺乳着的年轻的母亲；第三是恋爱中的女孩，哪怕她手持一枚蒲公英在遐想；第四是白发苍苍的老妪闲坐在家门口的那样一种安适，我觉得这是非常非常美的。

谈到读书对人究竟有什么好处，我想举我自己的一个例子，就是我在下乡之前或者在“文革”之前看过托尔斯泰的一个短篇叫作《舞会以后》，讲的是在要塞中做上尉副官的主人公伊凡爱上了司令官的女儿，那姑娘是相当俊美。有一天这个司令官的花园里正举行派对，绅男淑女在月光下，挽着手臂浪漫地谈诗、谈爱情、谈崇高的情操、谈人格的力量等；而就在花园的另一端，在实行着鞭笞，在鞭打一名开小差的士兵，因为他回家去看了自己生病的孩子。这时就有了伊凡和司令官女儿的对话，他问那女孩为什么，女孩告诉他原委。他说你去替我请求你的父亲可以终止了，因为我已经暗数了鞭笞的次数。那女孩说，不，我不能，这是我父亲的工作，他在执行他的工作，以后你如果成为我们家庭的一员，你应该习惯这一点。伊凡吻了她的手之后告辞了，他在心里面对自己说：上帝啊，哪怕她是仙女下凡，我也不能爱这样的女孩。这样的女孩之可怕就在于，我们从二战中的一些资料中可以看到，在屠杀犹太人的时候，纳粹军官和他的妻子孩子们可能正在领导督察，他们显示出德国上流社会的某种姿态。

一个人在他少年的时候读到这样的书，这书肯定影响了他的心灵，这使我有资格对外国记者们说——当他们来采访我的时候问，你在“文革”中的表现的时候——对不起先生们，你们选错了人，我正是在“文革”中知道怎样去关怀人，同情人，暗中给人一点温暖。

还举一个例子，就是我的三名没有见过面的知青战友的过去，我从一篇文章中看到关于他们的书的事情。他们当年是某团部的电话员、广告绘画员，还有一位是图书管理员之类的。他们发现有一个破仓库里藏着那么多当时封起来不给借阅的书，有天晚上就偷偷地拿了几本，回去拉上床单看。偷看的其中一本书是苏联的《叶尔绍夫兄弟》，叶尔绍夫兄弟中有一个老三叫斯杰潘，这斯杰潘参加过二战，他的军队集体失去了战斗能力，他成了俘虏，却没有自杀。后来他逃出来，回到了家乡。战争结束，和平建设开始了，他跟两个哥哥都成了官员，但两个哥哥都不能公开和他见面。他们和他爱过的姑娘都拒绝认他。他爱过的姑娘后来被德军毁容了。她在见到他的时候也在说，我被糟蹋的时候你在哪里？不管他在哪里，他曾经是一位战士，但他失去了战斗能力。那么在这个时候，三个阅读的青年中，有一个青年说，我想说一句心里话，我是那么同情斯杰潘。我觉得读书就应该这样读，这样思考，我个人能理解那时那种人性的营养是怎样注入了这少年的心田。当书籍的、人文的营养注入了少年的心田的时候，我们就会对那样的事情怦然心动。比如说我曾经在课堂上读过这样一篇小小的散文。二战结束后，一队德国的士兵路过一个集体农庄，所有的村民列队两边怒视着德军。队伍中有一名年龄最小的士兵，他受伤了，他恐惧，发冷，浑身颤抖，他还在哭泣。这时候有一个老大娘向他冲过去，那小兵当时就吓呆了，其实那老大娘跑过去之后只不过是把自己的头巾摘了下来，给他围上。我对人性能达到这样的高度充满了敬意。但是，只有读书才能使人对这样的一篇小文心有灵犀，人们不仅仅是对那些虽然可笑但没有多大意思的段子有感觉。谢谢大家！

主持人：梁先生请留步，谢谢梁先生给我们带来这次精彩的演讲。让我们再一次以热烈的掌声表示感谢！下面是提问的时间，请大家举手示意。

提问人：梁老师您好。（梁：你好！）我是原来《中国图书商报》的记者潘启雯，我们 8 月 1 日更改为《中国出版传媒商报》。刚才梁老师说，男性要读一些女性写的书，女性要读一些男性作家的书，您能不能给台下的女读者推荐一本书，也给男读者推荐一本书呢？谢谢！

梁：推荐一本？（笑声）我想不论是男性读者还是女性读者，读一本书而欲获益匪浅，那绝对是不够的。我现在的感觉是，到了我们这个年龄不应该仅仅是读小说。我经常觉得，作为作家，我们的想象力已经远远低于现实本身的“创造性”。就是现实中发生的事情使我们在提笔写的时候经常告诫自己，你要这样胡编吗？人怎么可能坏到那样的程度？人怎么可能虚伪到那样的程度？人怎么可能堕落到那样的程度？作为一个 21 世纪的中国的医生，怎么可能会把自己还比较熟悉的人的孩子给卖掉？这种想象力即使写到书中去，它也不真实，但是生活告诉我们，这就是真事。包括那个上海的法官去嫖娼的事情，关键在于，又说句实在话，法官们那样，我想也不奇怪。我比较震惊的是揭发他们的那个人，那是一个人的复仇，一个人的潜伏，一个人的战争（掌声），而且我觉得他只有那样战斗才能成功。有这样的细节，就是当对方的母亲去世了，他居然还出现在对方母亲的丧礼上，并且还献了一个花圈，然后呢又站在对方背后、近在咫尺的地方打量着对方。仔细一想，社会把我们中国坚持正义的人逼到了什么份儿上，是吧？使我们真的要变得老谋深算，真的要变得君子报仇、十年不晚。

所以，我只有在看到和我比较熟悉的作家的名字的时候，而且是重点作品的时候，我会读一下小说。这个年龄要读一些史，要读一点哲学。而且我个人认为，从唐到北宋的这一段历史，其实不读也罢，我们都知道那段中国太辉煌了。可从南宋一直读到元朝，再读到明朝。我觉得明朝都可以越过去，再读一下清朝，这时能够明白，我们中国人怎么会变成今天这样的一种心性。大家都说清朝有康乾盛世，但是我建议大家回去画中西历史图表，画图表你就能看出来。从宋末开始近六百年，尤其是后四百年的时候，西方出现了那么多大事件，出现了那么多改变国家制度的思想力，而中国是宋词、清诗，然后呢，《四库全书》，然后是《康熙字典》，然后是《全唐诗》。我们全民族的思想力在那么漫长的时间几乎都变成了修书，对吧？因此我觉得真正要读一读史，真正要读你得从晚清到民国，到 1949 年以前。我们要补上这一课，看看那时的中国人和我们有什么区别。说句心里话，我更想的是，那时的知识分子和我们有什么区别。我每读那时的史和诗的时候，我心里就在想，我怎么变成了这样？我还努力想变好一点，也不过就好了这么一点点，或者叫作不坏的一个知识分子，但中国不仅仅需要这样的知识分子。谢谢！

主持人：非常感谢梁教授，虽然没有一本具体的书，但是我们大家记到了很多很多的书。我想大家可以抓紧宝贵的时间，还有谁要提问？（笑声）

提问人：我问一下，梁先生我想问一下，你现在如何健身？

梁：我属于那种不运动的人，但是偶尔散散步。我已经写了这么长的时间，有时候写小说，有时候写杂文，到后来写中国社会各阶层分析——受前辈的文化知识分子的影响太深，总想肩起来一点儿对我们时代起作用的责任，但是我真的觉得累了。最近我下决心了，我何必非要做堂吉诃德呢？我来做桑丘，因为我觉得我做堂吉诃德那么长时间，现在有资格做一下桑丘，做堂吉诃德的责任应该留给今天的三十岁左右的人们。嗯，谢谢大家！（掌声）

提问人：梁教授您好！今天听了你的演讲，我感到震撼。您在这儿震撼了我，也震撼了大家。但是，震撼的时间太少了，地点太小了，范围太小了。我只提一个要求，希望放大您的声音，努力放大，放大再放大。作为一个出版社的从业人员，我深深知道，网络的毒害很大，限定网络有这么难吗，我希望在您的呼吁之下，我们这个民族重新回到读书这个优秀的传统当中来。谢谢！

梁：网络呢，我倒也不视它为洪水猛兽。但是我在火车上读《读者》的原创版，我发现原创版有一封编者致读者的信，那信里面也透露出刚才的那种悲观。说这么长时间了，我们的原创版还凝聚着这样一些粉丝，这样一些读者，谢谢大家。那意思透露出它的读者群也已经在萎缩。还有一点，我以前坐火车的时候，说起来应该是我们那个年代，在火车里经常有人推着车来卖杂志，后来我发现没有了；我又坐了几次火车，发现没有了。我发现火车上所有的人都拿一个大的笔记本（电脑），或者拿一个 iPad。我要说的是女性，即使看 iPad 的时候也要设计师临时设计一下，看 iPad 这个姿势怎样更美一点。我有一次在饭店里吃饭，离我不太远的地方一张桌子上坐着一个中年女性。我非常害怕，我总以为她精神是不是有一点不对，因此可能我的表情流露出来了，她也不拿好眼色看我。她拿着这么大的一个手机，她拨弄手机的姿势非常夸张，这样（笑声）。我们那时候还不知道她在干吗，我们生怕她一会儿会冲过来，是吧。我觉得，这些是老美发明的，是西方发明的，可是这个国家非常奇怪。你看奥巴马告诉他的女儿们，要限制她们看电视的时间，要限制她们用手机的时段。许多美国电影里面可以看出，他们都给孩子买那个智能最单纯的手机，就说爸妈要知道你在放学之后，在某个时间，你在哪儿，就是那样的手机而已。可我们这里孩子们看、玩的那手机越来越智能。关键在于，有一次我在机场，看到中外两个团队的孩子，大约是中学生，是夏令营互送的。这一面儿是外国的孩子，人手一本书，包括我们中国的那种图很多字很少的书，他在学汉语，他们都在那儿认真地看。到我们这儿，人手一手机，我立刻就看到，这是他们发明的东西，在我们这儿变成了这样，而他们的人不这样，他们的孩子不这样。这两种孩子长大后是要竞争的，我们要思考这个问题。谢谢大家！

主持人：还有最后一位。（梁：好的。）

提问人：梁先生您好！我是《经济参考报》的记者王毅。梁先生您刚才说到我们应该多读一些晚清民国时候的历史书籍，在我们这样的年龄，可以少读一些小说，多读一些有思想的东西。我想提的问题是，晚清民国时期有没有哪一位有思想的文人对你影响最大？而且有没有哪一位思想家，或者有思想的文人的作品对梁先生有影响？

梁：有。太有了——蔡元培、陈独秀、胡适、梁启超……，他们的道德文章，确实令我极为尊敬。但，一个人不应只读自己尊敬的人的书，应尽量读一切有助于自己开阔思想纬度的书。亲爱的同志，我跟你说，就在昨天晚上，华东师大的三位教授同志到房间里去看我，其中一位是当年复旦大学高我两届的同学。他在那个年代由于对于“四人帮”的倒行逆施保持他独立的品格，后来被同学揭发了，然后就被开除党籍和学籍了，被罚回崇明岛去劳改了。因此当时我没见到他。昨天他来看我，带了他的两位教授同伴。我们昨天晚上都在谈我们对于国家的发展的肯定，那发展我们要看到，跟我上大学的时候就是不一样，复旦大学那个时候位置上还是一片荒野呢对吧，但是现在你们看浦东新区等，我们要看到这一点。但是我们也感到了忧虑，那些忧虑需要我们共同交流，共同碰撞。有的时候我们这样的人，觉得自己读了一点书的人，居然还看不明白目前的中国是怎么样的，甚至还看不明白我们未来的方向究竟是怎样的。因此就要不断地交流，不断地看书，不断地来判断，这样才能使我们作为一个文化知识分子，在特殊的情况下摆正自己的立场，因为我们有时要表达立场。谢谢大家！

第六章

觉醒的时代

向世界看齐，从内到外审视自己

一、世无大国

依我看来，迄今为止，这世上还并无一个大国出现。

这里所言之“大”，不唯指领土的广阔，不唯指人口的众多，也不唯指经济和军事力量多么了得，还指一个国家的品格怎样。

正如一个人，虽具有种种强的优势，却从不以强称霸，更不以强欺弱，才配视为是一个“大写的人”。反之，体貌大耳，德性低，劣也。

一个“大写的人”，那也是难免会与别人发生矛盾的。这样的一个人，如果自己错了，是从不拒言“我道歉”的。

所谓“君子坦荡荡”。

是的，以我的眼看来，人类的历史上，至今还未出现一个具有此种国家品格的大国。

我们中国的领土倒是够大，人口居世界首位，但我们在经济和军事力量两方面还都不算特别强。

我记得中央电视台的节目主持人曾采访过一位美国的中国问题研究专家，女性，我们的节目主持人也是年轻的女性。

女主持人问：“您对中国目前的世界地位有什么评价？”

美国的中国问题研究专家反问：“你的意思是问中国是不是已经强大

了吗？”

女主持人点点头。

美国的中国问题研究专家微微一笑，答曰：“你们早就是大国了。”

她的反问和她的回答耐人寻味，给我留下了极深的印象。

尤其是现在她嘴角那一抹笑，使我的中国心被刺疼了一下。

在那美国的中国问题研究专家看来——中国也只不过就是大而已。

我们从来便大，但却从来也没真的强大过。早年的八国联军以区区数千人长驱直入地占领了一个有四亿五千万人口的国家的都城，说明大和强大是多么不同；后来的侵华日军又用“三光政策”再次向我们说明了大和强大的不同。

今日之中国，外汇储备虽已在世界上数一数二，但说到底，那是十三亿多同胞的大多数，以充当世界上很低廉很低廉的劳动力的方式换来的，被十三亿多这庞大的分母一除，分数值其实还是少得可怜的。何况我们远忧近虑多多，即使不再用成堆来形容，那也还可说是成筐，成筐箩。故我们虽大，却内虚。

所以中国在国际舞台上一向自谦地说：“我们仍是一个发展中的国家。”

正因为我们还算不上是一个真正强大了的国家，某些别国才敢于不时地挤对我们，在国际关系中时不时地给我们某种脸色看，甚至给我们小鞋穿。

我是相信我们中国一旦真正强大起来了，那也一定会是一个国际形象温良的通情达理的君子大国的，因为那是我们这个国家这个民族的理想。“和为贵”是我们这个民族的一种文化基因，我相信如果将来世上有又大又强并且不讳言“道歉”二字的国家的话，那么必是中国。

但依我看来，今日之中国，离自己的理想还远着呢。

那美国的中国问题研究专家的话，以及她那一抹笑，之所以使我的心感到被刺疼了一下，不仅因为她的尖刻，还因为我们某些中国人自己的妄大——他们分明觉得，我们中国已然真的又大又强了。故一旦居位，说话办事，便总是会尽量做足大而且强的架势。那种财大气粗铺张浪费，每令了解国情底细的中国人瞠目结舌，也每令对中国多少有点儿研究的外国人嘲颜一笑——就是那位美国的女的中国问题研究专家的那一抹笑……

那么美国是否便配是世界上的第一大国了呢？

虽然美国的领土并不是最大，虽然美国的人口并不是最多，但美国的综合国力尤其它的军事实力确乎是世界上最强的。

但遗憾的是，它也只不过是一个强国而已，国家品格上却是相当成问题的。第二次世界大战以后，它干过不少蝇营狗苟的事情，向别国派特务，派间谍，派杀手；搞煽动，搞颠覆，搞军事恐吓——在我们这个世界上，它曾是搞那些摆不到台面上的事最多的国家。如果华盛顿、林肯、杰菲逊和罗斯福仍活着，是会替美国汗颜的。它却从没因为做过以上那些丑事向任何受其危害的国家道歉。比如它多次派特务刺杀古巴领导人卡斯特罗的行径就是令人嫌恶的，为了刺杀成功，居然跟意大利黑手党勾勾搭搭，实在是太有损美国的国格的。在这些令人不齿的方面它今天倒是改了不少，但动辄摆出全世界军事大佬的威风对别国进行武力压迫，依然是它的惯伎。美国近年发动了一次又一次国际战争，姑且不论那些战争的对错，死在美国狂轰滥炸之下的别国的平民百姓，却从不曾听到过代表美国的内疚之声——亏它还是一个自诩信仰基督精神的国家！

而美国从不曾因自己的罪过说过“美国道歉……”

它在国际谴责声浪中经常所说的话仅仅是——“遗憾”而已。

对于美国这个国家，世界上的人是分等级的。美国人肯定是一等人，别国人是二等三等甚至低等人。这种国家意识，其实和当年的日本、德国很相似。而另一个事实乃是——普通的美国人对别国平民百姓的看法，反而比其几届总统和政客们更人性化一些。

该道歉而不真诚地道歉的国家，综合实力再强，那也还是国家品格方面的“矮子”。

日本最是一个该道歉而不真诚道歉的国家，故所谓“大日本帝国”，今天在许多别国看来，仍只不过是“小日本”们的国，而且一直给世人以鬼里鬼气的感觉。

英国也曾对全世界号称“大英帝国”，而且自诩“日不落帝国”。从前的英国极其霸道，也曾是一个穷兵黩武的国家，像今天的美国一样，以全世界的“总舵把子”自居。但是现在，它除了亦步亦趋地紧傍美国，勾肩搭背，借势充当“二爷”，便再也找不到半点儿大国的感觉了。

傍别国的国，无论傍的名堂如何，总归是大不起来的。

有剑桥大学、牛津大学和伦敦大学的英国，有莎士比亚的英国，有乔叟的英国，有华兹华斯和狄更斯、勃朗特三姐妹的英国，有大英博物馆的英国，它本不该是现在这么没出息的……

叫人不知对它说什么好。

德国必将是一个令全世界忘其前史刮目相看的国家。

因为它由于是第二次世界大战的罪魁祸首而向全世界道歉了。

尽管世人对勃兰特那具有戏剧性的一跪众说纷纭，但能以敏感的眼来看世界的人肯定都看到了，德国是从那一年起真正开始脱胎换骨的……

曾被视为“红色帝国”的苏联不复存在了，“俄国”却死而复生，它再也不可能是“北极熊”。然北极除了白熊，还有另一种了不起的动物——北极犬。北极犬具有令人肃然起敬的耐力，是北极的驼。依我看来，当今之俄罗斯，如同北极犬。

俄罗斯国家肯定会走出低谷的。

然一个现任总统号召青年为民族多生孩子的国家，证明它比从前是“苏维埃共和国”主体的时候人少多了……

19 世纪以后的法国，似乎有几分人类理想国的模样，不愧是人类近代思想文化“启蒙运动”的摇篮之国，孟德斯鸠、伏尔泰、狄罗德、卢梭、雨果们的灵魂，没有白白影响这个人类近代史上最早的“共和国”。然而它毕竟不够大亦不够强，故第二次世界大战伊始，德军几乎易如反掌地占领了巴黎，证明一个国家仅靠思想和文化的骄人成果是挡不住法西斯的……

回望历史，国家出现，业已悠久千余年。大国徒大，强国徒强，一个又大又强且在国内国际两方面都堪是楷模的国，确实还没出现。

倒是世界上的某些小国，反而在国家品格方面更令我这个中国人敬意由衷。比如比利时、丹麦、冰岛、卢森堡、挪威、瑞典、瑞士等，虽然它们都很小，但近代以来，都越发接近是“君子国”。世界和谐，在小一方。

倘让我在当代的世界上选一位最受人民爱戴的国家元首，那么我将会毫不犹豫地为丹麦女王玛格丽特二世高举我的双手。

她曾是当代最年轻漂亮的女王，也是世界上最普通的女王，还是最穷的。

她的王宫是清水衙门，是丹麦节约水和电的模范“单位”。在王宫开支特别拮据的时期，女王翻译文学作品，以稿费补贴日常费用，但她却从没要求政府增加过王宫的年金。因为她从不拿自己的生活水平和别国的君王或元首们比，而总是拿自己的生活水平和本国的普通百姓相比。她虽身为女王，却从没将丹麦人叫作“子民”。谈到丹麦人，她一向发自内心地说“我的公民们”。

她多才多艺，是名副其实的翻译家、考古学家、刺绣家、服装设计师，还是桥牌高手和芭蕾舞爱好者。

她敬业乐业，认真从事“女王”这一工作——她自己的话。

每周三，她准时接见对国家有诉求的一切丹麦人，如同中国的一位有使命感的人大代表。

1972年至1984年间，任何一名到丹麦去的外国旅人，如果预先见过女王的照片，那么都有可能在哥本哈根的某一条街上，认出从容不迫地骑着辆一般自行车的女王，那是她去上班，或者下班。倘自行车前筐里有西红柿、马铃薯，那么便是女王从集市上买菜回来，西红柿和马铃薯是女王所爱吃的……

她以女王身份参政议政的能力，连最激进的左翼人士亦心悦诚服。

在丹麦，几乎没有人利用政治讲坛非议本国的君主立宪制度。没有“立宪”，只有王权，任何一个国家都不会产生那么“美好”的女王。

女王的人格魅力成为丹麦和谐社会不可或缺的元素。

如果柏拉图活到20世纪七八十年代，他一定会高兴地说：“看，那就是一个理想国。”

丹麦是安徒生的祖国。

玛格丽特实在是太具有童话色彩的女王。

也许，表面看来，这世界乃是由大国和强国来操控的，但在世界的深层规律中，小国们的状态才更具有进步的启示性……

二、千万不要忘记你是中国人

众所周知，20 世纪 80 年代以来，中国人开始走向美国。如今，中国和美国之间，“丝绸之路”已然铺通。世界上，有许多路的说法是美好的。但是我以为，仅仅就说法而言——“丝绸之路”是最美好的。尽管，事实上的“丝绸之路”，乃是古代中国与别国的一条极为艰难的通商之路。

“走向美国”是目前许多中国人，尤其是年轻一代中国人内心的“丝绸之路”。它很具吸引力，充满迷幻色彩。似乎，一个中国人，一旦“走向美国”，则意味着他或她的人生走向了理想和成功；而如果他或她居然还获得了美国“绿卡”，那么，似乎简直意味着已经是一种成功了的人生的标志了。

是否确乎如此呢？

正打算“走向美国”的中国人，不妨知道一些“走向美国”的常识性问题；美国有某些像丝绸一样美好的方面，也有某些不怎么美好的方面——在这些方面美国不但不像丝绸，反而像“玻璃纤维”。“玻璃纤维”——20 世纪 60 年代的中国人十之八九都知道那是什么——刚刚经过第一道工序的化纤团。它闪亮，但是绝不柔软。它洁白，但是对皮肤有严重的伤害性。恶少年对他人进行报复的一种方式，就是暗包一团，趁人不备，往人皮肤最细嫩的地方一搓。那么结果就会有无数肉眼几乎看不到的纤刺扎入皮肤，顿时红肿一片。轻则须用放大镜照着镊子一根根拔出，重则须住院……

对于正打算“走向美国”的中国人，了解这些方面显然也是必要的。

对于并不急着“走向美国”的中国人，对于仅仅对美国发生兴趣（目前，又有哪一个中国人对美国毫无兴趣呢！）只想隔岸观火雾里看花地了解美国的中国人，美国也值得看看。它将对你以后是否打算“走向美国”产生影响。

中国人，包括世界上另外一些发展中国家的人，纷纷“走向美国”去干什么呢？如果说“丝绸之路”是一条商路，那么，“走向美国”的路，显然也是一条商路——“走向美国”的中国人，销售的已不再是丝绸，而首先是自己。这说起来有些尴尬，但几乎接近事实。走在古代“丝绸之路”上的中国人，其艰辛（还往往一路险象环生）是在走着的时候；今天“走向美国”的中国人，其艰辛却主要是在走到了以后。航空事业避免了走的艰辛。飞机使古代漫长的路途压缩为十几个小时。不仅毫不艰辛，而且会一路受到漂亮空姐周到热情的照顾。

从前是——到了之后就一切顺利了；

现在是——到了之后，一切的不顺利和立足的艰辛才扑面而来。

从前是——到了就赶快开始吆喝着卖东西；

现在是——到了就赶快开始推销自己，证明自己，而非别种中国货。

从前是——一个中国人怎么样美国人并不会太在意，主要看你的商品；

现在是——你到美国去既然推销的不是商品而是自己，那么人家便首先看你是一个怎样的中国人。你在国内是一个优秀的中国人，人家可能并不认账。人家另有衡量你优秀不优秀的标准。你在国内证明你自己优秀的那一职业那一专业，很可能在美国得不到公认。

几乎有点儿是喋喋不休地三娘教子般地告诫我们这一点。我们应当感谢此种告诫——因为它分明是诚心诚意的，也是善意的。20 世纪 80 年代以来，散见于全国各报刊，旨在向中国人介绍美国、帮助中国人了解美国的文章也屡见不鲜。电视中的有关节目、报刊栏目、互联网络，早已使美国具体化了、细节化了，对于中国人一点儿也不神秘了。想要知道的，几乎都已经知道了。还不了解的，想要做进一步的了解，也极其简单容易了。

但，最终的忠告是：“在美国千万不要忘记你是中国人。”

三、世界多元了么?

某些国际局势分析专家和学者，希望我们普遍的中国人能接受这么一种对世界的乐观判断，或曰看法——世界正在变得多元起来，多元化是世界未来的大趋势，是不以哪一些个人的意志为转移的，也是不以哪一个国家的意志为转移的。

干脆说吧，“哪一个国家”当然指的是美国。

因为全世界都看得很清楚，美国正企图使世界变得一元化，也就是使世界变得“美国核心”化。一切世界上发生的事情，只要美国认为应该是怎样的，那么便应该是怎样的——美国的这种国家意志，越来越明显，越来越公开，越来越不加掩饰，也越来越自以为是，自以为有理，自以为有权。

美国对于世界的未来，分明有它自己的目标，自己的设计，自己的一套想法。那是美国的国家理想。其蓝图当然是这样的——世界终于“大同”了，而美国也终于成为全世界各国唯一的“国上国”。那时，美国将谆谆教导全世界各国牢记这样的美国语录：领导世界的核心力量是美国，指导世界的理论基础是“美国核心”主义；那时，对于美国的国家意志，全世界各国“理解要执行，不理解也要执行，在执行中加深理解”；那时，对于美国的“国上国”地位，全世界各国的态度只能是“忠不忠，看行动”；那时，全世界各国应该自觉遵守这样的原则——不利于美国的话不说，不利于美国的事不做，而且，最好连想都不要想。不管那些话如果不说，世界上将多么地少了正义的声音；不管那些事如果不做，将多么地危害本国的利益，将多么对不起本国的人民；那时，如果有的国家并不看美国的眼色行事，美国将对之不客气，轻则经济制裁，重则武力解决……

关于世界的未来，其实是一个语焉不详的暧暧昧昧的话题。因为未来太是一个不确定的时间概念。50 年以后是未来，100 年以后是未来，200 年以后还是未来。不言 200 年以后那么久的未来吧，单说 50 年以后的未来。那时，大约三分之二的今人已死光了，不管世界变成了什么样子，反正也不关自己的事了。即使美国人干脆间接地或直接地主宰着自己国家的命运了，也是不会有人质问自己当初的乐观的。哪怕有人把自己从另一个世界拖回来了予以质问，也可以说——才 50 年啊，别急啊，再等 50 年看我们当初的判断也不迟啊！何况，50 年以后也会有人像今人一样预言乐观的未来。

未来永远在现在的前边，像月亮在夜行者的前边；有时离人那么近，仿佛你紧走几步就能几乎垂直地站在它的下边了；有时坠得那么低，仿佛你一旦站在它的下边了，蹦个高，就可以摸到它一下了。而人若以为真的能那样做到，必像夸父一样累死无疑。

未来有时根本上是一个托词。

是人对现实无可奈何一筹莫展却又不愿承认的一个托词。是将现实问题留给以后的人们去面对去应付的一个冠冕堂皇的借口。有时体现智慧，更多的时候是自欺欺人。比如今天全世界面对美国颐指气使公然凌驾和摆布联合国安理会于股掌之上的默认，究竟是智慧还是不争，实在是说不清楚的事。

然而全世界都看得很分明，当美国人，确切地说是美国的某些政治家和军事家谈论未来的时候，那未来却肯定地不是什么托词不是什么借口，而是一个既明确又清晰的目标，几乎百分之百地体现着他们对未来的思考。美国式的思考。

他们的“星球大战”计划基于他们的这种思考。

他们的“导弹防御系统”基于他们的这种思考。

他们加速发展“军事信息化”的理念基于他们的这种思考。

他们业已是世界上的头号军事强国了（强大得连俄中这样的世界大国的军事力量都根本不能与他们同日而语），却还要增加军备开支。也是基于他们的这种思考。

他们的一切政治的、军事的、外交的、经济的甚至包括文化的行为，细分析之，无不基于他们的这种思考。

现在的美国，几乎可以做到这样——我打你，指哪儿打哪儿；你打我，十次有八九次打不着我。

现在的美国，几乎可以做到这样——想从军事上摧毁哪一个国家，就几乎能以最小的代价摧毁哪一个国家。像以色列人将坦克开到阿拉法特官邸的窗下，并军事囚禁了他漫长的一百余天那样。当然，对于俄罗斯这样的军事大国，且人口众多地域广阔，它也许要费点事。

现在的美国，对于世界的未来归根结底是如此思考的——我打你，指哪儿打哪儿；你打我，让你根本打不着。

于是现在的世界局势似乎成了这样的——对于世界的未来，全世界似乎都在装聋作哑，而美国却朝它所设想的世界的未来大步迈进。

如果哪一天，美国的某一届总统是沙龙式的人物，世界怎么办?

全世界似乎都挺相信美国绝不会选一位沙龙式的人物做他们的总统。

但是全世界难道不是都看得很清楚——沙龙的后台正是美国；美国近年的两位总统身上，沙龙的气味一位比一位强。可谓后来者居上。

说“全世界”自然是片面了，不对了。

毕竟，还有一个叫“约旦”的小国，公开对美国的某些做法表态反对。

毕竟，当布什为美国之梦到德国和俄国进行游说时，两个国家的人民举行了抗议示威游行。

毕竟，这世界上还有些人，为着世界的未来，在现在时做出了些反应。

这是世界的未来的希望。

除非，全世界各国都百分之百信赖或百分之百臣服地将世界的未来百分之百地干脆交付给美国去按照美国的目标经营。

美国——笼罩世界未来的巨大的也是最大的阴影。

这乃是我们的世界现在时的一个真相……

四、狼狈的处境，怨不得世界险恶

我有一位朋友，家乡人，经商的。业务主项在北京，每个月都要往南方去一两次。

一次又往，目的地是常去的一座大城市。从机场到市里，四十多分钟车程。拎着包刚一出现在机场大厅里，便被一个小伙子迎住了，问要不要乘便宜车。一听就知道是黑车司机，不理睬。

然而小伙子却彬彬有礼，恭敬之至。说可以少收二十元钱；说有什么特许证，可以免缴设在半路的高速公路费；说可以抄近路，保证至少提前十分钟进入市区。最后，特别强调地说，他的车可是一辆奥迪。

我的朋友竟被说动了心，跟着那小伙子去坐那辆黑车了。

黑车果然是奥迪。而且，是黑色的。但那辆奥迪，是 20 世纪 80 年代的老款，里里外外已经旧到不能再旧的程度了。

黑车司机将车开走以后，得意扬扬地说："是奥迪吧？我开的是黑车不假，但是我不骗人。"

我的朋友就问："早知道你开的是这么一辆奥迪，我根本不会上你的车。"

小伙子一笑，说已经坐上了，后悔的话就别说了呀。你不是还能省下二三十元钱嘛，不是还能提前十来分钟进入市区嘛。

我的朋友一想，可也是的，也就不再说什么不满的话。

这事儿，在我的朋友那儿，其实图的不是能省下二三十元钱。他的生意做得不错，每年入项颇丰，根本不在乎能否省下二三十元钱。早十来分钟进入市区，对他也没有什么吸引力，他是直接坐到宾馆去，早不早那十来分钟，对他没什么特殊的意义。我的这位朋友，本身有两大问题——第一是烟瘾很大，第二是难耐寂寞。但飞机上是不允许吸烟的；坐在他旁边的又是一位年轻女士，人家不和陌生人说话。所以他一下飞机，便立刻想要满足两大急迫而又强烈的要求。一是生理的，赶紧吸上一支烟才舒服；二是心理的，三个多小时没主动和人说话了，急迫而又强烈地想和人说说话。该市是他常去的。该市偏偏又对出租车行业规范严格——“请勿在车内吸烟”“请勿与司机交谈”。这样两行文字，醒目地印在“敬告乘客”之宣传卡片上，卡片用透明胶条贴在车里。故我的这位朋友每次乘坐该市的出租车，反而倍觉约束。对他这类乘客，那两条“警告”很不人性化。主要是由于这种原因，我的朋友才坐上了那小伙子的黑车。

但他毕竟也是一个懂得起码的文明礼貌的人，试探地问：“我可以吸支烟吗？”

小伙子爽快地说：“可以。太可以了！您想吸多少支就吸多少支，想怎么吸就怎么吸。”

我的朋友一听，高兴了。掏出烟来，迫不及待地吞云吐雾起来。

生理的要求获得满足的同时，心理的要求也开始蠢蠢欲动了，于是没话找话地跟司机搭讪。

“看你样子还不到三十吧？”

“老板您眼力真准，我二十九。”

“结婚了？”

“都有孩子了。”

“男孩女孩？”

“女孩。”

“女孩好，将来往外一嫁，也就省心了。”

“老板，咱俩想一块儿去了。”

“这车是你的？”

“也不是我自己的，三个哥们儿合买的一辆二手车。”

“这车开不了几年了呀，该淘汰了啊！”

“能开几年开几年呗，得养家糊口哇。”

“那为什么不争取当一名正式的出租车司机呢？”

“那太受剥削了呀！辛辛苦苦一个月，差不多三分之二的钱让出租车公司搂去了！……”

于是我的朋友大发感慨，对出租车公司进行谴责，对开黑车的小伙子表示同情。

忽然他觉得不对，问：“怎么还没过收费站啊？”

过了收费站，离市区就只剩一半路了。

小伙子说：“咱们绕过收费站去。我不是有言在先，要为您省下十元公路费嘛！”

“那咱们现在绕过去了吗？”

“还没有。一会儿就绕过去了。”

“可我坐到你的车上已经二十多分钟了。你保证了的，提前十分钟进入市区。”

“放心，没问题，没问题。”

那时车开在一条我的朋友完全陌生的路上，坑坑洼洼，颠颠簸簸；路两旁，看不见一处他熟悉的标志性建筑。他开始怀疑，再过十分钟怎么会进得了市区呢？开始有点儿后悔坐上那辆黑车了。心理满足了一下，话也不多了。

路上的车渐多起来。一会儿，那辆老旧的奥迪被堵在了一处十字路口。

“你看，现在都半小时过去了，这儿是市区吗？”

“这儿当然不是市区啦！我怎么能料到会在这儿被堵住呢？”

“那你偏往这么一条路上开？”

“不是要为你省下十元过路费嘛！我得讲诚信啊！”

“你居然还说什么诚信！我就那么在乎能省下十元钱啊？”

“你不在乎你上我的车？你不在乎你一开始就声明啊！”

“你，你还这么跟我说话！”

“那我该怎么跟你说话？”

由于堵车，二人的情绪都变糟了，你有来言我有去语，几乎吵了起来。

堵车是因为前边出车祸了。他们的车一堵就被堵了半个多小时。等终于又能往前开了，我的朋友已是满肚子的气了。但生气也白生气，而且，只能生自己的气啊！车里的气氛，当然也就不像他吸第一支烟时那么友好了。

又过了半个多小时，汽车才进入市区。其时天已黑了。

我的朋友却还是看不到一幢标志性建筑，忍不住气呼呼地问："你是在往我住的宾馆开吗？"

黑车司机反问："那你以为我是在往哪儿开？"

他说："那我怎么看着道两旁一点儿都不熟悉？"

黑车司机说："咱们不是从别的路开入市区的吗？"

那时候，偏偏又是市区里堵车的时候。

简单说，又过了四十多分钟，我的朋友还坐在那辆黑车上。黑车下了这条封闭马路，驶上另一条封闭马路，往复不已，似乎完全失去了方向感。不是小伙子成心要多跑冤枉路，耽误他的时间坑他的钱，而是根本不清楚我的朋友要去的宾馆在一条什么街上。

"你他妈的不清楚，你还敢诓我上你的黑车！"

"老板你别骂人行不行？你不是说你常住那家宾馆，你熟悉路嘛！"

"我当然熟悉啦！"

"那你说咱们该怎么走？"

"我怎么知道？"

"你刚刚还说你熟悉！"

二人终于大声吵了起来。开黑车的小伙子也急得怪可怜的，淌下满脸的汗来。但我的朋友已不同情对方也要养家糊口的难处，只觉得对方实在可恶可恨了。

当黑车又一次从封闭公路驶下来，小伙子打算向停在人行道边的一辆正式的出租汽车司机打听路时，我的朋友反应迅速，在几秒钟内便拎着包下了车，坐入正式的出租车里。

正式的出租车毕竟是正式的出租车。朋友刚一说出要去什么宾馆，司机已经把车开走了，并说："不太远，二十分钟就到。"

那开黑车的小伙子，开着黑车尾随出租车，时时与出租车并行。一并行着了，便从车里伸出手臂向我的朋友讨要乘车钱。

我的朋友正在气头上，怎么会让出租车停下来给他钱呢？非但不给，还恶语相骂。

出租车司机对开黑车的小伙子用当地话说了几句什么，那辆黑车才不尾随了。

出租车司机又问我的朋友怎么回事。

他据实相告，末了理直气壮地说："我不是想赖他那几十元乘车钱，给了他我自己心里的气如何消？"

出租车司机沉默良久，低声说出几句话是："那您老板在本市的日子里可要多加小心了。据我所知，他们那些黑车司机都不是单干，也是有组织的，跟黑社会差不多。您须提防他们报复您。何况他已经知道您住在哪一家宾馆了。"

我的朋友心中大为不安起来。

宾馆离他换车的地方确乎已不甚远。那时已不堵车了，没用二十分钟就到了。然其办完了手续，进入了房间，冲过了澡，定下心来一想，那开黑车的小伙子自然令人恼火，但分明并非成心，何必非惹对方记恨自己呢？再联想到那小伙子对自己做的那种手势，以及出租车司机对自己说的那番话，越发不安，进而疑神疑鬼。

一个多小时以后，他到前台去退房。从迈出房间那一步，到迈入电梯，到退罢了房迈出宾馆，站立在人行道上，左顾右盼，神情惴惴，仿佛前后左右都会冷不丁冒出一个或几个仇人，以夺其性命为快事。

好在很快就拦了辆出租车，于是转往另一家宾馆去住了。因在前一家宾馆是预订的房间，已超过退房规定时间，白交了一天三百多元的房钱。但他那时已顾不上计较经济的损失，悠悠万事，唯保性命安全为大了。

虽然顺利地住入了另一家宾馆，一颗心却还是终日忐忑，草木皆兵，出入诡秘，不安并未稍减。业务之事，但凡能请对方到宾馆来谈，便不离开宾馆。心里的害怕，又不便向对方解释。结果那一次给对方的印象就特别不佳，使对方误以为他架子大了，摆谱了，对他也就不怎么待见起来。这年头，商机多着呢，都是商道上见过世面的人，谁离开了谁不行呢？谁又非得把谁格外地放在眼里不可呢？

几天内双方在宾馆里见了几次面，来前原本有把握谈成的几桩买卖，到头来竟一桩也没落实。这令他大为失望；对方觉得他架子大了，对他的印象不好了，也感到不爽。

离开那座城市的前一天，他要求对方派人派车送他到机场。买卖没谈成，架子又变大了，对方本已不爽；便将他的要求又误解为摆架子了，更加不爽，随便地找了个借口，把他的要求挡回去了。

悸惧的他，出于安全起见，买的是最早的一次航班，六点来钟就离开宾馆去往机场了。唯恐在机场遭遇到那黑车司机及其同伙，一下出租车，几近逃入了机场。

回到北京后才安稳下一颗惊恐万状的心来。然而此后，一打算要去 A 市，立刻便会联想到那名开黑车的司机对他所做的那种威胁的手势，以及那名正式的出租车司机对他的忠告，于是畏缩不愿成行。半年后，连在 A 市的业务也都荒废了。

唉，我早已听惯了许多人对社会险恶的抱怨和切身感受。但大抵是以自己的优点说事。比如先言自己的怀才不遇，接着批评别人的有眼无珠；先言自己的卓越能力，接着感叹别人妒贤嫉能；先言自己的大公无私，接着谴责别人的私欲膨胀；先言自己的与人为善，接着抨击别人的小人勾当和伪善行径……

却很少有人承认，是由于自己身上的某些毛病恰巧与社会的某些毛病发生了大大小小的惯性撞击，才使自己在某些时候陷于狼狈之境的。

发生在我朋友身上的事，便是后种情况之一例。

而依我的眼看来，对并非处在弱势群体中的人，后一种情况比前一种情况多得多。

是以为戒。

五、活在“道德底线”上的中国青年

与从前时代的中国青年相比，当代之中国青年，半数以上确确实实地迷惘着。

倘我们放眼世界，并且对世界进行历史性的回顾，只要稍加梳理，便不难发现这样一条规律——几乎每一个国家都有过它们内容极为生动活跃的一页，而这一页的内容提要就是“青年时代”。

我用“生动活跃”来形容，意在表述不确定的、介于中性的词性。依我看来，政治进步、经济昌盛、文化繁荣，是为生动活跃。反之，亦是。因既反之，便注定了有青年们被时代所利用、所抛弄于股掌之上，将自己的狂热附祭了历史反面的教训；也注定了有青年们吹响号角，摧枯拉朽，勇做铁血牺牲的大剧上演。只不过后一种大剧的“风格”往往是惨烈的，以“生动活跃”来形容未免轻佻。

从正面看中国历史，一部《三国》，青年英雄辈出；往前推，春秋战国的历史舞台上，青年政治家、军事家、思想家比比皆是；往后查，先秦统一的过程中，大唐建业的过程中，戊戌变法、五四运动、辛亥革命，乃至中国共产党人领导的无产阶级革命，精英聚结，俊杰代出。倘将中国各个重要发展阶段总结了论，凡社会转型期，几乎皆以各阶层青年立大志、做大事、图大业为时代特点。此特点推及世界史来分析，亦有共性。在这些历史的重要发展阶段，青年们往往在少年时期就萌生了相当明确的想法；二十余岁开始作为；三十余岁便受了种种的时代洗礼和实践考验；四十岁左右，大抵已是较为成熟的社会各方面的实践家了。

反之，倘时代出了问题，诸种社会负面氤氲一片，也会自然而然地滋长出破坏性的戾力。比如德国法西斯主义的迅成气候，便是借助了德国青年迷信大日耳曼民族优胜的结果。

所幸无论对于中国还是世界，以往的一页都已成为深刻的反省。

而20世纪的世界，当然包括中国在内，是明智地进入了空前理性的时代了。尤其中国，各阶层维护国家大局的意识也变得相当成熟。虽各阶层有其现时期不同程度、不同性质的迷惘，困惑，无所适从和浮躁，也有相互之间不同程度、不同性质的利益摩擦和冲突，但并不妨碍顾全大局的意识的一致。因为有一点是都明白的：有安定才有发展，有发展才有各阶层乃至具体个人命运朝良好方面的转化。起码是可能有。

因而在中国，在这样一个时期，也最是青年们的人生希望较多，机遇较多，才能较容易得以呈现和发挥的时期。

从前的青年

——缺乏人生的能动力

从前的时代和社会

——失去了活力

从前的青年与时代、社会

——服从与主宰

如果回顾一下1949年建国最初阶段中国的年代特征，则任谁都不能不承认，总体而言，那是一个全民热情高涨的年代，并且尤以青年们的建国热情和人生状态最为积极而富有能动力。各行各业，年年涌现模范人物，如雨后春笋。

但，分析起来，那又是一种未免过于单纯，甚至可以说是简单的热情和积极性、能动力。它基本上生发于这样一种理念——我将自己的热情、积极性和能动力，最大限度地奉献给国家，国家对我的人生实行“承包”式的、终身的安排。因而不可持续。

农村青年，除了极少数得以通过考入大学这唯一途径改写人生而外，其余一概人的人生注定了统统都是社员。全中国的农村青年的人生，几乎彻底地被时代所模式化了。时代对于数以亿计的农村青年仿佛是一个加工厂，而且只“生产”一种规格的清一色的“产品”，那就是从事原始农业劳动的劳动力。无论你有怎样的才能，你都难以改变你注定了一辈子是农民的“天命”。时代即“天”。若想像今天这样可以遍中国自由闯荡，甚至凭一技之长驻留城市，那是时代这个“天”绝对不允许的。若想像今天这样凭一副好容貌、一副好嗓子而摇身一变成演员、成歌星，更是做白日梦了。时代出于它本身的需要，偶尔也给予一展特殊风采的机会。但对大多数人，那往往仅是一次性或几次性的机会，而根本不可能是改变人生轨迹的机遇。无论主观上多么企图抓住抓牢都是醒着做梦，毫无意义可言。机会结束，仍要回去做社员，也就是农民……

那么，城市青年从前的人生形态，总体上是否不同一些呢？

答曰：否。

就人生的几乎无选择性这一点而言，与从前农村青年们的人生形态是完全一致的。城市里的小学、初中、高中乃至中专和大学，在向学生传授知识的同时，亦对学生进行道德评判完全一致，人生价值取向也完全一致的教化。在课堂和学校以外，社会文化继续着如出一辙的洗脑。所以，可这么说，比从前的农村青年容易享受到精神食粮的从前的城市青年，其思想意识之鱼儿，是游在同一规格、同一尺寸的精神的鱼缸里的。那简直又可以说是“泡在”。

而他们的人生轨迹的雷同，更是由时代这位“阿姨”一揽子做主了的。几十年一贯制的全国统一的工资标准，使几代中国人过着彼此彼此的日子。一切人对人生的个人向往和追求的冲动，几乎最终都以自行放弃转而对时代无怨无悔亦再无激情地服从为结局。人生多姿多彩的种种可能性，都在迫不得已的服从之下烟消云散。“上山下乡”乃是最典型的佐证。从前的城市青年们，只有其个人向往和追求的激情，因了时代的需要而受到肯定和支持时，才能够得以释放，否则绝对不能。举例来谈：

一名被分配在大集体性质的工厂的青年，若企图调转到国营性质的工厂去，倘无当官的父母动用权力去安排，那就是一辈子也别想实现的愿望了。

一名被分配在街道杂食铺子里当售货员的青年，不打算安安心心地当一辈子吗？

那么，会有人做他的思想工作，说服他那是时代的需要，他不愉悦地服从是他的不对。

如果他还不安心呢？

那么他将受到警告。

如果警告也不能使他的工作出色起来呢？

那么他的下场将是被开除。

而一个因不服从时代的安排被单位开除了的人，意味着被时代抛弃了，意味着连废品回收站这样的单位都难以再接收他了。因为废品回收站既然也是一个单位，它的员工的名额以及他们的工资，也是由国家限定的。

那么，这个人差不多就被时代取消了在城市里正常生存的资格了。

并且，他等于被时代宣布为“劣等”的人。

犯了错误的人，只要表示了虔诚的悔改，还有重新获得工作权利的机会。

但一个犯了不服从时代安排命运这种错误的人，意味着他直接冒犯的是时代最神圣的权威。若想取得时代的宽恕，非痛哭流涕几遭不可。

从前的时代，视社会为它所操纵的一台机器，视绝大多数人为这一机器的微小部件，或一颗螺丝钉而已。时代的流水线上，成批地生产同样的“部件”和“螺丝钉”。

一言以蔽之，从前的时代，对绝大多数人而言，从不曾是“以人为本”的时代，而是将人“生产资料”化的时代。是的，它只不过将绝大多数人当成社会“资料库”里取之不尽、用之不竭的积压物资……

因而从前的青年，无论农村里的青年还是城市里的青年，总体上共同缺乏的，最为缺乏的，乃是人生的能动力。时代和社会本身，也便渐渐地失去了活力。青年与时代、与社会的关系，几乎完完全全是被动的，是彻底的服从与被主宰的关系。这种关系一向没有丝毫的松动。直至1966年才松动了一次——于是从前的青年在“文革”中宣泄地表演他们的政治参与能量，那是他们的人生能动力唯一被允许和怂恿体现的方面……

与中国以往任何时代的青年相比，20世纪70年代和80年代出生的中国青年，毫无疑问是幸运得多的——这不但是当代中国青年的幸运，也体现着当代中国的发展和进步。

首先，在人与时代、与社会的关系方面，他们不再背负家庭出身的十字架了。每个人在任何时代都是有家庭出身的。家庭出身在从前的时代，亦即社会对人的阶级归类法。从前的几代中国青年，在胎里就被打上了阶级的烙印。自呱呱坠地那一天起，就被社会戴着阶级归类法的有色眼镜看待之了。倘他们中谁身上的阶级烙印不是“红色”的而是所谓“黑色”的，那么他们的一生，命中注定了是与出身挣扎不休的一生，几乎至死仍以他们的失败而告终，如果他们没能活到“改革开放”以后的话……

其次，他们不必再以人生最大的，尤其是青年时代最精华的能动力，去追求时代和社会对人最严格的认知。从前的时代和社会，是多么政治化的时代和社会，不言自明。优秀青年的前提是政治上优秀与否，而且只有这唯一的前提。而且政治上优秀与否的标准，随着时代和社会阶级斗争之弦的绷紧，定位越来越“高”，越来越荒唐。从前的时代，青年们的个人鉴定实际上是政治鉴定，个人履历实际上是政治履历。故从前的青年，档案中倘记载下了“政治不成熟”，那就意味着一辈子“不成熟”了；倘履历中有政治性的不利裁定，那就意味着一辈子的人生被提前裁定了。其后无论在别的方面多么积极努力，都难以受到极端政治化的时代和社会的信赖了。往往，在其他方面越积极努力，越受怀疑，其人生也越不顺利。至于其他方面的才能，注定了受鄙薄。最好的结果，也不过争取到了“可用而不可重用”的资格。尤其可怕的是，许许多多的人似乎有法定的权力，在某一个具体的青年完全不知的情况之下，将几乎等于判人以“死缓”的政治鉴定，塞入那一青年的档案里。

家庭出身，政治鉴定，人只要摊上了两项中的一项“异类”显示，就像摊上了癌症一样。那需要特别能忍的人生熬受力，才会主观上“照常”活着。若两项都在青年时期不幸摊上了，人生就悲惨了。

当今之青年，毕竟的，不再会被以上两种十字架的阴影所笼罩了。

当今之青年，除非他将自己的人生坐标点确定在政治舞台上，否则不必以青年时期最精华的能动力，去竞标社会和时代高悬的政治之标。

当今之青年，即使政治上真的不成熟，甚至真的偏激，也自有其可以不成熟和可以偏激的权利。只要自己不因而走向反时代、反社会的人生反面，是有权而且可以一边带着不成熟的政治思想一边在其他方面，比如文艺、科技、商业等方面努力追求其人生愿望的。只要才能被公认，一样会获得时代和社会的尊重。人们即使对他们的政治思想不以为然，但对他们被公认了的其他方面的才能也是不会加以抹杀的。

当今之青年，也不太会受城市户口或农村户口的终生捆绑了。户口在某些方面，对于当今之青年们仍具有人生的限制性，但与中国以往任何时代相比，那限制性是小得多了。

当今之社会和时代，已基本上形成了这样的理念，那就是——中国的每一座城市，包括首都北京在内，已不仅是城市人的城市和北京，同时也是属于广大农村青年的。只要他们愿意，他们可以到各个城市，包括北京寻求他们人生的机遇。当然别忘了带身份证。只要遵纪守法，只要他们靠了人生的能动力和实际技能，哪怕是最简单的技能也可以在北京等城市生存下去，那么他们的此种权利基本上是不受剥夺的。比如北京电视台的节目主持人田歌，就曾将一名外地长住北京的捡破烂的青年农民请入演播室做嘉宾。他以他的城市生存表现获得了北京某小区居民的信赖和欢迎。他离开了那小区后，北京居民还要设法寻找到他。有些城市，包括北京，几年前就开始向在城市生存表现优秀的“打工仔”和“打工妹”颁发表彰证书……

除以上两方面的幸运，起码还有以下诸方面权利，乃是从前任何时代的中国青年连梦想都不敢梦想的：

跨国交往与谋求人生发展的权利——这一点其实已毋庸置疑。仅要指出的是，在从前的时代，一名青年，哪怕只不过其家庭有所谓“海外关系”，包括有香港、澳门和台湾方面的三代以上的远亲关系，人生的底片似乎便有了可疑的背景。哪怕几封有时仅仅一封父辈甚或祖父辈与“海外”的正常通信，都会使一名青年在政治上被划入另册，而自己浑然不觉，任凭多么努力向上，都难以获得学校、单位、时代和社会的亲和对待。自然，至“文革”，这一点发展到了压迫他们的程度……

学习权利——在从前的时代，家庭出身和以上一点，决定一名高考成绩优异的青年，不配或只配被什么样的大学录取，并决定他们毕业后的分配去向和人生前途……

择业权利——在从前的年代，除了少数高干子女，一名青年自己是决然没有什么择业权利可言的。被分配到什么地方、什么行业、什么单位，其人生的句号便往往注定了标在哪里。出国谋业是“天方夜谭”。“外企”意味着是一个外星词……

人权——在从前的年代，无论普遍的中国人，还是普遍的中国青年，所能享受到的几乎仅仅是生存权。生存权以外的其他种种权利，都严重缺乏法律应该规定的种种保障。其单位的领导，往往自认为是权力的化身，有时几乎是可以代表法律来对一个中国人或一名中国青年实施制裁的。公检法往往无须调查取证，而根据某级组织的建议，对其依“法”逮捕，审讯拘押和判刑。现在，任谁都可以拿起法律的武器保护自己的人权了。新闻和社会等方面，也都能担负起对中国人维护合法权益的关注和对司法公正的监督了……

人生观的自由——在从前的时代，中国人及中国青年，一旦被认为“人生观”有问题，那么几乎就意味着是时代的“次品”了。现在的中国，从理念上不但允许而且认可“人生观”的多元化是正常的自然的社会现象。一个人及一名青年，在不危害社会与他人的前提之下，哪怕自践及时行乐的人生观，那也仅是其个人的事，仅体现其对自己的人生责任罢了。时代的主流理念，虽倡导人对自己的人生应负有责任，但并不对某些人自己宁愿的活法横加干涉，更不至于予以剪除式的打击。

真的，当代中国青年的人生观及爱情观、婚姻观，不但五花八门，而且得以在最大限度上自以为是……

道德观——道德观包含在人生观中。时代仅仅画出了“道德底线”，告诫青年们若突破那底线，便可能触犯法律的边线。因为道德的底线与法律的边线几乎是粘连着的。当代青年，享受着中国从前任何时代都不曾批准给青年们的、最大限度的道德指责“豁免权”，致使某些青年，将青春的美好和日子挥霍在“道德底线”上，也将人生的小舞台搭在“道德底线”上，而且自以为是最现代、最潇洒、最自由的活法。

我个人认为，一个人，尤其一名青年，终日活在“道德底线”上是没什么意思的，掰开了揉碎了说，更没什么潇洒可言。

我个人认为，一个国家、一个民族倘有太多的青年以活在“道德底线”上为最快意的活法，这个国家、这个民族是堪忧的。这不会使这个国家、这个民族的青年成为世界上多么坏的一批青年，因为毕竟有法的边线与道德底线粘连着，电网似的威慑着他们的突破；但却也不能使这个国家、这个民族的青年成为世界上多么可爱的一批青年。因为据我了解，别的国家、别的民族的青年，其实非我们想象的那样，也都以活在“道德底线”上为快意的活法。相反，他们普遍主张寻求远高于“道德底线”的活法。那样一种活法也许更不负青春和人生意义，那样一些青年也许更可爱……

生活方式——当代中国青年正享受着极多元化的生活方式。在这一点上，时代、社会和青年，已形成了中国以往任何时代都不曾出现过的宽松、相互接受的局面。

文化娱乐——当代中国人，尤其青年，在文化娱乐方面的幸运，是接近当代世界水平的。仅仅由读小说、看电影和看戏剧构成文化娱乐内容的时代已成历史，一去不返。当代文化娱乐的内容，二十年间膨大了何止十倍！

综上所述，既不但是当代中国青年的幸运，也体现着当代中国的发展和进步……

一个人，尤其是一名青年，终日活在“道德底线”上是没什么意思的，更没什么潇洒可言。但当下许多青年面对聒噪不休的大文化，内心痛苦、沮丧，而且备感低贱和屈辱——中国文化也应该及时反思。

然而，倘以为当代中国青年全体生逢着以上种种幸运，便也顺理成章地全体浸泡在注满了幸福液的时代的浴缸里，那么我几乎等于在这里进行欺世之说了。

不，不是这样的。

时代发展和进步的惠利，永远不可能像同一锅炉加温的、使人的身体舒适无比的淋浴水，通过统一的莲花喷头遍洒在每个人身上，而且可以由每个人自己来控制水温。

人类社会还从未经历过如此美好的时代。

由于青年们家境不同，个人的先天资质和条件不同，决定了他们出生以后，不可能在同一起点上开始自己的人生。比如有的出生于寒门；有的成长于富家；有的父母操权握柄；有的父母积劳成疾；有的被上帝赋予了好的容貌、嗓子和身姿，打理人生的能动力加上令人眼羡的机遇，入世不久便成为演员、歌星、节目主持人、模特、运动员等等，于是年纪轻轻住豪宅、开名车，并且爱情浪漫美满，于是春风得意，人生一路顺遂，喜事接踵；而有的却以残疾人的体貌，自幼开始在这世界上的唯一一次“竞走”，人生对于自己等于磨难不休的代名词……

那些都叫“命运”。是如基因一样纯粹先天的人生元素，与时代和社会无涉的，也是难以依赖时代和社会的扶持与幸运者们共舞的。只能靠自己后天对人生的耐受力和对磨难的坚忍，像战士一样而不是像这世界的贵客和嘉宾一样实践人生……

但，时代和社会的原因，毕竟是影响更多数青年人生季节的大气象。使当代中国青年中的一部分，虽幸逢“改革开放”却也实际上并无幸福可言。比如经济发展状况的不均衡问题；比如传统大工业的解体造成的失业问题；比如农民负担过重的问题；比如社会保险和慈善事业不完善的问题；比如官员的作威作福，挥霍、浪费和贪污腐化漠视百姓疾苦的问题，使中国有些省份农民的生活仍处在很低很低的水平线上，使有些城市一批接一批地产生新时期的城市贫民——这样一些家庭中的青年，其人生无疑仍是举步维艰的。倘要追求到人生的一点点满意，无疑是极不容易的。对他们一味回忆从前时代的苦，以启发他们感受现在的甜，是既不能使他们真的觉得幸运，更不能使他们真的觉得幸福的。

时代和社会的原因，乃是时代和社会必须承担的义务。什么时候时代和社会的义务在以上方面作为显著了，什么时候他们才会向时代、向社会交一份发自内心填写的调查表……

现在的中国，虽一年比一年重视教育，大学虽然每年都在扩招，但我们是一个十三亿多人口的国家，大学仍不能做到宽进严出，应试教育仍不能从根本上改变，每年跨进大学校门的青年，倘包括了农村青年统计，仍只不过是百分之几。而且，为了维持教育的良性发展，从小学到大学的学费，高到了使不少家庭望洋兴叹而且却步的程度。城市里的少年、青年，因学业竞争的压力而疲惫；穷困农家，贫困地区的少年、青年，因交不起学费而不得不背对教育。在科技迅猛推广的现在，少年和青年们背对教育的人生，未来怎样，是可想而知的……在以后若干年内的中国，他们也许离提高人生质量的就业机会越来越远了……

毫无疑问，科技的发展必然促成科技产业化；科技产业化必然带来新型的就业机会。但是，也毫无疑问，科技产业化是以摧毁传统的工业模式和工业链条为前提的，而支撑后者的，又是为数众多的传统型的、只善操单一工种的工业技工。科技发展所带来的十项乃至更多项新型的就业机会，其所能吸纳的就业人员的总和，往往抵不上被其淘汰的一种传统工业所造成的失业人数的几分之一，或几十分之一。也就是说，在新派生的科技产业代替传统工业的转型期，失业是面积式的现象，就业是点式现象，而且，科技产业所需要并择优吸纳的，必然是高知识结构的青年。他们起码当有大学毕业的科技产业入场券。无此入场券的青年，将被阻挡在展示新型就业机会的时代场馆入口外。那么他们几乎只能去从事社会服务工作。后一种工作较之前一种工作，是薪金低得多的工作。被无情挡在新型就业机会的时代场馆入口外的青年们，做好了充分的心理准备了吗？何况，时代和社会尚未开创好足够他们就业的社会服务工作，就有待他们自己去一点一滴地干起来……

在从前的时代，清贫和穷困的生活无论在农村还是城市，都是普遍的现象。没有比衬对象，人眼就难见差别，人心就无物可羡。倘非强调从前的时代也有差别，在农村，那也不过是两名青壮年劳力一天各挣几角钱之间的微小差别。而在城市，同代人之间的工资差别，最大不超过十元。亦即相差一级或一级半的工资。而且，那十元钱，一般便是同代人之间一辈子的差别。完全不同的工作，几乎相同的工资，这是从前的“中国特色”。

但是现在不一样了。无论在城市还是在农村，两个家庭，两个中国人，两个青年，他们之间的收入差别，可能十几倍，可能几十倍，可能百余倍，用天地之别形容也不过分。而且，巨大的差别，就咄咄逼人地呈现于近旁，并被形形色色的文化反反复复地渲染，人想装作不知道都是不可能的。

如果说从前的青年只能安于时代强使之普遍的低收入现状，那么当代的低收入青年，则难免会在咄咄逼人的差异比衬面前内心充满了焦躁，而且深深地痛苦着。

中国的文化应该反省一下的。全世界恐怕没有哪一个国家的文化，像中国当代文化这么“势利眼”。倘仅仅从电视中来感受中国，那么将会对中国产生极大的错觉，以为它已然是世界上最富裕的国家了；以为每一户中国人家的收入都已高得不得了，因而如果不天天追求时尚，进行高消费，钱就会变成负担之物了。

有些商业广告接近厚颜无耻。比如某些房地产广告，比如某些珠宝钻戒广告。它们的意思一言以蔽之就是——“多便宜呀！”而其标价对于工薪阶层，如画在天空上的饼之对于饥汉。或曰本就不是向老百姓做的广告，那么就应该把意思说得更明白——“对于富人多便宜呀！”那些广告犯的不是语意不详的错误，而是故意混淆广告受众群体的常识错误。

有些报刊热衷于宣扬三十岁以前成为百万富翁是容易的。而我们都知道，这不但在中国对于大多数中国青年不容易，在全世界对于大多数外国青年也不容易。

中国有十三亿多人口。比十年前多了近三亿，比三十年前多了近一半，“文革”时期中国还是七点五亿人口。青年人数究竟翻了几番，小学算术能力也算得出。

在这样一个人口众多的国家，大多数人能够过上普通人的生活，已然是国家幸事，已然是中国人幸事。而时下的大文化似乎总在齐心协力地诱惑人们——富有的生活早已摆在你面前，就看你想要不想要了！

许多当代中国青年，面对如此聒噪不休的大文化，包括每每睁着两眼说瞎话的传媒，内心既不但痛苦、沮丧，而且备感低贱和屈辱……

与从前时代的中国青年相比，当代之中国青年，半数以上确确实实地迷惘着。甚至，也可以说确确实实地体会着另一种不幸……

然而，中国毕竟在向前发展。

扑朔迷离的中国经济，近年正出现着有根据乐观的拐点。

时代变了，是为“道变”。

“道”既变，人亦必变。

变了的时代，衍生出新的时代人。新的时代人不可能适应从前的时代（尽管他们对现在也不见得多么适应），因而他们不会让时代退回到从前，因而他们必将时代继续推向前去，并在此过程中渐渐适应他们所生逢的时代，并渐渐提高他们打理自己人生的能动力……

归根结底——时代发展的潮流不可抗拒，其实意味着的是这样的法则——倘新的时代人衍生出来了，他们解决他们和时代的关系的方式也是新的、不可抗拒的。他们与时代共同舞向前去的能动力是不可抗拒的。

因为他们明白，他们的希望在前头，而不是在从前……

第七章

崭新的时代

文化传承的使命，用文字记录时代变迁

一、百年文化的表情

千年之交，回眸凝睇，看中国百余年文化云涌星驰，时有新思想的闪电，撕裂旧意识的阴霾；亦有文人之呐喊，儒士之捐躯；有诗作檄文，有歌成战鼓；有鲁迅勇猛所掷的投枪，有闻一多喋血点燃的《红烛》；有《新青年》上下求索强国之道，有“新文化运动”势不两立的摧枯拉朽……

俱往矣！

历史的尘埃落定，前人的身影已远，在时代递进的褶皱里，百余年文化积淀下了怎样的质量？又向我们呈现着怎样的“表情”？

弱国文化的“表情”，怎能不是愁郁的？怎能不是悲怆的？怎能不是凄楚的？

弱国文人的文化姿态，怎能不迷惘？怎能不《彷徨》？怎能不以其卓越的清醒，而求难得之“糊涂”？怎能不以习惯了的温声细语，而拼作斗士般的仰天长啸？

当忧国之心屡遭挫创，当同类的头被砍太多，文人的遁隐，也就是自然而然的了。

倘我们的目光透过百年，向历史的更深远处回望过去，那么遁隐的选择，几乎也是中国古代文人的“时尚”了。

那么我们就不能不谈《聊斋志异》了。蒲松龄作古已近三百年，《聊斋志异》成书面世二百四十余年。所以要越过百年先论此书，实在因为它是我最喜欢的文言名著之一。也因近百年中国文化的扉页上，分明染着蒲松龄那个朝代的种种混杂气息。

蒲公笔下的花精狐魅、鬼女仙姬，几乎皆我少年时梦中所恋。

《聊斋志异》是出世的。

蒲松龄的出世是由于文人对自己身处当世的嫌恶。他对当世的嫌恶又由于他仕途的失意。倘他仕途顺遂，富贵命达，我们今人也许——就无《聊斋》可读了。

《聊斋》又是入世的，而且入得很深。

蒲松龄背对他所嫌恶的当世，用四百九十余篇小说，为自己营造了一个较适合他那类文人之心灵得以归宿的“拟幻现世”。美而善的妖女们所爱者，几乎无一不是他那类文人。自从他开始写《聊斋》，他几乎一生浸在他的精怪故事里，几乎一生都在与他笔下那些美而善的妖女眷爱。

但毕竟，他背后便是他们嫌恶的当世，所以那当世的污浊，漫过他的肩头，淹向他的写案——故《聊斋》中除了那些男人梦魂萦绕的花精狐魅，还有《促织》《梦狼》《席方平》中的当世丑类。

《聊斋》乃中国古代文化“表情”中亦冷亦温的“表情”。他以冷漠对待他所处的当世，他把温爱给予他笔下那些花狐鬼魅……

《水浒传》乃中国百年文化前页中最为激烈的“表情”。由于它的激烈，自然被朝廷所不容，列为禁书。它虽产生于元末明初，所写虽是宋代的反民英雄，但其影响似乎在清末更大，预示着“山雨欲来风满楼”……

而《红楼梦》，撇开缠绵悱恻的爱情故事的主线，读后确给人一种盛极致衰的挽亡感。

此外还有《儒林外史》《官场现形记》《二十年目睹之怪现状》《老残游记》《孽海花》——构成了百年文化前页的谴责“表情”。

《金瓶梅》是中国百年文化前页中最难一言评定的一种“表情”。如果说它毕竟还有着反映当世现实的重要意义，那么其后所产生的不计其数的所谓“艳情小说”，散布于百年文化的前页中，给人，具体说给我一种文化在沦落中麻木媚笑的“表情”印象……

百年文化扉页的“表情”是极其严肃的。

那是一个中国近代史上出政治思想家的历史时期。在这扉页上最后一个伟大的名字是孙中山。这个名字虽然写在那扉页的最后一行，但比之前列的那些政治思想家都值得纪念。因为他不仅思想，而且实践，而且几乎成功。

于是中国百年文化之“表情”，其后不但保持着严肃，并在相当一个时期内是凝重的。

于是才会有“五四”，才会有新文化运动。

新文化运动是中国百年文化“表情”中，相当激动相当振奋相当自信的一种“表情”。

鲁迅的作家“表情”在那种文化“表情”中是个性最为突出的。《狂人日记》振聋发聩；“彷徨”的精神苦闷跃然纸上；《阿Q正传》和《坟》，乃是长啸般的“呐喊”之后，冷眼所见的深刻……

白话文的主张，当然该算是新文化运动中的一个事件。倘我生逢那一时代，我也会为白话文推波助澜的。但我不太会是特别激烈的一分子，因为我也那么欣赏文言文的魅力。

“国防文学”和“大众文学”之争论，无疑是近代文学史上没有结论的话题。倘我生逢斯年，定大迷惘，不知该支持鲁迅，还是该追随“四条汉子”。

这大约是近代文学史上最没什么必要也没什么实际意义的争论吧？

“内耗”每每也发生在优秀的知识分子们之间。

但是于革命的文学、救国的文学、大众的文学而外，竟也确乎另有一批作家，孜孜于另一种文学，对大文化进行着另一种软性的影响——比如林语堂（他是我近年来开始喜欢的）、徐志摩、周作人、张爱玲……

他们的文学，仿佛中国现代文学“表情”中最超然的一种“表情”。

甚至，还可以算上朱自清。

从前我这一代人，具体说我，每以困惑不解的眼光看他们的文学。怎么在国家糟到那种地步的情况之下，还会有心情写他们那种闲情逸致的文学？

现在我终于有些明白——文学和文化，乃是有它们自己的“性情”的，当然也就会有它们自己自然而然的“表情”流露。表面看起来，作家和文化人，似乎是文学和文化的“主人”，或曰“上帝”。其实，规律的真相也许恰恰相反。也许——作家们和文化人们，只不过是文学和文化的“打工仔”。只不过有的是“临时工”，有的是“合同工”，有的是“终身聘用者”。文学和文化的“天性”中，原有愉悦人心、仅供赏析消遣的一面。而且，是特别本色的一面。倘有一方平安，文学和文化的“天性”便在那里施展。

这么一想，也就不难理解林语堂在他们处的那个时代与鲁迅相反的超然了；也就不会非得将徐志摩清脆流利的诗与柔石《为奴隶的母亲》对立起来看而对徐氏不屑了；也就不必非在朱自清和闻一多之间确定哪一个更有资格入史了，当然，闻一多和他的《红烛》更令我感动，更令我肃然。

历史消弭着时代烟霭，剩下的仅是能够剩下的小说、诗、散文、随笔——都将聚拢在文学和文化的总“表情”中……

繁荣在延安的文学和文化，是中国有史以来气息最特别的文学和文化，也是百年文化“表情”中最纯真烂漫的“表情”——因为它当时和一个最新最新的大理想连在一起。它的天真烂漫是百年内前所未有的。说它天真，是由于它目的单一；说它烂漫，是由于它充满乐观……

新中国成立后，前十七年的文学和文化“表情”是“好孩子”式的。偶有“调皮相”，但一遭眼色，顿时中规中矩。

“文革”中的文学和文化“表情”是面具式的，是百年文化中最做作最无真诚可言最令人讨厌的一种“表情”。

“新时期文学”的“表情”是格外深沉的。那是一种真深沉。它在深沉中思考国家，还没开始自觉地思考关于自己的种种问题……

80年代后期的文学和文化“表情”是躁动的，因为中国处在躁动的阶段……

90年代前五年的文化“表情”是“问题少年”式的。它的“表情”意味着——“你”有千条妙计，“我”有一定之规……

90年代后五年的文化“表情”是一种“自我放纵”乐在其中的“表情”。“问题少年”已成独立性很强的“青年”。它不再信崇什么。它越来越不甘再被拘束，它渴望在“自我放纵”中走自己的路。这种“自我放纵”有急功近利的“表情”特点，也每有急赤白脸的“表情”特点，还似乎越来越玩世不恭……

据我想来，在以后的三五年中，中国当代文学和文化，将会在“自我放纵”

的过程中渐渐“性情”稳定。归根结底，当代人不愿长期地接受喧嚣浮躁的文学和文化局面。

归根结底，文学和文化的主流品质，要由一定数量一定质量的创作来默默支撑，而非靠一阵阵的热闹及其他……

情形好比是这样的——百年文化如一支巨大的“礼花”，它由于受潮气所侵而不能至空一喷，射出满天灿烂、花团似锦；但其断断续续喷出的光彩，毕竟辉辉烁烁照亮过历史，炫耀过我们今人的眼目。而我们今人是这“礼花”最后的“内容”……

我们的努力喷射恰处人类千年之交。

当文学和文化已经接近自由的境况，相对自由了的文学和文化还会奉献什么？又该是怎样的一种“表情”？什么是我们自己该对自己要求的质量？

新千年中的新百年，正期待着回答……

二、中国人文文化的现状

我先朗诵一首台湾诗人羊令野的《红叶赋》：

我是裸着脉络来的，
唱着最后一首秋歌的，
捧出一掌血的落叶啊。
我将归向我第一次萌芽的土。
风为什么萧萧瑟瑟，
雨为什么淅淅沥沥，
如此深沉的漂泊的夜啊，
欧阳修你怎么还没有赋个完呢？
我还是喜欢那位宫女写的诗，
御沟的水啊缓缓地流，
小小的一叶载满爱情的船，
一路低吟到你跟前。

现在是一个多元化的时代，对文学的理解也以多元为好，一个人过分强调自己所理解的文学理念的话，有时可能会显得迂腐，有时会显得过于理想主义，甚至有时会显得偏激。而且最主要的是我并不能判断我的文学理念，或者说我对文学现象的认识是否接近正确。人不是越老越自信，而是越老越不自信了。这让我想起数学家华罗庚举的一个例子，他说人对社会、对事物的认识，好比伸手到袋中，当摸出一只红色玻璃球的时候，你判断这只袋子里装有红色玻璃球，这是对的。然后你第二次、第三次连续摸出的都是红色玻璃球，你会下意识地产生一个结论：这袋子里装满了红色玻璃球。但是也许正在你产生这个意识的时候，你第四次再摸，摸出一只白色玻璃球，那时你就会纠正自己："啊，袋子里其实还有白色的玻璃球。"当你第五次摸时，你可能摸出的是木球，"这袋子里究竟装着什么？"你已经不敢轻易下结论了。

我们到大学里来主要是学知识的，其实"知识"这两个字是可以，而且应当分开来理解的。它包含着对事物和以往知识的知性和识性。知性是什么意思呢？只不过是知道了而已，甚至还是只知其一，不知其二。同学们从小学到中学到高中，所必须练的其实不过是知性的能力，知性的能力体现为老师把一些得出结论的知识抄在黑板上，告诉你那是应该记住的，学生把它抄在笔记本上，对自己说那是必然要考的。但是理科和文科有区别，对理科来说，知道本身就是意义。比如说学医的，他知道人体是由多少骨骼、多少肌肉、多少神经束构成的，在临床上，知道肯定比不知道有用得多。

但是文科之所以复杂，是因为它不能仅仅停止在"知道"而已，尤其在今天这样一个资讯发达的时代。比如说我在讲电影、中外电影欣赏评论课时，就要捎带讲到中外电影史；但是在电影学院里，电影史本身已经构成一个专业，而且一部电影史可能要讲一学年。电影史就在网上，你按三个键，一部电影史就显现出来了，还需要老师拿着电影史画出重点，再抄在黑板上吗？

因此我讲了两章以后，就合上书了。我每星期只有两堂课，对同学来说，这两堂课是宝贵的，我恐怕更要强调认识性。我们知道了一些，怎样认识它？又怎样通过我们的笔把我们的认识记录下来，而且这个记录的过程使别人在阅读的时候，得到了这种知识，并且产生阅读的快感？本学期开学以来，同学们都想让我讲创作，但是我用了三个星期六堂课的时间讲"人文"二字。大家非常惊讶，都举手说："人文我懂啊，典型的一句话就够了——以人为本。"你能说他不知道吗？如果我问你们，你们也会说以人为本；如果下面坐的是政府公务员，他们也知道以人为本；若是满堂的民工，只要其中一些是有文化的，他也会知道人文就是以人为本。那么我们大学学子是不是真的比他们知道得更多一点呢？除了以人为本，还能告诉别人什么呢？

如果我们看一下历史，三万五千年以前，人类还处在蒙昧时期，那时人类进化的成就无非认识了火，发明了最简单的工具武器；但是到五千年前的时候已经很不一样了，出现了城邦的雏形、农业的雏形，有一般的交换贸易，而这时只能叫文明史，不能叫文化史。

文化史，在西方至少可以追溯到公元前 3500 年，那时出现了楔形文字。有文字出现的时候才有文化史，然后就有了早期的文化现象。从公元前 3500 年再往前的一千年内，人类的文化都是神文化，在祭祀活动中，表达对神的崇拜；到下个一千年的时候，才有一点儿人文化的痕迹，也仅仅表现在人类处于童年想象时期的神和人类相结合生下的半人半神人物传说。那时的文化，整整用一千年时间才能得到一点点进步。

到公元前 500 年时，出现了伊索寓言。我们在读《农夫和蛇》的时候，会感觉不就是这么一个寓言吗？不就是说对蛇一样的恶人不要有恻隐吗？甚至我们会觉得这个寓言的智慧性还不如我们的"杯弓蛇影"，不如我们的"掩耳盗铃"和"此地无银三百两"。我们之所以会有这种想法，是因为我们不能把寓言放在公元前 500 年的人类文化坐标上来看待。公元前 500 年出现了一个奴隶叫伊索，我个人认为这是人类第一次人文主义的体现。想一想，公元前 500 年的时候，有一个奴隶通过自己的思想力争取到了自己的自由，这是人类史上第一个通过思想力争取到自由的记录。伊索的主人在世的时候曾经问过他："伊索，你需要什么？"伊索说："主人，我需要自由。"他的主人那时不想给伊索自由。伊索内心也不知道自己能不能获得，他经常扮演的角色只不过是主人有客人来时，给客人讲一个故事。伊索通过自己的思想力来创造故事，他知道若做不好这件事情，他决然没有自由；做好了，可能有自由，也仅仅是可能。当伊索得到自由的时候，已经四十多岁了，他的主人也快死了，在临死前给了伊索自由。

当我们这样来看伊索、伊索寓言的时候，我们会对这件事，会对历史心生出一种温情和感动。这就是后来为什么人文主义要把自由放在第一位的原因。在伊索之后才出现的苏格拉底、柏拉图、亚里士多德，师生三位都强调过阅读伊索的重要性。我个人把它确立为人类文明史中相当重要的人文主义事件。还有耶稣出现之前，人类是受上帝控制的，上帝主宰我们的灵魂，主宰我们死后到另一个世界的生存。但是到耶稣时就不一样了，从前人类对神文化的崇拜（这种崇拜最主要体现在宗教文化中），到耶稣这里成为人文化，这是一种很大的进步。即使耶稣这人是虚构出来的，也表明人类在思想中有一种要摆脱上帝与自己关系的本能。耶稣是人之子，是由人类母亲所生的，是宗教中的第一个非神之"神"。我们要为自己创造另一个神，才发生了宗教上的讨伐。最后在没有征服成功的情况下，说："好吧，我们也承认耶稣是耶和华的儿子。"因为流血已不能征讨人类，需要一个平凡的神的思想力。

那时是人文主义的世界。我们在分析宗教的时候，发现基督教义中谈到了战争，提到如果战争不可避免，获胜的一方要善待俘虏。关于善待俘虏的话一直到今天都存在，这是全世界的共识，我们没有改变这一点，我们继承了这一点，我们认为这是人类的文明。还有，获胜的一方有义务保护失败方的妇女和儿童俘虏，不得杀害他们。这是什么？是早期的人道主义。还提到富人要对穷人慷慨一些，要关心他们孩子上学的问题，关心他们之中麻风病人的问题。后来，萧伯纳也曾谈到过这样的问题，及对整个社会的认识，认为当贫穷存在时，富人不可能像自己想象中一样过上真正幸福的日子，请想象一下，无论你富到什么程度，只要城市中存在贫民窟，在贫民窟里有传染病，当富人不能用栅栏把这些给隔离开的时候，当你随时能看到失学儿童的时候，如果那个富人不是麻木的，他肯定会感到他的幸福是不安全的。

我今天突然想到一个问题：英国、法国都有这么长时间的历史了，但我似乎从来没有接触过欧洲的文化人所写的对于当时王权的歌颂。但在孔老夫子润色过的《诗经》里，包括风雅颂。风指民间的，雅是文化人的，而颂就是记录中国古代的文化人士对当时拥有王权者们的称颂。这给了我特别奇怪的想法，文化人士的前身，和王权发生过那样的关系，为什么会那样？古罗马在那么早的时期已经形成了三权分立、元老院，元老院的形式还是圆形桌子，每个人都可以就关系到国家命运的事物来阐述自己的观点，并展开讨论。在那样的时候，也没有出现对屋大维称颂的诗句，而《诗经》中却存在，因为我们那个时候的封建社会没有文明到这种程度。

被王权利用的宗教会变质，变质后就会成为统治人们精神生活的方式，因此在 14 世纪时出现了贞洁锁、铁乳罩。当宗教走到这一步，从最初的人文愿望走到了反人性，在这种情况下出现的《十日谈》就挑战了这一点，因此我们才能知道它的意义。再往后，出现了莎士比亚、达·芬奇，情况又不一样了，我们会困惑：今天讲西方古典文学的人都会知道，莎士比亚的戏剧中充满了人文主义的气息，按照我们现在的看法，莎士比亚的戏剧都是帝王和贵族，如果有普通人的话，只不过是仆人，而仆人在戏剧中又常常是可笑的配角，我们怎么说充满人文主义呢？要知道在莎士比亚之前，戏剧中演的是神，或是神之儿女的故事，而到这里，毕竟人站在了舞台上，正因为这一点，它是人文的，就这么简单，针对神文化。

因此我们看到一个现象，在舞台上真正占据主角的必然是人上人，而最普通的人要进入文艺，需经过很漫长的争取，不经过这个争取，只能是配角。在同时代的一幅油画《罗马盛典》中，中间是苏格拉底，旁边是亚里士多德、阿基米德等，把所有罗马时期人类文化的精英都放在一个大的盛典里，而且是用最古典主义的画风把它画出来。在此之前人类画的都是神，神能那样自信、那样顶天立地，而现在人把自己的同类绘画在盛典中，这很重要，然后才能发展到 16、17 世纪的复兴和启蒙。我们今天看雨果作品的时候，看《巴黎圣母院》，感觉不过是一部古典爱情小说而已，但有这样一个场面：卡西莫多被执行鞭笞的时候，巴黎的广场上围满了市民，以致警察要用他们的刀背和马臀去冲撞开人们。而雨果写到这一场面的时候是怀着嫌恶的，他很奇怪，为什么一个我们的同类在受鞭笞的时候，有那么多同类围观，从中得到娱乐？这在动物界是没有的，在动物界不会发生这样的情景：一种动物在受虐待的时候，其他动物会感到欢快。动物不是这样的，但人类居然是这样的。人文主义就是嘲弄这一点。

新中国成立以后的十几年间，由外国翻译过来的文学作品不像现在这样多，是有限的一些。一个爱读书的人无论借或怎么样，总是会把这些书都读遍的。屠格涅夫的《木木》和托尔斯泰的《午夜舞会》给我非常深的印象。

《木木》讲的是屠格涅夫出生于贵族家庭，他的祖母是女地主。有一次他跟着祖母到庄园，看到一个高大的又聋又哑又丑的看门人。看门人已经成为仆人中地位最低的一个，没有人跟他交往。他有一只小狗叫木木，当女地主出现的时候，小狗由于第一次看到她，冲着女地主吠了两声，并且咬破了她的裙边。屠格涅夫的祖母便命令把小狗处死。可想而知，那个人没有亲情，没有感情，没有友情，只有与那只小狗的感情，但他并没有觉悟到也不可能觉悟到我要反抗我要争取，他最后只能是含着眼泪在小狗的颈上拴了一块石头并抚摸着小狗，然后把小狗抱到河里，看着小狗沉下去。

还有托尔斯泰的《午夜舞会》，讲的是托尔斯泰那时是名军官，在要塞做中尉。他爱上了要塞司令美丽的女儿，两人已经谈婚论嫁。午夜要塞举行舞会，他和小姐在要塞的花园里散步，突然听到令人恐惧的喊叫声，原来在花园另一端，司令官在监督对一个士兵施行鞭笞。托尔斯泰对小姐说："你能对你的父亲说停止吗？惩罚有时体现一下就够了。"但是小姐不以为然地说："不，我为什么要那样做，我的父亲在工作，他在履行他的责任。"年轻的托尔斯泰请求了三次。小姐说："如果你将来成为我的丈夫，对于这一切你应该习惯。你应该习惯听到这样的喊叫声，就跟没有听到一样。周围的人们不都是这样吗？"确实周围的人们就像没有听到一样，依旧在散步，男士挽着女士的手臂是那样彬彬有礼。托尔斯泰吻了小姐的手说："那我只有告辞了，祝你晚安！"背过身走的时候，他说："上帝啊，怎么会做这样一个女人的丈夫，不管她有多么漂亮。"这影响了我的爱情观，我想以后无论我遇到多么漂亮的女人，如果她的心地像那位要塞司令官的女儿，或者她像包法利夫人那样虚荣，她都蛊惑不了我，那就是文学对我们的影响。

我从北京大串联回来的时候，走廊里挂满了大字报。我看到我的语文老师庞盈从厕所出来，被剃了鬼头，脸已经浮肿，一手拿着水勺，一手拿着小桶。我不是她最喜欢的学生，但我那时的反应就是退后几步，深深地鞠个躬说："庞盈老师，你好！"她愣了一下，我听到小桶掉在地上，她退到厕所里面哭了。多少年以后她在给我的信中说："梁晓声，你还记得当年那件事吗？我可一直记在心里。"这也只能是我们在那个年代的情感表达而已。那时我中学的教导主任宋慧颖大冬天在操场上扫雪，没有戴手套，并且也被剃了鬼头。我跟她打招呼："宋老师，我大串联回来了，也不能再上学了，谢谢你教过我们政治，我给你鞠个躬。”这是我们只能做到的吧，但在那个年代这对人很重要。可能有一点点是我母亲教过我的，但是书本给我的更多一些。

正因为这样，再来看那些我从前读过的名著时，我内心会有一种亲切感。大家读《悲惨世界》的时候，如果不能把它放在那个时代的文化背景里来思考，那么我们还为什么要纪念雨果？他通过《悲惨世界》那样一些书，使人类文化中升起人文主义的旗帜。他的这些书是在流亡的时候写的，连巴黎的洗衣女工都舍得掏钱来买。书里面最重要的话语就是当米里艾主教早晨醒来的时候，一切都不见了，唯一的财产也被偷走了，而米里艾主教说：“不是那样的，这些东西原本就是属于他们的。穷人只不过把原本属于他们的东西从我们这里拿走了。没有他们根本就没有这些。银盘子是经过矿工、银匠的手才产生的。”这思想就是讲给我们众多的公仆听的。正因为雨果把他的思想放在作品里面，一定会对法国的国家公仆产生影响，我们为此而纪念他。人道精神能使人变得高尚，这让我们今天读它的时候知道它的价值。

我们在看当下的写作时，会做出一种判断，那就是我们的作品中缺什么，也就是以我的眼来看中国的文化中缺什么。我们经常说，我们在经济方面落后于西方多少年，我们要补上这个课，要补上科技的一课，要补上法律意识的一课，也要补上全民文明素质的一课。但是你们听说过我们也要补上文化的一课吗？好像就文化不需要补课。这是多么奇怪，难道我们的文化真的不需要补课吗？

五四时期我们进行人文主义启蒙的时候，西方的人文主义已经完成了它的任务。也就是说我们的国家进行初期人文启蒙的时候，西方的文化正处于现代主义思潮时期。他们现在可以为文学而文学，为艺术而艺术，为形式而形式，甚至可以说他们可以玩一下文学，玩一下文艺，因为文学已经达到了它的最高值。我们不会理解现代主义，因为我们从来没有完成过。尽管五千年中我们的古人也说过很多话，其中比较有名的如“民为贵，君为轻，社稷次之”。这时人文到了一种很高的境界，可它没有在现实中被实践过。当我们国家陷入深重灾难的时候，西方已经在思考后人文了，关于和平主义，关于进一步民主，关于环保主义，关于社会福利保障。

我和两位老作家去法国访问，当时下着雨，一辆车挡在我们的前面，我们怎么也超不过去。后来前面那辆车停下了，把车开到路边。他说一路上他们的车一直在我们前面，这不公平，车上有他的两个女儿，他不能让她们觉得这是理所当然的。我突然觉得修养在普通人的意识里能培养到什么程度。

前几年我认识了一个德国博士生古思亭，中文名字非常美。外国人能把汉语学成这样的程度是相当不易的。那天一位中国同学请她吃饭，当时在一个小餐馆里，那位同学说这个地方不安全，打算换个地方。走到半路，古思亭对她说："要是面好了，而我们却走了，这是很不礼貌的。我得赶紧回去把钱交了。"从中我们可以看出人文到底在哪里。

人文在高层面关乎国家的公平、正义，在最朴素的层面，我个人觉得，人文不体现在学者的论文里，也不要把人文说得那么高级，不要让我没感觉到，"你不说我还听得清楚，你一说我反而听不明白了"。其实人文就在我们的寻常生活中，就在我们人和人的关系中，就在我们人性的质地中，就在我们心灵的细胞中，这些都是文化教养的结果，这也是我们学文化的原动力，而且是我们传播文化的一种使命。

我最后献给大家一首诗：

我是不会变心的
大理石
雕成塑像
铜
铸成钟
而我
是用真诚锻造的
假使
我破了
碎了
那一片片
也还是
忠诚。

三、小城与古镇能拯救中国文化吗?

我以我眼回顾历史，正观之，侧望之，于是，几乎可以得出一个特别自信的结论——所谓中国文化之相对具体的摇篮，不是中国的别的地方，尤其并不是许多中国人长期以来以为的中国的大都市。不，不是那样。恰恰相反，它乃是中国的小城和古镇，那些千百年来在农村和大城市间星罗棋布的小城和古镇。

仅以现代史为例，我们所敬重的众多彪炳史册的文化人物，都曾在中国的小城和古镇留下过童年和少年时期的身影。小城和古镇，也都必然地以它们特有的文化底蕴和风土人情濡染过他们。开一列脱口而出的名单，委实气象大观。如蔡元培、王国维、鲁迅、郭沫若、茅盾、叶圣陶、郁达夫、丰子恺、徐志摩、废名、苏曼殊、凌叔华、沈从文、巴金、艾芜、张天翼、丁玲、萧红……

这还没有包括一向在大学执教的更多的文化人士，如朱自清、闻一多们；而且，也没有将画家们、戏剧家们、早期电影先驱者们以及哲学、史学等诸文化学科的学者们加以点数。

我要指出的是——小城和古镇，不单是他们的出生地，也是他们初期的文化品格和文化理念的形成地。看他们后来的文化作为，那初期的烙印都是很深的。

小城和古镇，有德于他们，因而，也便有德于中国之近代的文化。

摇篮者，盖人之初的梦乡所在也。大抵又都有歌声相伴，哪怕是愁苦的，也是歌，必不至于会是吼。通常，也不一向是哀哭。

故我以为，“厚德载物”四字，中国许许多多的小城和古镇，是绝然当之无愧的。它们曾“载”过的不单是物，更有人，或曰“人物”。在他们还没成人物的时候，给他们以可能成为人物的文化营养。

小城和古镇的文化，比作家常菜，是极具风味的那一种，大抵加了各种作料腌制过的；比作点心，做法往往是丝毫也不马虎的，程序又往往讲究传统，如糕，很糯口的一种；比作酒，在北方，浓烈，“白干”是也，在南方，绵醇，自然是米酒了。

一方面，小城和古镇，于地理位置上，即在农村和城市之间，只需年景太平，当然也就大得其益于城乡两种文化的滋润了。大都市何以为大都市？乃因它们与农村文化的脐带终于断了。不断，便大不起来。既已大，便渐生出自己的文化了。一旦有了自己的文化，则往往对农村文化侧目而视了。就算也还容纳些个，文化姿态上，难免地已优越着了。农村文化于是产生自知之明，敬而远之。小城和古镇却不同，它们与农村在地理位置上的距离一般远不到哪儿去，它们与农村文化始终保持着亲和关系。它们并不想剪断和农村文化之间的脐带，也不以为鄙薄农村文化是明智之举。因为千百年来，它们自己文化的不少部分早已与农村文化胶着在一起，撕扯不开了。正所谓藕断丝连，用北方话说，“打断骨头连着筋”。另一方面，小城和古镇是大都市商业的脚爪最先伸向的地方，因为这比伸到国外去容易得多、便利得多。大都市的商业的脚爪，不太有可能越过阻隔在它和农村之间的小城和古镇直接伸向农村并达到获利之目的。它们在商业利益的驱使下，不得不与小城和古镇发生较密切的关系。有时，甚至不得不对后者表示青睐。于是，它们便也将大都市的某些文明带给小城和古镇了。起初是物质的，随之是文化的。比如小城和古镇起先出现留声机的买卖了，随之便有人在唱流行歌曲了。而小城和古镇有了知识的青年们，对于大都市的文明自然是心向往之的。既向往物质的，更向往文化的。他们对于大都市的文明的反应是极为敏感的。而只有对事物有敏感反应的人，头脑里才会有敏感的思想。故一个小城和古镇中的有了知识的青年，他在还没有走向大都市之前，已经是相当有文化思想的人了，比大都市中的有了知识的青年更有文化思想。因为他们是站在一个特殊的文化立场，即小城和古镇的文化立场；进言之，乃是站在一种较传统的文化立场来审视大都市文明。那可能保守，可能褊狭，可能极端，然而，对于文化人格型的青年，立场和观点的自我矫正只不过是早晚之事。他们有自我矫正的本能和能力。他们一旦成为大都市中人，再反观出身的小城和古镇，往往另有一番文化的心得。古老的和传统的文化与现代的和新潮的文化思想在他们的头脑中发酵、化合，或扬或弃，或守或拒，反映到他们的文化作为方面，便极具个性，便凸显特征。于是使中国的现代文化景观纷呈。何况，他们的文化方面的启蒙者，亦即那些小城里的学堂教师和古镇里的私塾先生，又往往是在大都市里谋求过人生的人，载誉还乡也罢，失意归里也罢，总之是领略过大都市的文化的。他们对大都市文化那种经过反刍的体会，也往往会在有意无意之间哺予他们所教的学生们。

谈论到他们，才谈论到我这一篇短文的自以为的要点，那便是——我以我的眼看来，我们中国之文化历史，上下五千年，从大都市到小城、古镇，原本有一条自然而然形成的链条。一个世纪又一个世纪、一代又一代形形色色的文化人归去来兮往复不已的身影，典型的代表人物是孔子，他人生的初衷是要靠了他的学识治国平天下的，说白了那初衷是要“服官政”的。当不成官，他还有一条退路，即教书育人。在还有这一条退路的前提之下，才有孔门的弟子三千、贤者七十二。他们之中大多数后来也都成了“坐学馆”的人或乡间的私塾先生。而且其学馆又往往开设在躲避大都市浮躁的小城和古镇。小城和古镇，由此代代才人辈出，一个世纪又一个世纪地输送往大都市；大都市里的文化舞台，才从不至于冷清。古代的中国，一名文化人士，一辈子为官的情况是不多的。脱下官袍乃是经常的事。即使买官的人花了大把的银子，通常也只能买到一届而已。即使做官做到老的人，一旦卸却官职，十有七八并不留居京都，而是举家还乡。若他们文化人的本性并没有因做官而彻底改变，仍愿老有所为，通常所做第一件第一等有意义的事，便是兴教办学。而对仕途丧失志向的人，则更甘于一辈子“坐馆”，或办私塾。所谓中国文化人士传统的“乡土情结”，其实并不意味着对农村的迷恋，而是在离农村较近的地方固守一段也还算有益于他人、有益于国家民族的人生，即授业育人的人生。上下五千年，至少有三千年的历史中，每朝每代，对文化人的这一退路，还是明白地给留着的。

到了近代，清王朝土崩瓦解，民国时乖运戾，军阀割据，战乱不息，强寇逞凶，疆土沦丧——纵然在时局这么恶劣的情况下，中国之文化人士，稍得机遇，也还是要力争在最后的一条退路上孜孜以求地做他们愿做的事情的。

然而，在 1949 年以后的历次政治运动中，他们连一心想要做的都做不成了。他们配不配做，政治上的资格成了问题。一方面，从大都市到小城，到古镇，到农村，中国一切地方，空前需要知识和文化的讲授者、传播者；另一方面，许许多多文化人士和知识分子在运动中被无情地打入另册，从大都市发配甚至押遣原籍——亦即他们少年时期曾接受过良好文化启蒙的小城和古镇。更不幸者，被时代如扫垃圾一般扫回了他们出生的农村。然后是“反右”，再然后是“文革”，文化人士和知识分子魂牵梦绕的故乡，成了他们的人生厄运开始的地方。而农村、古镇、小城、大都市之间，禁律条条，人不得越雷池半步。

一条由文化人士和知识分子们的自然流动所形成的文化的循环往复的链条，便如此这般地被钳断了。受到文化伤害最深重的是小城和古镇。从前给它们带来文化荣耀感的成因，一经彻底破坏，在人心里似乎就全没了意义和价值。

碎玉虽难复原，断链却是可以重新接上的。

今天，我以我的眼看到，某些以文化气息著称的小城和古镇，正在努力做织结文化经纬的事情。总有一天，某些当代的文化人士和知识分子，厌倦了大都市的浮躁和喧嚣，也许还会像半个多世纪以前那样退居故里。并且，在故里，尽力以他们的存在氤氲一道道文化的风景。

是啊，那时，中国的一些小城和古镇，大概又会成为中国文化的摇篮吧？

四、莫让将来变成当下

尊敬的各位同学，我代表全校教师，首先对诸君成为北京语言大学新一届学子，表示衷心的祝贺！

我以“尊敬的”称呼诸君，乃因为——虽然社会各界对中国高考制度指责多多，但我认为，这个制度目前还只能改良、完善，无法废除。所以我同时认为，诸君得以在高考竞争中跨入北语，终究意味着具有应试能力。而应试能力，毕竟也是一种能力。

我已是三年前就应退休的人了。

我决定这将是我最后一次做大会亮相，故我借此机会，向诸君提出以下几点建言：

1. 希望诸君明了今日之大学与自己人生的关系

在蔡元培先生任北大校长的年代，一名北大学子若表示自己并不愿以后成为社会精英，蔡元培先生是会沮丧的。那时中国有四亿五千万人，大学极少，大学学子占中国青年的比例也极低。有幸成为大学学子的青年，若竟没有日后成为国家各方面精英的志向，便委实是国家的悲哀。而今日之中国人口，已超过三个四亿五千万了。今日之中国，大学学子占青年的比例每年提高，故一名大学学子发誓不成为社会精英誓不为人的话，首先却可能使我这样的老师替他的人生观感到忧虑。一个国家当然还是精英越多越好。但世界上所有的国家，包括欧美国家，也不是每一名大学学子毕业后都能成为社会精英的。如果诸位毕业后能成为优秀的社会公民，这已经不负北语培养你们的希望。而这一点包括如下能力——胜任愉快的专业工作能力；使这一种能力触类旁通，善于应变，因而可持续；良好的心理素质及文化素质，故不至于被社会的浮躁所裹挟，不至于被社会的歪风邪气所俘虏、所毁灭。以上几点，希望学子们与我们老师们共勉……

2. 要对北京这座大都市的负面具有足够的心理准备

中国很浮躁，北京为首；中国人很郁闷，北京的郁闷者最多。浮躁之气和郁闷、愤懑之气，尤其容易在北京的上空笼罩不散。有些心理准备之人，才能于北京看到中国之总是会进步的希望。这希望也必然首先存在于北京。

3. 大学并不是培养挣钱最多的人的所在

倘某大学向青年承诺会使其成为日后挣大钱的人，我认为是最不靠谱的承诺。绝大多数中国大学老师本身的工资与出色的“月嫂”们或“空姐”们的工资不相上下，此点基本是事实。但大学对任何一个国家的重要贡献无可取代，这也是一个事实。我的一名研究生回家乡时，见着了她当年的初中同学，对方连高中也没上，靠摆菜摊自力更生，苦心经营十年，房子有了，车子有了，存款有了。而我的研究生却仍一无所有，于是倍觉失落。我问：如果可能，愿不愿与之交换一下目前的人生？彼沉思良久，摇头。诸君如果想明白了她为什么摇头，便想明白了大学究竟是什么所在。倒是那摆摊者的身上，有着诸位也该尊重的人生精神。多付出一分努力，必多收获一分。在大学与国家之人才需要之间，诸位日后若能理性地找准就业位置，确定人生发展方向，那么二十年后，是会成为有文化又人生稳定的城市公民的。吃青春饭的青年另当别论，但北语不是艺术院校。

4. 北京是中国的文化中心

以我的眼看来，全世界的文化半个多世纪中发生了显而易见的异化，从嬉皮文化到雅皮文化到知识爆炸到文化泡沫再到娱乐至死。

我要说的是，诸君须当心，既要善于在北京吸收好的文化，并被好的文化所化；又应提防劣质文化的侵害，不被劣质文化所腐化。在北京，人若缺乏文化思想，被几乎没有什么思想性可言的文化泡沫所异化，沦为被那种文化所消费的快餐文化的消费者，几乎是一件被渐渐变傻还快乐着的事。

我给诸君的忠告是——大学四年转眼即过，尽量克制自己对快餐文化的嗜好，读一些值得读的书，并思考一些人生的、社会的、文化的问题，最好形成笔记，以备日后之需。

我们北语是文科高校。我校不但重视各类语言水平的培养，也极为重视对学子们的人文情怀之熏陶。

何谓人文情怀?

更文明的人以自身之文明影响并引领社会文明的自觉而已。

高科技是可以用外汇从国外买回来的。

人文精神买不到。

所以希望诸君日后皆成为有一等从业能力，又兼备人文情怀的人。

鲁迅在他那个年代看不到中国的希望，故只能将中国之希望寄予将来。

但这未免太悲观。

如果不能从当下之乱象迷离的现实中看到希望，并尽一己之力发扬之、光大之，那么所谓将来，还不是与当下一样的将来吗?

诸君，为着自己的将来，也为着中国的将来，将北语当成你们增长知识、成熟思想、接受人性洗礼、提升人格品质的新的故乡吧!